AGATHA CHRISTIE COMPLETE COLLECTION
MRS MCGINTY'S DEAD

AGATHA CHRISTIE COMPLETE COLLECTION

MRS MCGINTY'S DEAD

맥긴티 부인의 죽음 애거서 크리스티 장편 소설 | 정회성 옮김

MRS. MCGINTY'S DEAD

Copyright © 1952 Agatha Christie Limited.
All Rights Reserved.

AGATHA CHRISTIE, POIROT and the Agatha Christie Signature
are registered trademarks of
Agatha Christie Limited in the UK and elsewhere.
All rights reserved.
www.agathachristie.com

Korean Translation Copyright © Minumin 2008, 2013, 2022

Korean translation edition is published by arrangement with
Agatha Christie Limited through Shinwon Agency.

이 책의 한국어판 저작권은 신원 에이전시를 통해
Agatha Christie Limited와 독점 계약한 ㈜민음인에 있습니다.
저작권법에 의해 한국 내에서 보호를 받는 저작물이므로 무단 전재와 무단 복제를 금합니다.

정식 한국어 판 출간에 부쳐

나는 한국에서 우리 할머니의 작품을 정식으로 출간한다는 소식을 듣고 무척 기뻤다. 할머니가 1920년부터 1970년 무렵까지 오랜 세월에 걸쳐 집필한 작품들은 21세기인 지금 읽어도 신선하고 재미있다. 등장 인물들이 워낙 자연스러워서 요즘 사람들과 다를 바 없고 이들이 등장하는 상황과 장소가 전 세계 사람들의 애정과 향수를 자극하기 때문이다. 한국 독자들은 이번에 새로 나온 정식 한국어 판을 통해 그 동안 접하지 못했던 애거서 크리스티의 일부 작품들을 읽을 수 있을 것이다. 덕분에 한국에 새로운 세대의 애거서 크리스티 팬들이 탄생할지도 모르겠다는 생각을 하면 가슴이 벅차다.

애거서 크리스티는 대표적인 두 명의 주인공으로 기억되는 작가이다. 14권의 작품에 등장하는 마플 양은 영국의 작은 시골 마을에서 평온한 나날을 보내며 뜨개질과 수다로 소일하는 미혼의 할머니이지만, 놀라운 기억력과 날카로운 두뇌 회전으로 주변에서 벌어진 살인 사건을 해결한다.

그리고 마플 양과 상반되는 성격을 지닌 에르퀼 푸아로는 자신만만하고 콧수염을 포함한 자신의 외모와 벨기에라는 국적에 대한 자부심이 상당하다. 그는 이집트와 이라크를 비롯한 세계 각지에서 수수께끼를 해결하며 『오리엔트 특급 살인 Murder On The Orient Express』, 『나일 강의 죽음 Death On The Nile』, 『애크로이드 살인 사건 The Murder Of Roger Ackroyd』 등 애거서 크리스티의 여러 대표작에 모습을 드러낸다.

황금가지의 대담하고 참신한 표지와 전반적인 디자인 덕분에 작품의 성격이 잘 살아난 것 같아 기쁘다. 또한 한국 독자들이 할머니의 원작이 지닌 참된 묘미를 느낄 수 있도록 충실한 번역을 위해 애써 준 점도 높이 사고 싶다.

할머니의 작품이 20세기의 그 어떤 작가들보다 많이 팔리고 있는 이유는 나이와 국적에 상관없이 읽을 수 있는 재미와 감동을 갖추었기 때문이다. 모쪼록 한국 독자들도 황금가지에서 선보이는 애거서 크리스티 작품들을 즐겁게 감상하기를 바란다.

매튜 프리처드
애거서 크리스티의 손자
ACL 이사장

피터 선더스에게
작가들에 대한 그의 친절에 감사하며

차례

정식 한국어 판 출간에 부쳐 — 5

1장 — 11
2장 — 22
3장 — 40
4장 — 49
5장 — 59
6장 — 66
7장 — 80
8장 — 95
9장 — 116
10장 — 137
11장 — 159
12장 — 177
13장 — 197

14장 — 215
15장 — 232
16장 — 239
17장 — 247
18장 — 254
19장 — 276
20장 — 288
21장 — 299
22장 — 305
23장 — 316
24장 — 326
에필로그 — 359

1장

런던 소호 가에 위치한 레스토랑 비에이유 그랑메르('늙은 할머니'라는 뜻—옮긴이)를 나서면서 에르퀼 푸아로는 코트 깃을 세웠다. 그다지 추운 날씨는 아니었기에 그럴 만한 이유가 있어서라기보다 빈틈없는 성격 때문이었다.

'내 나이쯤 되면 매사에 몸조심하는 게 좋아.'

푸아로는 곧잘 이렇게 생각하곤 했다.

그의 두 눈은 기분 좋은 나른함으로 반짝거렸다. 비에이유 그랑메르의 에스카르고(달팽이 요리)는 무척 맛있었다. 그 작고 이름 없는 레스토랑을 찾아낸 것은 그야말로 행운이었다. 에르퀼 푸아로는 먹이를 배불리 먹은 개마냥 흐뭇한 표정을 지으며 혀끝으로 입술을 닦았다. 그런 다음 주머니에서 손수건을 꺼내 풍성한 콧수염을 가볍게 토닥였다.

아주 만족스러운 식사였다. 그런데 이제부터 무엇을 할 것인가.

마침 그의 앞으로 택시가 어서 타라는 듯 속도를 늦추며 다가왔다. 푸아로는 잠시 망설였지만 결국 택시를 그냥 보냈다. 딱히 택시를 타야 할 이유가 없었다. 어차피 잠자리에 들기에는 너무 이른 시각이었으므로 서둘러 집에 들어갈 필요가 없었다.

푸아로가 콧수염 아래로 나지막이 중얼거렸다.

"사람이 하루에 세끼밖에 먹을 수 없다는 게 정말 한스럽군."

푸아로가 그렇게 생각하는 데는 그만한 이유가 있었다. 영국인들의 풍습인 오후의 티타임을 여전히 받아들이지 못했기 때문이다.

"5시에 식사하고 나면 저녁 식사 때 소화액이 충분히 분비될 수 없잖아. 저녁이야말로 하루 중 최고의 식사 시간인데 말이야."

아침나절의 커피타임도 받아들이기 힘든 건 마찬가지였다.

"말도 안 돼! 아침은 코코아와 크루아상으로 먹고, 데죄네(점심 식사)는 가능하면 12시 30분에 해야지. 1시를 넘기면 절대 안 되고. 그런 다음 디네(저녁 식사)가 클라이맥스여야 해!"

에르퀼 푸아로에게 세 끼 식사는 하루 중 최고의 시간이었다. 젊을 때부터 위장을 소중히 여기는 사람은 노년에 그 보상을 반드시 받게 된다는 것이 푸아로의 변함없는 생각이었다. 이제 푸아로에게는 먹는 것이 육체적인 즐거움을 넘어 지적인 연구 대상이었다. 그는 식사 시간 사이의 남는 시간을 새롭고 맛있는 음식점을 찾는 데 할애했다. 비에이유 그랑메르도 그러한 탐색 결과 중 하나였고, 그곳은 방금 전 에르퀼 푸아로의 맛집으로 당당히 인정받았다.

그러나 불행하게도 이제부터는 어떻게든 저녁 시간을 때워야 했다. 에르퀼 푸아로는 한숨을 내쉬었다.

'이럴 때 스 셰르(그리운) 헤이스팅스가 곁에 있다면 얼마나 좋을까?'

옛 친구와의 추억을 떠올리니 저절로 마음이 따뜻해졌다.

'헤이스팅스는 내가 이 나라에서 처음으로 사귄 친구였지. 지금까지도 내게 가장 소중한 친구야. 걸핏하면 화를 돋우곤 했지만 말이야. 하지만 이제는 다 잊어버렸어. 기억나는 건 오직 그 친구의 놀란 얼굴뿐이야. 거짓말을 꾸며 대지 않고도 상대의 마음을 쉽게 현혹하는 내 재능을 보고 그 친구는 입을 떡 벌린 채 감탄을 금치 못했지. 내게는 처음부터 뻔히 보였던 진실을 한참 뒤에야 깨닫고는 놀라 어쩔 줄 몰라 하던 모습이라니. 스 셰르, 셰라미(그리운 친구여)! 남 앞에서 내 능력을 뽐내고 싶어 하는 건 내 평생의 약점이었어. 헤이스팅스는 그 점을 결코 이해하지 못했지. 하지만 나 정도의 능력을 갖춘 사람이 자부심을 갖는 건 당연해. 그런 자부심을 느끼려면 외부로부터 자극이 필요하고 말이야. 온종일 혼자 의자에 앉아 나 자신이 얼마나 잘났는지 생각하고 있을 수는 없잖아. 누군가 곁에서 맞장구쳐 줄 사람이 있어야 해. 시쳇말로 상대역 같은······.'

에르퀼 푸아로는 한숨을 푹 내쉬고 섀프츠버리 애버뉴로 발길을 옮겼다.

길 건너 레스터 스퀘어에 가서 영화나 보며 시간을 때워야 할까? 푸아로는 얼굴을 조금 찌푸리고 고개를 절레절레 흔들었다. 요즘 영화들은 허술하기 짝이 없는 구성에다 논리적으로 일관성 없는 대화 때문에 짜증이 날 때가 많았다. 몇몇 사람들이 감탄해 마지않는 영화조차 푸아로의 눈에는 그저 실제 모습과 전혀 달라 보이도록 일부러 꾸민 장면과 대상으로 보일 뿐이었다.

푸아로의 생각에는 요즘 나오는 것들은 지나치게 꾸미는 경향이 있었다. 그가 지극히 높이 평가하는, 질서와 체계를 존중하는 분위기는 어디에서도 찾아볼 수 없었다. 치밀한 논리가 제대로 평가되는 경우도 드물었다. 폭력적이고 노골적으로 묘사되는 잔인한 장면들이 하나의 유행처럼 여겨지고 있었지만, 전직 경찰관인 푸아로는 그런 것들에 신물이 났다. 젊은 시절 그는 극악무도한 사건들을 수없이 접했다. 끔찍한 장면들이 일상적으로 눈앞에 펼쳐지는 것을 보면서 푸아로는 몹시 지치고 답답했다.

푸아로는 집을 향해 걸음을 옮기면서 생각했다.

'사실 나는 요즘 세상과 어울리지 못하는 것 같아. 그래서 다른 사람들과 마찬가지로 노예처럼 살고 있어. 다만 남들보다 좀 더 지적으로 말이야. 다른 사람들이 자기 일에 얽매여 사는 것처럼 나도 내 일에 얽매여 살았어. 그러다 여가를 즐길 시기가 찾아왔을 때 무엇으로 그 시간을 채울지 몰라 쩔쩔 매지. 결국 은퇴한 금융가는 골프를 치고, 상인은 정원에 구근을 심고, 나는 먹는 일로 시간을 보내고 있어. 하지만 여기서 또다시 문제에 봉착하게 된 거지. 인간은 하루에 세 끼밖에 먹을 수 없다는 거야. 그 중간에 여전히 공백이 남거든.'

마침 신문 가판대 앞을 지나가던 푸아로는 신문들을 쓱 훑어보았다.

'맥긴티 사건, 유죄 판결.'

푸아로는 이 문구를 보고도 아무런 흥미를 느끼지 못했다. 얼마 전 그는 신문에서 읽은 짤막한 기사를 어렴풋이 떠올렸다. 특별히 흥미로운 사건은 아니었다. 어느 가엾은 노부인이 둔기로 머리를 맞고 살해된 사건이었는데, 요즘 세상에 흔히 일어나는 몰상식하고 잔인한 범죄 중 하나일 뿐이었다.

아파트 안마당으로 들어서는 순간, 에르퀼 푸아로는 언제나처럼 뿌듯함으로 가슴이 벅차올랐다. 그는 근사하게 대칭을 이루고 있는 자신의 집을 자랑스러워했다. 푸아로는 승강기를 타고 올라가 넓고 화려한 그의 집이 있는 3층에서 내렸다. 집 안은 흠 잡을 데 없는 은회색 가구들과 네모난 안락의자, 직사각형의 단순한 장식품으로 꾸며져 있었다. 집 안에서 곡선으로 이루어진 것을 단 하나도 찾아볼 수 없다는 점이 특이했다.

푸아로는 열쇠로 문을 열고 역시 네모나고 새하얀 홀로 들어섰다. 하인인 조지가 그를 맞이하러 조용히 걸어 나왔다.

"오셨습니까, 주인님. 저…… 어떤 신사 분이 기다리고 계십니다."

조지가 능숙하게 푸아로의 코트를 벗겨 주며 말했다.

"그래?"

푸아로는 조지가 '신사'라는 말을 하기 전에 잠시 멈칫거리는 것을 눈치챘다. 조지는 신사인 체하는 속물들을 귀신같이 알아차리는 재주를 갖고 있었다.

"이름이 뭐라던가?"

"스펜스 씨라고 합니다, 주인님."

"스펜스?"

처음 얼마 동안 푸아로는 그 이름이 낯설게 느껴졌다. 그러나 푸아로는 곧 스펜스라는 이름을 떠올렸다.

푸아로는 잠시 거울 앞에 서서 콧수염을 제대로 매만졌다. 그런 다음 문을 열고 응접실로 들어갔다. 크고 네모난 안락의자에 앉아 있던 방문객이 푸아로를 보고 벌떡 일어섰다.

"안녕하십니까, 푸아로 씨? 저를 기억하실지 모르겠군요. 꽤 오래전에 뵌지라……. 스펜스 경정입니다."

"기억하다마다요."

푸아로는 다정하게 악수를 건넸다.

킬체스터 경찰서의 스펜스 경정. 무척 흥미로운 사건이었다. 스펜스 말대로 꽤 오래전에 있었던…….(여기서 말하는 사건은 애거서 크리스티의 1946년 작품 『밀물을 타고(애거서 크리스티 전집 48권)』에 소개된 것으로, 본 작품이 발표된 1952년으로부터 6년 전에 일어난 사건이다—옮긴이)

푸아로가 손님에게 마실 것을 권했다.

"그레나딘(석류 향이 나는 칵테일)을 드시겠습니까? 아니면 크렘 드 망트(박하 향이 나는 칵테일)? 베네딕틴? 크렘 드 카카오(초콜릿 맛이 나는 칵테일)?"

그때 조지가 위스키 한 병과 소다수를 쟁반에 들고 들어왔다.

"아니면 맥주를 드릴까요, 손님?"

조지가 손님에게 낮은 소리로 말했다.

스펜스 경정의 크고 불그죽죽한 얼굴이 환하게 빛났다.

"맥주로 하겠소."

푸아로는 눈치 빠른 조지를 보고 또 한 번 놀랐다. 푸아로는 집에 맥주가 있는지도 몰랐고, 달콤한 리큐르보다 맥주를 더 좋아하는 사람이 있다는 것도 이해할 수 없었다.

스펜스 경정 앞에 거품이 가득한 맥주잔이 놓이자, 푸아로는 자신의 몫으로 작은 유리잔에 아름다운 초록빛의 크렘 드 망트를 따랐다.

푸아로가 먼저 입을 열었다.

"이렇게 찾아 주어서 고맙습니다. 그런데 어디서 오시는 길입니까?"

"킬체스터에서요. 저는 6개월 뒤에 퇴직할 예정입니다. 원래는 18개월 전에 그만두었어야 했죠. 그런데 상부에서 계속 남아 달라고 부탁하는 바람에 지금까지 근무하고 있습니다."

"현명한 선택입니다. 암, 그렇고말고."

푸아로는 진심으로 말했다.

"그런가요? 글쎄, 저는 잘 모르겠습니다만."

"아니, 제 말이 맞습니다. 지혜로운 선택을 하신 겁니다. 한참 동안 앙뉘(무료함)의 시간을 보내고 나면, 앙뉘가 무엇인지조차 모르게 되지요."

"아니, 저는 퇴직한 뒤에도 할 일이 무척 많을 겁니다. 지난해에 새 집으로 이사했거든요. 정원에도 손볼 일이 그득한데 부끄럽게도 그냥 내버려 두고 있습니다. 아직까지는 그럴 만한 여유를 낼 수가 없더군요."

"아, 스펜스 경정께서는 정원을 가꾸시는군요. 저도 한때는 시골에 살면서 호박을 키워 보려고 마음먹은 적이 있는데 뜻대로 되지 않았습니다. 적성에 맞지 않더군요."

스펜스 경정이 흥분하기 시작했다.

"지난해에 우리 집 호박이 어땠는지 보셨어야 했는데! 정말 엄청 났죠! 장미는 또 어땠고요! 제가 장미를 무척 좋아하거든요. 그래서 앞으로……."

그러다 갑자기 말을 멈췄다.

"참, 이런 얘기를 하려고 온 게 아닌데."

"아니, 괜찮습니다. 옛 지인을 이렇게 몸소 찾아와 주다니, 저로서는 고마울 따름입니다."

"죄송하지만 중요한 용건이 있습니다, 푸아로 씨. 솔직히 말해 부탁 드릴 게 있어서요."

푸아로가 무척 조심스럽게 말했다.

"혹시 집을 구입하면서 빚을 지는 바람에 돈을 빌리러……."

스펜스가 깜짝 놀라며 말을 끊었다.

"맙소사! 돈 문제가 아닙니다. 돈과는 전혀 상관없습니다."

푸아로는 사과하는 뜻으로 정중하게 손을 내저었다.

"이거 큰 실례를 했군요. 미안하게 됐습니다."

"솔직하게 말씀드리죠. 저는 뻔뻔함을 무릅쓰고 이렇게 찾아왔습니다. 듣기 싫은 말로 쫓아 버리신다 해도 별수 없습니다."

"그럴 리 없으니 어서 말해 보세요."

"맥긴티 부인 사건 말입니다. 신문에서 보셨을 겁니다."

푸아로는 가볍게 고개를 저었다.

"특별히 주목해서 보지는 않았습니다. 맥긴티라는 노파가 가게에 선가 집에서 살해되었다죠? 어떻게 죽었습니까?"

스펜스는 한동안 푸아로를 빤히 쳐다보다가 갑자기 소리쳤다.

"맙소사! 바로 그겁니다. 정말 이상하죠? 지금까지 그 생각을 전혀 못 했어요."

"무슨 말입니까?"

"별것 아닙니다. 그냥 아이들 놀이예요. 어릴 때 자주 하던 거죠. 여러 아이들이 한 줄로 쭉 서서 차례로 질문하고 대답하는 겁니다. '맥긴티 부인이 죽었어!' '어떻게?' '이렇게 한쪽 무릎을 꿇은 채.' 다음 질문은 '맥긴티 부인이 죽었어!' '어떻게?' '이렇게 한 손을 든 채.' 그러면 우리는 모두 무릎을 꿇고, 오른쪽 팔을 앞으로 쭉 뻗는 겁니다. 그 다음에는 뻔하죠. '맥긴티 부인이 죽었어.' '어떻게?' 그럼 '바로 이렇게!' 하면서 맨 앞 사람을 팍 밀어 넘어뜨리는 겁니다. 그러면 나머지 사람들까지 볼링 핀처럼 우르르 자빠지죠. 그게 이제야 기억나다니!"

스펜스는 어린 시절을 회상하며 요란하게 웃음을 터트렸다.

푸아로는 예의 바르게 기다렸다. 영국에서 반평생을 살아온 푸아로였지만 아직도 영국 사람들을 이해하기 힘들 때가 종종 있었는데, 바로 이런 경우였다. 그도 어릴 때는 카슈카슈(숨바꼭질)라는 놀이를 했지만, 이 나이에 그때 놀던 이야기를 남에게 하는 것은 고사하고 생각하고 싶은 마음조차 없었다.

마침내 스펜스가 흥분을 가라앉히자, 푸아로가 조금 지루한 표정으로 다시 물었다.

"그래서 맥긴티 부인이 어떻게 죽은 겁니까?"

스펜스의 얼굴에서 웃음이 싹 가셨다. 그는 언제 웃었냐는 듯 갑자기 정색을 하고 말했다.

"날카롭고 묵직한 둔기로 뒤통수를 얻어맞았습니다. 그녀의 방을 조사해 보니 현금 30파운드가량이 없어졌더군요. 맥긴티 부인이 살던 작은 시골집에는 세입자 한 명 외에 다른 가족은 없었습니다. 세입자는 벤틀리라는 사내였습니다. 제임스 벤틀리."

"아, 그렇군요. 벤틀리."

"사건 현장에는 누군가 침입한 흔적이 없었습니다. 창문이나 자물쇠를 건드린 흔적도 없었고요. 벤틀리는 형편이 몹시 어려웠습니다. 직장을 잃었고 두 달치 방세가 밀린 상태였죠. 사라진 돈은 집 뒤쪽 돌덩어리 아래에서 발견되었습니다. 벤틀리의 외투 소맷자락에서 혈흔과 머리카락이 발견되었는데, 모두 피살자의 것으로 판명되었습니다. 물론 벤틀리는 최초 진술에서 피살자의 시신 근처에는 간 적이 없다고 말했습니다. 하지만 그것들이 우연히 그의 옷에 묻었을 리는 없지 않습니까?"

"피살자를 처음 발견한 사람은 누구였습니까?"

"빵집 주인이 빵을 가지고 그 집에 찾아갔었답니다. 수금하는 날이었거든요. 제임스 벤틀리가 현관문을 열어 주면서 맥긴티 부인의 침실 문을 두드려 봤지만 아무 대답이 없다고 말했답니다. 빵집 주인은 맥긴티 부인에게 안 좋은 일이 생겼는지도 모른다며, 벤틀리와 함께 옆집 여자에게 부탁해 올라가 보라고 했죠. 맥긴티 부인은 침실에 없었습니다. 침대에서 잠을 잔 흔적도 없었고요. 방 안은 마구 어질러지고, 마룻바닥까지 뜯어져 있었죠. 그래서 그들은 응접실을 살펴봐야겠다고 생각했습니다. 과연 맥긴티 부인은 그곳 바닥에 쓰러져 있었습니다. 그 모습을 본 옆집 여자가 집 안이 떠나가라 비명을 질러 댔답니다. 그리고 곧장 경찰에 신고했고요."

"그렇게 해서 결국 벤틀리가 체포되어 재판을 받았군요."

"그렇습니다. 순회 재판에 회부되었죠. 그게 바로 어제였습니다. 재판을 해 보나 마나한 사건이었죠. 오늘 아침에 배심원단이 단 20분 만에 평결을 내렸습니다. 사형을 선고했죠."

푸아로가 심각한 표정으로 고개를 끄덕였다.

"평결이 내려진 뒤 스펜스 경정께서는 곧장 런던행 기차를 타고 저를 찾아오신 거로군요. 이유가 뭡니까?"

스펜스는 맥주잔을 가만히 들여다보았다. 그는 잔 가장자리를 손가락으로 천천히 훑더니 입을 열었다.

"저는 벤틀리가 범인이라고 생각하지 않기 때문입니다."

2장

잠시 침묵이 흘렀다.
"그럼 저를 찾아온 이유가······."
푸아로는 말을 끝맺지 못했다.
스펜스가 고개를 들었다. 낯빛이 더 어두워졌다. 좀처럼 감정을 드러내지 않는 전형적인 촌부의 얼굴로, 눈빛은 명민하면서도 정직해 보였다. 그 얼굴은 나름의 기준을 정해 놓은 채 결코 자기 생각이나 옳고 그름에 대해 의심을 품는 법이 없는 고지식한 사내의 성품을 고스란히 드러내고 있었다.
스펜스가 입을 열었다.
"저는 오랫동안 군에서 생활했습니다. 덕분에 이런저런 경험을 많이 했죠. 그러다 보니 웬만큼 사람 볼 줄도 압니다. 복무 중에 살인 사건을 여러 번 겪었는데, 간단하게 해결된 것도 있었지만 그렇지 않은 것도 있었습니다. 그중 하나가 푸아로 씨도 잘 아시는…….”

푸아로가 고개를 끄덕였다.

"정말 복잡한 사건이었죠. 푸아로 씨가 없었더라면 진실을 밝혀내지 못했을 겁니다. 그러나 결국 명백한 증거와 함께 진실이 밝혀졌죠. 그 밖에 푸아로 씨께서 모르시는 사건들도 있었습니다. 응분의 처벌을 받은 휘슬러 사건이 있었고, 거터먼 노인 살해 사건은 젊은 녀석들의 짓으로 밝혀졌습니다. 버롤의 비소 사건도 있었고. 트랜터는 용케 처벌을 면했지만 놈이 저지른 짓이 분명합니다. 코틀런드 부인은 운이 좋았죠. 남편이 고약한 변태라는 것을 배심원들이 알고 그에 알맞게 무죄 평결을 내렸으니까요. 그건 정의에 따른 것이라기보다 감정에 따른 평결이었어요. 때로는 그런 것도 인정해야 합니다. 경우에 따라서는 증거가 충분하지 않을 때도 있고, 이성보다 감정이 앞설 때도 있고, 살인자가 배심원들을 속일 때도 있습니다. 물론 마지막 경우는 상당히 드물지만 얼마든지 있을 수 있는 일입니다. 현명한 변호인 측의 전략이 잘 들어맞았거나 검찰 측이 수사 방향을 잘못 짚었을 경우 그렇게 될 수도 있죠. 실제로 저는 그런 경우를 수차례 보았습니다. 하지만…… 하지만…….”

스펜스는 굵직한 집게손가락을 흔들었다.

"이제까지 저는 저지르지도 않은 일 때문에 교수형에 처해지는 경우를 한 번도 본 적이 없습니다. 그리고 저는 앞으로도 그런 일을 보고 싶지 않습니다, 푸아로 씨.”

스펜스가 한마디 덧붙였다.

"적어도 이 나라에서는 말입니다."

푸아로가 스펜스를 뚫어지게 바라보았다.

"그런데 지금 그런 일을 보게 될 거라고 생각하시는군요. 하지만 왜……."

스펜스가 푸아로의 말을 가로막았다.

"무슨 말씀을 하시려는 건지 압니다. 그 점에 대해서는 제가 미리 말씀드리죠. 이번 사건은 제 담당이었습니다. 증거를 수집하고 전체적인 사안을 매우 면밀하게 검토했습니다. 가능한 한 모든 사실을 입수했고요. 그 모든 사실들은 한 가지 방향을 가리키고 있었습니다. 다시 말해 특정한 한 사람과 관련되어 있었던 겁니다. 모든 조사를 마치고 자료를 상관에게 전달했고, 그 후 사건은 제 손을 떠나게 되었습니다. 사건은 검찰로 넘어갔고, 검사가 맡게 되었죠. 검사는 기소하기로 결정했습니다. 증거만 놓고 보면 기소 외에 다른 결정을 내릴 수가 없었던 겁니다. 그렇게 해서 제임스 벤틀리가 체포되어 재판을 받게 되었습니다. 그리고 유죄 판결을 받았죠. 증거가 뻔하니 유죄 외에 다른 판결을 내릴 수가 없었겠죠. 배심원들은 반드시 증거를 참작해야 하니까요. 그들은 자신들의 결정에 전혀 거리낌이 없었습니다. 아니, 오히려 벤틀리가 유죄라는 사실에 꽤 흡족해했습니다."

"하지만 당신 생각은 그렇지 않다는 거로군요?"

"네."

"왜죠?"

스펜스는 깊은 한숨을 내쉬었다. 그러고는 크고 투박한 손으로 턱을 문지르며 생각에 잠겼다.

"저도 잘 모르겠습니다. 그러니까 제 말은 구체적인 이유를 말씀 드릴 수가 없다는 겁니다. 배심원들에게는 그가 살인자로 보였겠지만, 제가 보기에는 그렇지 않았어요. 그리고 살인자들에 관한 한 제가 배심원들보다 더 많은 것을 알고 있지 않습니까."

"물론 그럴 겁니다. 당신은 전문가니까요."

"우선 그는 교만한 사람이 아니었습니다. 그런 모습을 전혀 찾아볼 수 없었어요. 제 경험으로 보면 살인자들은 대개 교만하거든요. 언제나 자기 자신에 대해 지나치게 만족하죠. 그리고 항상 자신이 상대를 속이고 있다고 생각합니다. 또 모든 일에 있어 스스로 현명하게 처신했다고 생각합니다. 그래서 심지어 피고석에 앉아 죄를 인정할 수밖에 없을 때조차 어떻게든 교묘하게 그 상황을 모면할 궁리만 하죠. 놈들은 주목받고 싶어 합니다. 중요한 인물이 되고 싶어 하죠. 생애 최초로 주목받는 주인공 역할을 하고 싶은 겁니다. 그만큼 살인자들은 모두 교만하고 건방지단 말입니다."

스펜스가 이야기를 마무리 지으려는 듯 덧붙여 물었다.

"제가 무슨 말을 하려는 건지 이해하시겠죠, 푸아로 씨?"

"물론 이해합니다. 그런데 제임스 벤틀리라는 자는 전혀 그렇지 않았다는 겁니까?"

"그렇습니다. 그저 겁에 질려 뻣뻣하게 얼어 있었어요. 처음부터 그랬습니다. 어떤 이들은 그렇기 때문에 그가 범인이라고 생각하겠지만 제 생각은 다릅니다."

"저도 같은 생각입니다. 그럼 그 제임스 벤틀리라는 친구는 어떤 사람인가요?"

"나이는 서른세 살이고, 중간 키에 얼굴빛이 안 좋은 데다 안경을 썼고……."

푸아로가 말을 가로막았다.

"아니, 제가 궁금한 건 그자의 겉모습이 아닙니다. 인성이 어떠하냐는 거지요."

"아, 그거 말이군요?"

스펜스 경정이 생각에 잠겼다.

"인상이 좋은 사람은 아닙니다. 태도도 불안정하고, 상대의 눈을 똑바로 바라보지 못하죠. 곁눈질로 흘끔거리는 버릇이 있습니다. 배심원들의 눈에는 최악의 태도라고 할 수 있죠. 비굴하게 굽실거리다가도 갑자기 거칠고 반항적으로 변해 버럭 소리를 지르기도 합니다."

스펜스는 잠시 입을 다물었다가 다시금 수다스러운 투로 말했다.

"정말 수줍음을 많이 타는 친구예요. 그와 비슷한 성격을 가진 사촌이 있어서 잘 압니다. 그런 사람들은 무언가 곤란한 일이 생기면 멍청하게도 뻔히 드러나는 거짓말을 해대죠."

"그다지 호감 가는 인물은 아니군요."

"물론입니다. 그를 좋아하는 사람은 아마 없을 겁니다. 그렇지만 단지 그런 이유로 그가 사형대에 오르는 것을 보고 싶지는 않아요."

"당신은 그가 결국 사형에 처해질 거라고 믿는군요?"

"특별한 일이 없는 한 그럴 겁니다. 그의 변호인이 항소를 제기할지도 모르죠. 하지만 그런다 하더라도 근거가 너무 취약해요. 전문성 같은 게 떨어진다는 겁니다. 그러니 승소할 가능성이 거의 없다고 할 수 있죠."

"그의 변호인은 유능한 사람인가요?"

"빈민 보호법에 따라 배정된 그레이브룩이라는 젊은 국선변호인입니다. 꽤 양심적인 사람으로, 자기가 맡은 일에 최선을 다하는 편이죠."

"그러니까 정리하자면 피의자는 정당한 재판을 받았고, 민간인 배심원단이 유죄 평결을 내렸다는 거군요?"

"그렇습니다. 남자 일곱 명, 여자 다섯 명으로 이루어진 지극히 평범한 배심원단이었죠. 모두 도덕적이고 합리적인 사람들입니다. 판사는 노령의 스태니스데일 씨인데, 자타가 인정하는 신중하고 공정한 법관이죠."

"그렇다면 모든 것이 이 나라 법에 따라 이루어졌는데, 제임스 벤틀리가 억울해할 이유가 전혀 없지 않습니까?"

"자신이 하지도 않은 일 때문에 사형을 당하게 생겼는데, 억울해하는 게 당연하죠."

"그건 스펜스 경정님의 지극히 개인적인 생각일 뿐입니다."

"이건 제가 맡은 사건이었습니다. 제가 관련 사실들을 수집해서 정리했으니까요. 그 사실들을 근거로 유죄 판결을 받은 겁니다. 그래서 전 이번 판결이 못마땅하다는 겁니다. 정말이지 석연치 않습니다, 푸아로 씨."

에르퀼 푸아로는 잔뜩 흥분해 벌겋게 달아오른 스펜스의 얼굴을 한참 동안 바라보았다.

"에 비엥(좋소), 그래서 어떤 말씀을 하고 싶으신 겁니까?"

스펜스는 사뭇 당황한 기색이었다.

"저는 앞으로 어떤 상황이 벌어질지 푸아로 씨 당신이 잘 알고 있을 거라고 믿습니다. 벤틀리 사건은 종결됐어요. 저는 이미 다른 사건을 맡고 있습니다. 횡령 사건이죠. 그 일로 오늘 밤 스코틀랜드에 가야 해요. 다시 말해 한가한 사람이 아니란 말입니다."

"그 말은 저더러……?"

스펜스는 계면쩍어하며 고개를 가볍게 끄덕였다.

"그렇습니다. 당돌한 부탁이라고 생각하실 겁니다. 하지만 달리 방법이 없어서 말입니다. 당시에 저는 할 수 있는 한 최선을 다했습니다. 그렇지만 아무것도 해결하지 못했어요. 앞으로도 그럴 것 같습니다. 하지만 푸아로 씨라면 저와 다를지도 모릅니다. 외람된 말씀이지만, 푸아로 씨는 모든 상황을 조금은 우스운 시각으로 바라보지 않습니까? 이번 사건도 그런 방식으로 봐 주셨으면 합니다. 만약 제임스 벤틀리가 맥긴티 부인을 죽이지 않았다면, 다른 누군가가 죽였을 테니까요. 맥긴티 부인 스스로 자기 뒤통수를 내려쳤을 리는 없지 않습니까? 푸아로 씨라면 제가 놓친 부분을 찾아낼 수 있을 겁니다. 물론 당신이 이 일에 관여해야 할 이유는 전혀 없습니다. 이런 부탁을 드리는 게 몹시 뻔뻔한 짓이라는 것도 잘 압니다. 하지만 이렇게 된 걸 어쩌겠습니까? 제가 할 수 있는 건 이것뿐이기에 이렇게 염치를 무릅쓰고 찾아온 겁니다. 하지만 정히 원치 않으시면, 또 내가 왜 이 일을 해야 하냐고 물으신다면…….."

푸아로가 경정의 말을 잘랐다.

"아, 물론 이유는 충분합니다. 저는 한가한 사람입니다. 그것도 아주 많이. 그런데 스펜서 경정님께서 그런 제게 흥밋거리를 던져 주었습니다. 그것도 아주 큰 흥밋거리를. 제 두뇌의 회색 세포들이 도전할 만한 거리를 만났다고 할 수 있겠죠. 게다가 저는 스펜서 경정님이 걱정스럽습니다. 6개월 뒤 당신이 정원에서 덩굴장미를 심고 있는 모습을 상상해 보니, 결코 행복해하는 얼굴일 것 같지 않습니다. 머릿속에는 여전히 찜찜한 기억이 남아 있을 테니 말입니다. 그 기억을 아무리 떨쳐 버리려고 해도 쉽지 않겠죠. 친구로서 저는 스펜서 씨가 그런 기분을 느끼지 않았으면 합니다. 마지막으로 또 한 가지 이유는……."

푸아로는 허리를 곧추세우고 진지하게 고개를 끄덕였다.

"세상에는 원칙이라는 게 있습니다. 죄를 짓지 않은 사람이 억울하게 교수형을 당해서는 안 된다는……."

푸아로는 잠시 생각에 잠겼다가 덧붙였다.

"하지만 벤틀리가 맥긴티 부인을 죽인 게 확실하다면 어쩔 셈입니까?"

"그러면 마음이 편해질 테니 그 또한 기쁜 일이죠."

"아무래도 한 사람보다는 두 사람이 힘을 합치는 게 좋겠죠? 부

"알라(좋아), 이제 결심했습니다. 제가 이 사건을 맡겠습니다. 한시가 급한 상황이니 빨리 시작해야겠군요. 벌써 단서가 조금은 희미해졌으니까. 맥긴티 부인이 살해된 게 정확히 언제입니까?"
"지난 11월 22일입니다."
"그럼 곧바로 본론으로 들어갑시다."
"나중에 수사 기록을 넘겨 드리겠습니다."
"좋습니다. 하지만 지금 이 자리에서 대강이라도 알고 싶습니다. 제임스 벤틀리가 맥긴티 부인을 살해하지 않았다면, 과연 누가 그랬다고 생각하십니까?"
스펜스는 어깨를 한 번 들썩이고는 침울한 목소리로 말했다.
"제가 조사한 바로는 전혀 감을 잡을 수가 없습니다."
"그런 대답은 전혀 도움이 되지 않습니다. 어쨌거나 모든 살인에는 동기가 있게 마련이니까요. 그런 의미에서 맥긴티 부인의 경우 동기가 뭐라고 생각하십니까? 시기, 복수, 질투, 두려움, 아니면 돈? 이 가운데 가장 가능성이 크면서 단순한 동기를 꼽아 봅시다. 맥긴티 부인의 죽음으로 이득을 얻게 된 사람이 누구일까요?"
"별로 없습니다. 은행 예금이 고작 200파운드밖에 없었으니까요. 그 돈은 부인의 조카딸이 가져갔습니다."
"물론 200파운드는 그다지 큰돈이 아닙니다. 하지만 경우에 따라서는 큰돈이 될 수도 있죠. 그러니 우선 그 조카딸을 염두에 둡시다. 친구로서 경정님께서 이미 수사한 내용을 처음부터 다시 들먹이게 되어 미안합니다. 물론 경정님께서도 이 모든 것들을 염두에 두었을 겁니다. 하지만 이미 조사를 끝낸 증거들도 다시 한 번 살펴보아야겠습니다."

스펜스는 크고 무거워 보이는 머리를 끄덕였다.

"물론 저희도 그 조카딸에 대해 알아봤습니다. 서른여덟 살의 기혼 여성이죠. 남편은 어느 빌딩에서 장식 일을 하고 있습니다. 말하자면 페인트공이죠. 성격 좋고, 성실하고, 빈틈이 없어 쉽게 속아 넘어가거나 하는 사람이 아닙니다. 그의 아내는 젊고 명랑하며 조금 수다스러운 여자로, 이모인 맥긴티 부인을 꽤 좋아했던 것 같습니다. 하지만 부부 모두 당장 200파운드가 절박한 형편은 아니었습니다. 물론 그만한 돈이 갑자기 생겨 꽤 기쁘기는 했겠지만 말입니다."

"맥긴티 부인의 집은 어떻게 됐습니까? 그 부부가 갖게 되었나요?"

"원래 셋집이었습니다. 물론 부동산 임대법에 따라 주인은 늙은 맥긴티 부인을 강제로 내보낼 수 없었죠. 부인이 죽기는 했지만, 그렇더라도 조카딸이 그 집을 넘겨받지는 않을 겁니다. 게다가 조카딸이나 그녀의 남편도 그것을 원하지 않았어요. 작은 현대식 공영 주택 한 채를 소유하고 있는데, 그 집에 대한 자부심이 대단하거든요."

스펜스는 한숨을 내쉬고 다시 말을 이었다.

"사실 저도 조카딸 부부를 아주 면밀하게 조사해 보았습니다. 푸아로 씨도 이해하시겠지만, 가장 유력한 용의자로 보였거든요. 하지만 결국 저는 그들에게서 아무런 단서도 발견하지 못했습니다."

"비엥(좋습니다). 그럼 이제부터 살해된 맥긴티 부인에 대해 이야기해 봅시다. 괜찮다면 그녀에 대해 자세히 얘기해 주시겠습니까.

생김새뿐 아니라."

스펜스가 이를 드러내고 씩 웃었다.

"경찰의 전형적인 설명은 원치 않는다는 말씀이군요. 좋습니다. 맥긴티 부인은 예순네 살의 과부였습니다. 남편은 생전에 킬체스터에 있는 호지스 포목점에서 일했는데, 7년 전에 세상을 떠났죠. 폐렴으로요. 그 후 맥긴티 부인은 매일 이 집 저 집을 다니며 파출부 일을 했습니다. 브로디니는 최근에야 비로소 사람들이 살기 시작한 아주 작은 마을입니다. 은퇴한 사람 한두 명, 기술자 한 명, 의사 한 명, 뭐 이런 식이죠. 그래도 킬체스터까지 오고 가는 버스와 기차가 있어서 교통은 좋은 편입니다. 게다가 아시는지 모르겠지만 컬른퀘이라는 대규모 리조트와 12킬로미터 정도밖에 떨어지지 않았죠. 하지만 그래 봐야 브로디니는 무척 작고 소박한 시골 마을입니다. 드리머스 대로와 킬체스터로에서 400미터쯤 더 들어가야 하니까요."

푸아로는 고개를 끄덕였다.

"맥긴티 부인이 살던 시골집은 마을 내에 있는 집 네 채 가운데 하나입니다. 우체국 겸 잡화점이 하나 있고, 나머지는 모두 농사 짓는 사람들의 집이죠."

"그 집에서 하숙을 친 거로군요?"

"그렇습니다. 남편이 죽기 전에는 휴가철에 민박을 했죠. 하지만 남편이 죽은 뒤로는 아예 하숙인을 받았어요. 제임스 벤틀리는 몇 달째 그 집에 세 들어 있었다고 합니다."

"그럼 이제 제임스 벤틀리에 대해 이야기해 봅시다."

"벤틀리는 사건이 일어나기 전까지 킬체스터에 있는 부동산 사무소에서 일했습니다. 그 전에는 어머니와 함께 컬른퀘이에 살았어요. 거동이 불편한 어머니를 보살피느라 외출도 거의 하지 않았다더군요. 그 후 어머니가 세상을 떠나면서 연금도 끊어졌죠. 결국 벤틀리는 집을 팔고 일자리를 알아봤습니다. 배울 만큼 배우기는 했지만, 전문적인 기술이나 재주가 없는 데다 앞서 말씀드렸듯이 사람들에게 호감을 주지 못하는 청년이라 직업을 구하기가 쉽지 않았죠. 어쨌거나 결국 브리더 앤드 스커틀이라는 부동산 사무소에 취직했습니다. 썩 괜찮은 회사는 아니에요. 그곳에서 벤틀리가 특별히 일을 잘했다거나 성실하게 근무하지는 않은 것 같습니다. 취직하고 얼마 안 되어서 회사 인원 감축 때 해고됐으니까요. 그 뒤로 다른 직장을 구하지는 못했고, 가진 돈도 점차 바닥이 났죠. 맥긴티 부인에게는 다달이 방세를 지불했답니다. 아침과 저녁 식사 값으로 일주일에 3파운드를 냈고요. 모든 것을 고려해 봤을 때 꽤 적당한 가격이죠. 사건이 발생했을 때 벤틀리는 두 달치 방세를 밀린 상태였고, 거의 파산 직전이었습니다. 일거리를 구하지 못하는 데다 집주인인 맥긴티 부인은 계속 방세를 내라고 독촉했죠."

"벤틀리는 맥긴티 부인의 방에 30파운드가 있다는 사실을 알고 있었습니까? 그런데 그녀는 은행 계좌도 있으면서 왜 그 돈을 집에 보관하고 있었던 겁니까?"

"맥긴티 부인이 공공기관을 믿지 못했기 때문입니다. 조사한 바로는 은행에 200파운드가 예치되어 있기는 했지만 그 외에 거래를 하지는 않았답니다. 맥긴티 부인은 돈을 언제든 손만 뻗으면 닿을 수 있는 곳에 보관했다더군요. 주변의 한두 사람에게 그런 말을 직접 했답니다. 그녀는 침실 바닥의 마루 한쪽을 떼어 내고 그 밑에 돈을 숨겨 두었습니다. 누구나 쉽게 예상할 수 있는 장소였죠. 제임스 벤틀리도 맥긴티 부인이 거기에 돈을 숨겨 놓았다는 사실을 알고 있었다고 고백했습니다."

"아주 쉽게 자백하는 사람이군요. 그럼 조카딸 부부도 그 사실을 알고 있었습니까?"

"물론입니다."

"그럼 이제 다시 처음 질문으로 돌아가 봅시다. 맥긴티 부인은 어떻게 죽었습니까?"

"지난 11월 22일 밤에 살해됐습니다. 검시관의 말에 따르면 정확한 사망 시각은 저녁 7시에서 10시 사이라고 합니다. 그리고 그 전에 훈제 청어와 빵, 마가린으로 저녁 식사를 한 것으로 확인되었습니다. 주변 사람들에 따르면 그녀는 보통 6시 30분에 저녁 식사를 했다고 합니다. 사건 당일에도 그 원칙을 고수했다는 가정하에 부검을 통해 소화 상태를 확인해 본 결과 살해된 시각은 8시 30분에서 9시 사이로 추정됩니다. 제임스 벤틀리는 그날 저녁 7시 15분부터 9시 즈음까지 산책을 했다고 진술했습니다. 어두워진 뒤로 저녁 내내 집 밖에 있었다더군요. 벤틀리 본인의 말에 따르면, 그는 9시 쯤 집으로 돌아왔고(집 열쇠를 하나씩 갖고 있었다더군요.), 곧장 2층 자기 방으로 올라갔다고 합니다. 맥긴티 부인의 집은 침실마다 세

면대가 있습니다. 민박집을 운영할 때 그렇게 설치했다더군요. 방으로 올라온 벤틀리는 30분가량 책을 읽다가 잠자리에 들었답니다. 그때까지 집 안에서 특별히 이상한 소리를 듣거나 수상한 낌새를 느끼지는 못했다더군요. 다음 날 아침 벤틀리가 아래층으로 내려와 부엌을 둘러보았지만 아무도 없었답니다. 물론 아침식사가 준비되어 있지도 않았고요. 그는 조금 망설이다가 맥긴티 부인의 침실 문을 두드렸습니다. 아무런 대답이 없었고요.

벤틀리는 부인이 늦잠을 자고 있다고 생각했답니다. 그렇지만 계속 문을 두드려 깨우고 싶지는 않았다더군요. 바로 그때 빵집 주인이 찾아오는 바람에 벤틀리는 다시 맥긴티 부인의 침실로 가서 문을 두드렸습니다. 그 다음에는 앞서 말씀드렸듯이 빵집 주인이 옆집에 가서 엘리엇 부인을 불러왔답니다. 그 여자가 결국 사체를 발견하고는 고래고래 비명을 질렀고요. 맥긴티 부인은 응접실 바닥에 쓰러져 있었습니다. 모서리가 무척 날카로운 육류용 식칼 같은 것으로 뒤통수를 맞은 것이었죠. 거의 즉사한 것 같았습니다. 방 안의 서랍은 죄다 열려 있었고, 물건들이 어지럽게 흩어져 있었습니다. 침실 바닥의 마루도 뜯어져 있었고, 그 밑에 숨겨져 있던 돈도 사라지고 없었습니다. 침실 창문은 모두 닫힌 채 안에서 걸쇠가 걸려 있었고요. 외부에서 침입했거나 방 안의 다른 물건을 건드린 흔적은 전혀 없었습니다."

"그렇다면 범인은 제임스 벤틀리거나, 그가 집 밖에 있는 동안 맥긴티 부인이 집 안으로 들인 누군가로 압축할 수 있겠군요."

"그렇습니다. 적어도 강도나 도둑은 아니라는 거죠. 그럼 과연 그녀가 순순히 집 안에 들일 만한 사람이 누구일까요? 이웃 사람이나 조카딸, 그리고 조카사위밖에 없겠죠. 우리 경찰에서는 이웃들을 용의선상에서 제외했습니다. 그리고 조카딸 부부는 그날 밤 영화관에 있었답니다. 굳이 가능성을 찾자면, 그 부부 중 한 사람이 몰래 영화관에서 빠져나와 자전거로 5킬로미터 떨어진 곳에 있는 맥긴티 부인의 집으로 와서 그녀를 죽이고 돈을 집 밖에 숨긴 다음 다시 몰래 영화관으로 돌아갔을 수도 있죠. 그 가능성을 면밀히 검토해 봤습니다만, 확증할 만한 결정적인 근거가 없었습니다. 그랬다면 굳이 돈을 맥긴티 부인의 집 뒤에 숨길 이유가 없죠. 나중에 찾아가기 곤란한 장소니까요. 5킬로미터 떨어진 영화관 근처 어딘가에 숨겨도 될 것을 말입니다. 범인이 그곳에 돈을 숨긴 단 한 가지 이유는……."

그때 푸아로가 나서서 스펜스의 말을 대신 마무리했다.

"사건이 발생한 바로 그 집에 자신이 살고 있고, 자기 방이나 집 안 어딘가에 돈을 숨기고 싶지는 않았기 때문이겠죠. 그러니까 범인은 제임스 벤틀리가 될 수밖에 없고."

"맞습니다. 무엇 하나 벤틀리에게는 불리한 상황입니다. 게다가 그의 소매에서 혈흔이 발견되기까지 했으니까요."

"그 점에 대해 본인은 뭐라고 해명했습니까?"

"사건 전날 정육점에 들렀다더군요. 말도 안 되는 소리죠! 그것은 동물의 피가 아니었거든요."

"그런데도 계속 우겨 대던가요?"

"그렇지는 않았습니다. 재판정에서는 전혀 다르게 말했으니까요. 아시다시피 벤틀리의 소매에서는 혈흔 외에 머리카락도 발견되었습니다. 피 묻은 그 머리카락은 맥긴티 부인의 것이었습니다. 벤틀리는 그 사실도 해명해야 했죠. 그제야 벤틀리는 그날 밤 산책을 하고 집으로 돌아와 바로 사건 현장을 목격했다고 자백했습니다. 노크를 하고 응접실로 들어가 보니 맥긴티 부인이 바닥에 쓰러져 있더랍니다. 벤틀리의 말에 따르면, 그는 부인이 살아 있는지 죽었는지 확인하려고 허리를 굽혀 사체를 만져 보았다더군요. 그 순간 정신이 아득해졌답니다. 원래 피를 보면 몹시 충격을 받는다더군요. 그는 주저앉을 것처럼 비틀거리며 자기 방으로 겨우 올라가 곧 정신을 잃고 쓰러졌답니다. 이튿날 아침 그는 간밤에 벌어진 일을 스스로 인정할 수가 없었다더군요."

"수상쩍은 구석이 많군요."

푸아로가 중얼거리자 스펜스가 진지하게 말했다.

"그렇습니다. 하지만 어쩌면 사실일 수도 있어요. 평범한 사람들, 그러니까 배심원들은 이런 이야기를 쉽게 믿지 않을 겁니다. 그러나 저는 그런 사람들을 본 적이 있습니다. 피를 보고 정신을 잃는 사람들 이야기가 아닙니다. 분별 있게 행동해야 할 상황에서 아무런 대처도 하지 못하는 사람들 말입니다. 유난히 소극적인 사람들이죠. 벤틀리는 우연히 응접실에 들어갔다가 죽은 맥긴티 부인을 발견한 겁니다. 그는 자신이 무언가를 해야 한다는 사실을 알고 있었습니다. 경찰을 부른다든가 이웃에 알린다든가, 어떤 적절한 조치를 취하는 것 말입니다. 그런데 겁이 난 거예요. '이 일에 대해 내가 굳이 알 필요는 없어. 오늘 밤 이곳에 들어올 필요도 없었으니까. 그러니 아예 여기 오지도 않은 것처럼 이대로 그냥 내 방으로 가 버리자.' 이렇게 생각한 겁니다. 물론 그렇게 한 건 두려움 때문이었죠. 자신이 사건과 관련이 있다고 의심받을지 모른다는 두려움 말입니다. 그래서 가능한 한 그 일에서 멀리 벗어나 있어야겠다고 생각한 겁니다. 결국 멍청하게도 사건에 휘말려 꼼짝 못 하게 됐지만 말입니다."

스펜스는 잠시 입을 다물었다가 한마디 덧붙였다.

"그럴 가능성도 있다는 말입니다."

"그럴 수도 있겠군요."

푸아로가 수긍했다.

"물론 벤틀리의 변호인이 꾸며 낸 가장 그럴듯한 변명일 수도 있겠죠. 무엇이 진실인지는 저도 모르겠습니다. 벤틀리는 킬체스터의 어느 카페에서 매일 점심 식사를 했는데, 그곳 여종업원 말로는 그가 언제나 벽 앞이나 구석진 자리만 골라 앉았다고 합니다. 다른 사람들과 눈을 마주치지 않는 자리로요. 그의 성격을 대번에 짐작할 수 있는 대목이죠. 한마디로 좀 비뚤어진 사내입니다. 하지만 사람을 죽일 만큼 비뚤어진 건 아닙니다. 피해망상 같은 건 없거든요."

스펜스가 기대에 찬 눈빛으로 푸아로를 바라보았다. 그러나 푸아로는 아무런 대꾸도 하지 않았다. 그저 얼굴을 찌푸리고 있을 뿐이었다.

그렇게 한동안 두 남자는 침묵 속에서 마주앉아 있었다.

3장

마침내 푸아로가 한숨을 내쉬며 입을 열었다.

"에 비엥(좋습니다). 이만하면 금전적 동기에 대해서는 충분히 알겠군요. 그럼 이제 다른 가능성을 찾아봅시다. 맥긴티 부인에게 원한을 품을 만한 사람은 없었습니까? 그녀가 두려워한 사람이라든가?"

"그런 증거는 없었습니다."

"이웃들 반응은 어땠습니까?"

"특별한 건 없었습니다. 경찰 앞에서는 말을 아끼려고 하더군요. 하지만 무언가를 숨기고 있는 것 같지는 않았습니다. 맥긴티 부인은 사람들과 거의 교류를 하지 않았다고 합니다. 하지만 그건 당연하다고 생각합니다. 푸아로 씨도 아시다시피 우리 지역 사람들이 원래 좀 무뚝뚝하거든요. 전쟁 중에 피난 온 사람들이어서 그런 것 같습니다. 맥긴티 부인도 그 시기를 이웃과 함께 보냈지만, 서로 가까이 지내는 사이는 아니었습니다."

"맥긴티 부인이 그곳에 산 지는 얼마나 됐습니까?"

"모르긴 해도 18년에서 20년은 족히 될 겁니다."

"그럼 그전 40년 동안은 어디에서 살았습니까?"

"미심쩍은 점은 전혀 없었습니다. 노스 데번 주에서 평범한 농부의 딸로 태어났고, 결혼한 뒤에는 한동안 일프라콤(영국 남서부 해안의 작은 마을 — 옮긴이) 근처에서 살았습니다. 그 후 킬체스터로 이사 왔죠. 처음에는 브로디니 반대편 마을에 집을 구했는데, 그곳은 습도가 너무 높아서 곧 브로디니로 옮겨 왔답니다. 맥긴티 부인의 남편은 과묵하고 점잖고 조금 내성적인 사람이었던 것 같습니다. 술집에도 거의 가지 않았다니까요. 좋은 성품에 남부끄러운 짓은 절대 하지 않는 사내여서, 숨길 것도 미심쩍은 점도 전혀 없었답니다."

"그런데도 그 부인은 살해된 것이군요?"

"그런데도 부인은 살해된 것입니다."

"조카딸은 자기 이모에게 원한을 품을 만한 사람이 전혀 없다고 하던가요?"

"그렇습니다."

푸아로는 몹시 화가 난 사람처럼 자신의 코를 거칠게 문질렀다.

"스펜스 경정님, 만약 맥긴티 부인이 맥긴티 부인이 아니었다면 사건의 실마리는 훨씬 더 쉽게 풀렸을 겁니다. 그녀가 수수께끼 같은 사람, 그러니까 숨겨진 과거가 있는 여자였다면 말입니다."

스펜스가 말귀를 못 알아들은 듯 대꾸했다.

"하지만 그런 여자가 아니었다니까요. 맥긴티 부인은 그냥 맥긴티 부인이었습니다. 제대로 된 교육을 받지 못했고, 하숙을 치면서 파출부 일을 다니는, 영국 전역에 수천 명은 있을 법한 지극히 평범한 여자였다고요."

"하지만 그 모든 사람들이 다 살해되지는 않습니다."

"물론입니다. 그 점은 저도 동의합니다."

"그렇다면 도대체 맥긴티 부인은 무슨 이유로 살해된 걸까요? 이 점에 대해 우리는 명백한 답을 얻지 못했습니다. 남은 건 뭘까요? 미심쩍지만 범인일 가능성은 별로 없는 조카딸? 그보다 훨씬 덜 미심쩍고 범인일 가능성도 희박한 낯선 사람? 그것도 아니면 뭐죠? 자, 사실만을 집중적으로 생각해 봅시다. 이 사건에서 사실은 뭘까요? 파출부 일을 하는 나이 든 여인이 살해되었고, 내성적이고 무뚝뚝한 젊은이가 체포되어 살인자로 유죄를 선고받은 것입니다. 그런데 제임스 벤틀리가 어떻게 해서 체포된 겁니까?"

스펜스가 푸아로를 빤히 바라보았다.

"그에게 불리한 증거가 나왔기 때문입니다. 앞서 말씀드린……."

"바로 그겁니다. 증거. 그렇지만 스펜스 경정님, 그게 진짜 증거였습니까, 아니면 누군가 꾸민 증거였습니까?"

"꾸민 증거요?"

"그렇습니다. 제임스 벤틀리가 무죄라고 가정하면 두 가지 가능성이 남게 됩니다. 하나는 그에게 죄를 덮어 씌우기 위해 고의적으로 증거를 꾸며 낸 것입니다. 그리고 다른 하나는 벤틀리가 그저 우연히 사건에 휘말려 불행하게도 희생양이 된 것이고요."

스펜스가 잠시 생각에 잠겼다.

"알겠습니다. 무슨 생각을 하고 계시는지 알겠어요."

"지금으로서는 첫 번째 가능성을 증명할 만한 것이 아무것도 없습니다. 하지만 그것이 사실이 아니라는 증거도 없죠. 범인은 피살자의 돈을 훔쳐 집 뒤에 숨겨 두었어요. 그것도 쉽게 눈에 띄는 장소에. 벤틀리의 방에 숨겨 놓는 건 너무 뻔한 수법이라 오히려 경찰의 의심을 살 테니 말입니다. 살인은 벤틀리가 항상 그랬듯이 혼자 산책을 하던 시각에 벌어졌습니다. 벤틀리의 소매에서 발견된 혈흔은 그가 진술한 것처럼 정말 그렇게 해서 묻은 것일까요? 아니면 그것 또한 조작된 것일까요? 누군가 어둠 속에서 그의 곁을 스치고 지나가면서 소매에 확실한 증거가 될 만한 혈흔을 묻힌 건 아닐까요?"

"그건 좀 지나친 추론인 것 같습니다, 푸아로 씨."

"그럴지도 모르죠. 하지만 그렇게 생각할 필요도 있습니다. 저는 이번 사건에서 조금 지나친 추론을 통해 상상의 폭을 넓혀야 한다고 생각합니다. 몽 셰르 스펜스(친애하는 스펜스 씨), 만약 맥긴티 부인이 그냥 평범한 파출부라면 범인은 틀림없이 비범한 자일 겁니다. 그래, 이렇게 생각하니 확실해지는군요. 이번 사건에서 우리는 피살자가 아니라 범인에게 관심을 가져야 합니다. 그것이 대부분의 범죄와 다른 점이죠. 대개의 경우에는 피살자의 성격에서 사건의 원인을 찾아볼 수 있습니다. 그래서 저는 보통 아무 말이 없는 피살자에게 관심을 갖는답니다. 피살자의 애정 관계나 원한 관계, 행동 등에 대해 말입니다. 희생된 피살자에 대해 깊은 것까지 알아 가다 보면 나중에는 피살자가 말을 하게 됩니다. 죽은 자가 입술을 움직여 어떤 이름을 알려 주는 거죠. 우리가 정말 알고 싶어 하는 바로 그 이름을."

스펜스는 조금 언짢은 표정을 지었다. 마치 마음속으로 이렇게 중얼거리고 있는 것 같았다.

'외국인들이란!'

푸아로가 말을 이었다.

"하지만 이번 사건은 그것과는 정반대입니다. 우리는 베일에 싸인 누군가에 대해 생각해 봐야 합니다. 어둠 속에 숨어 있는 누군가를 말입니다. 맥긴티 부인이 어떻게 해서 죽었을까? 죽은 이유는 뭘까? 그 해답은 맥긴티 부인의 삶을 조사해 봤자 얻을 수 없을 겁니다. 해답을 얻으려면 살인자의 특성을 알아봐야 합니다. 이 점은 이해하시지요, 스펜스 경정님?"

"그런 것 같습니다."

스펜스가 조심스럽게 대답했다.

"그 살인자가 원한 건 무엇이었을까요? 맥긴티 부인의 죽음? 아니면 제임스 벤틀리의 죽음?"

스펜스는 미심쩍은 듯이 '흠' 하는 소리를 내었다.

"바로 그것이 우리가 결정해야 할 첫 번째 핵심 중 하나입니다. 진짜 희생양이 누구일까요? 다시 말해 범인이 실제로 죽이고자 한 사람은 누구일까요?"

스펜스가 의심스러운 목소리로 말했다.

"지금 범인이 누군가에게 살인 누명을 뒤집어 씌워 교수형에 처하게 하기 위해 아무 죄도 없는 할머니를 죽였다고 생각하시는 겁니까?"

"'달걀을 깨지 않고 오믈렛을 만들 수는 없다.'는 말이 있습니다. 이 경우에 달걀은 맥긴티 부인이고, 제임스 벤틀리는 오믈렛이 되는 거죠. 그럼 지금부터는 제임스 벤틀리에 대해 알고 있는 것을 말해 주시겠습니까."

"별로 많지는 않습니다. 아버지가 의사였는데, 벤틀리가 아홉 살 때 세상을 떠났다더군요. 그 밖에 작은 공립 학교에 다녔고, 군대에 지원할 자격이 안 되었고, 폐가 약했고, 전쟁 중에 정부 부처에서 일했고, 소유욕이 강한 어머니와 함께 살았습니다. 뭐 대강 이게 전부입니다."

"음, 그 정도만으로도 몇 가지 가능성을 생각해 볼 수 있겠군요. 맥긴티 부인의 삶보다 훨씬 흥미로워요."

"아까 말씀하신 대로 정말 그렇게 믿고 계신 겁니까?"

"아니, 아직까지는 아무것도 믿지 않습니다. 하지만 수사 방향이 두 가지로 뚜렷하게 나눠지는군요. 그중 어떤 방향을 따라갈지 빨리 결정해야겠습니다."

"무엇부터 어떻게 시작하실 겁니까, 푸아로 씨? 제가 할 수 있는 일이라도 있을까요?"

"우선 제임스 벤틀리와 이야기를 나눠 보고 싶습니다."

"그건 어렵지 않습니다. 제가 그의 변호인을 만나 보겠습니다."

"거기서 어떤 결과를 얻게 되면, 물론 별로 희망적이지는 않지만, 아무튼 그렇게 되면 그 다음에는 브로디니로 갈 겁니다. 거기서 경정님이 건네 주신 자료를 토대로 경정님의 수사 과정을 그대로 따라가며 주의 깊게 점검해 볼 생각입니다. 가능한 한 짧은 시간 안에 말입니다."

"제가 놓친 부분이 있는지 확인하시려는 거로군요."

스펜스가 쓴웃음을 지으며 말했다.

"그렇다기보다는 경정님께서 생각한 것과는 다른 생각을 떠올릴 만한 어떤 상황이 있는지 보려는 겁니다. 인간의 반응은 매우 다양하고, 인간의 경험 또한 그렇죠. 제가 리에주(벨기에 동부의 도시 — 옮긴이)에서 알고 지냈던 한 비누 제조업자가 어느 부유한 금융가와 닮았는데, 그 점을 통해 매우 만족스러운 결과를 얻을 수 있었습니다.(여기서 말하는 사건은 1947년에 출간된 애거서 크리스티의 단편집 『헤라클레스의 모험(애거서 크리스티 전집 51권)』 가운데 「네메아의 사자」에 소개되어 있다 — 옮긴이) 하지만 그 일을 지금 자세히 이야기할 필요는 없을 듯하군요. 제가 하고 싶은 건 방금 전 말한 여러 가지 가능성 중에 필요 없는 것들을 하나씩 제외하는 겁니다. 첫 번째 가능성인 맥긴티 부인에 관한 단서를 제외하는 게 두 번째 가능성에 관한 단서를 공략하는 것보다 분명 훨씬 더 빠르고 쉬울 겁니다. 그런데 브로디니에 제가 묵을 만한 곳이 있습니까? 그럭저럭

묵을 만한 여관 같은 곳 말입니다."

"'스리 덕스'라는 곳이 좋은데, 지금은 숙박 손님을 받지 않습니다. 거기서 5킬로미터쯤 떨어진 곳에 '램 인 컬래번'이라는 여관이 있고, 브로디니에도 숙소 같은 게 있기는 합니다. 진짜 숙소는 아니고, 낡은 시골집에 사는 젊은 부부가 손님을 받고 있죠. 그렇지만 제 생각에는……. 그다지 편안하지는 않을 겁니다."

스펜스가 미심쩍은 표정을 지었다.

에르퀼 푸아로가 괴로운 듯 눈을 감고 중얼거렸다.

"제가 견뎌 내려면 숙소만큼은 편해야 하는데……."

스펜스가 의심스러운 눈빛으로 푸아로를 바라보았다.

"당신이 그곳에서 견딜 수 있을지 모르겠군요. 푸아로 씨는 꼭 오페라 가수 같습니다. 목소리가 망가진……. 그러니 이제는 쉬셔야 합니다. 그러는 편이 좋겠어요."

"아니, 저는 갈 겁니다. 제 명예를 걸고."

에르퀼 푸아로가 왕가의 혈통다운 어조로 말했다. 스펜스는 입술을 깨문 채 그의 의견을 받아들였다.

"현명한 처사라고 생각하십니까?"

"불가결한 처사라고 생각합니다. 그래, 불가결! 셰라미(친구), 우리가 이번 사건을 정면으로 파헤칠 때가 왔습니다. 지금 우리가 알고 있는 게 뭡니까? 아무것도 없습니다. 그러니 가장 바람직한 것은 최대한 많은 것을 알고 있는 척하는 겁니다. 저는 에르퀼 푸아로입니다. 위대하고 독보적인 에르퀼 푸아로. 저 에르퀼 푸아로는 맥긴티 부인 사건의 평결에 만족할 수 없습니다. 저 에르퀼 푸아로는 날카로운 직관으로 이번 사건에 대해 의심을 품고 있습니다. 그래서 혼자 이번 상황의 진짜 가치를 평가하려는 겁니다. 무슨 말인지 아시겠습니까?"

"그런 다음에는요?"

"그런 다음에, 그러니까 사람들을 자극한 다음 어떤 반응을 하는지 살펴볼 겁니다. 분명 어떤 반응을 보일 테니까요."

스펜스는 이 자그마한 남자를 불안한 눈빛으로 바라보았다.

"푸아로 씨, 제발 위험을 자초하지는 마십시오. 당신에게 무슨 일이 생기는 건 원치 않습니다."

"제가 그렇게 하면 경정님께서는 의심의 그림자를 거두고 자신이 옳았다는 것을 증명할 수 있지 않습니까? 안 그런가요?"

"그렇게까지 힘들게 제 믿음을 증명하고 싶지는 않습니다."

4장

 에르퀼 푸아로는 몹시 못마땅한 눈빛으로 서서 방 안을 둘러보았다. 상당히 넓기는 했지만, 좋은 점이라고는 그게 다였다. 책장 위를 손가락으로 조심스럽게 문질러 본 푸아로의 표정이 잔뜩 일그러졌다. 짐작했던 대로 먼지투성이였다. 푸아로가 조심스럽게 소파에 앉자 고장 난 스프링이 힘없이 푹 꺼졌다. 그나마 빛바랜 안락의자 두 개는 조금 나았다. 알맞게 편안한 네 번째 의자에는 크고 사납게 생긴 개 한 마리가 자리 잡고 앉아 으르렁거리고 있었다. 푸아로는 녀석에게 옴이 오른 것은 아닌지 의심스러웠다.
 방은 넓었고 색 바랜 모리스 벽지로 장식되어 있었다. 벽에는 섬뜩한 주제의 금속 판화 몇 점이 괜찮은 유화 한두 점과 함께 비뚜름하게 걸려 있었다. 의자 덮개는 바래고 지저분했으며, 카펫은 디자인 자체가 형편없는 데다 구멍까지 숭숭 뚫려 있었다. 방 안 여기저기에는 잡다한 골동품들이 아무렇게나 잔뜩 놓여 있었다. 테이블은 다리의 바퀴가 없어서 금방이라도 무너질 듯 위험하게 흔들렸다. 창문 하나는 활짝 열려 있었는데, 세상 그 어떤 힘으로도 그것을 닫지 못할 것 같았다. 방문은 잠시 닫혀 있었지만 계속 그럴 것 같지 않았다. 걸쇠가 걸려 있지 않아, 돌풍이 일 때마다 창문이 벌컥 열리면서 차디찬 바람이 방 안으로 휘몰아쳤다.

에르퀼 푸아로가 자기 연민에 가득 찬 목소리로 중얼거렸다.

"걱정스럽군. 정말 걱정이야."

그때였다. 갑자기 문이 벌컥 열리면서 찬바람과 함께 서머헤이스 부인이 들어왔다. 그녀는 방 안을 둘러보다가 멀리 있는 누군가에게 "뭐라고요?"라고 소리치더니 다시 밖으로 나가 버렸다.

서머헤이스 부인은 빨간 머리칼에 얼굴의 주근깨가 매력적인 여자였다. 그러나 늘 정신 없이 물건을 아무 데나 두고 나중에 찾느라 쩔쩔매기 일쑤였다.

에르퀼 푸아로가 벌떡 일어나 문을 닫았다.

잠시 후 문이 도로 열리면서 서머헤이스 부인이 다시 나타났다. 이번에는 커다란 에나멜 그릇과 부엌칼이 손에 들려 있었다.

그때 어딘가 먼 곳에서 남자의 목소리가 들려왔다.

"모린! 저 고양이가 또 병이 난 것 같아. 어떻게 하지?"

서머헤이스 부인이 대답했다.

"금방 갈게, 여보! 아무것도 손대지 말고 그냥 놔둬."

부인은 그릇과 칼을 내려놓고 또다시 사라졌다.

푸아로는 또다시 일어나 문을 닫아야 했다.

"정말이지 큰일이군."

밖에서 자동차 소리가 나자, 의자에 앉아 있던 커다란 개가 풀쩍 뛰어내려 목청을 점점 키우면서 짖어 댔다. 그러더니 급기야 창가에 놓인 작은 테이블 위로 뛰어올라 갔다. 그 바람에 테이블이 우당탕 소리를 내며 무너지고 말았다.

"앙펭, 세 텡쉬포르타블(도저히 못 참겠군)!"

그때 문이 벌컥 열리면서 찬바람이 방 안으로 휘몰아쳤다. 개가 기다렸다는 듯이 컹컹 짖으며 밖으로 뛰쳐나갔다. 어디선가 모린의 목소리가 크고 또렷하게 들려왔다.

"여보, 어쩌자고 뒷문을 열어 놓은 거야. 몹쓸 암탉들이 음식 창고로 들어왔잖아!"

푸아로가 감정을 담아 말했다.

"이 방에 일주일에 7기니를 낸단 말이지!"

곧이어 쾅 하는 소리와 함께 문이 닫혔다. 창문 너머로 성난 암탉들이 요란하게 꼬꼬댁거리는 소리가 들렸다.

잠시 후 방문이 다시 열리면서 서머헤이스 부인이 들어왔다. 그녀는 에나멜 그릇을 보고 기쁨에 겨워 소리 질렀다.

"어디에 놔뒀나 했더니 여기 있었네! 저, 에르……. 아니, 저 혹시 여기서 콩을 좀 다듬으면 안 될까요? 지금 부엌에 지독한 냄새가 나서요."

"저로서는 영광입니다, 마담."

푸아로의 심정을 정확하게 표현한 건 아니지만 거의 맞는 말이었다. 푸아로가 그 집 사람들과 대화를 6초 이상 이어 가게 된 것이 24시간 만에 처음이었기 때문이다.

서머헤이스 부인이 의자에 털썩 주저앉아 콩을 얇게 썰기 시작했다. 힘은 넘치는데 솜씨는 영 신통치 않았다.

"손님께 불편한 점이 없으시면 좋겠네요. 바꿨으면 좋겠다 싶은 게 있으시면 언제든 말씀하세요."

푸아로는 진작부터 '롱 메도즈' 여관에서 유일하게 참을 만한 것은 그 여주인뿐이라는 생각을 하고 있었다. 그가 정중하게 답했다.

"친절하시군요, 마담. 마음 같아서는 제가 부인께 적당한 가정부를 구해 드리고 싶습니다."

서머헤이스 부인의 목소리가 높아졌다.

"가정부요? 정말 꿈 같은 얘기죠. 일일 파출부도 부르기 힘든 형편이거든요. 진짜 괜찮은 파출부가 있었는데 얼마 전에 죽었답니다. 다 제 팔자죠, 뭐."

"맥긴티 부인 말씀이시죠?"

푸아로가 기회를 놓치지 않고 재빨리 물었다.

"맞아요, 맥긴티 부인. 제가 그분을 얼마나 그리워하는지 아마 모르실 거예요. 물론 사건이 일어났을 때는 소름이 돋을 정도로 큰 충격을 받았죠. 저희 가족 주변에서는 처음 일어난 살인 사건이었으니까요. 남편한테도 말했지만 우리에게 너무나 불행한 일이었답니다. 맥긴티 부인 없이는 일을 할 수 없거든요."

"맥긴티 부인을 좋아하셨나 봅니다?"

"믿을 만한 분이었거든요. 매주 월요일 오후와 목요일 오전에 저희 집에 왔는데 늘 시계처럼 정확했어요. 지금은 기차역 근처에 사는 버프 부인이 일을 대신하고 있죠. 남편에 애가 다섯이나 딸린 여자예요. 그러다 보니 제때에 오는 법이 없어요. 남편 몸이 안 좋다거나, 노모나 아이들이 몹쓸 병에 걸렸다거나 뭐 그런 이유를 대면서요. 맥긴티 부인은 어차피 딸린 식구가 없었으니 자기 혼자만 챙기면 됐거든요. 몸이 아파서 결근한 적도 거의 없었고요."

"그럼 맥긴티 부인은 항상 정직하게 행동했습니까? 부인은 그분을 진심으로 신뢰하셨나요?"

"도둑질 같은 건 전혀 안 했으니까요. 심지어 먹을 것에도 손을 대지 않았어요. 물론 여기저기 조금 기웃거리기는 했죠. 남의 편지 같은 것들에 관심을 가지는 거 말이에요. 하지만 그 정도는 넘어갈 수 있는 일이죠. 그런 사람들이야 사는 게 너무나 단조로우니 그러는 거 아니겠어요?"

"맥긴티 부인이 단조롭게 살았나요?"

서머헤이스 부인이 혼잣말처럼 중얼거렸다.

"끔찍하리만큼 단조로운 삶이었을 거예요. 늘 무릎 꿇고 앉아 죽어라 마루를 닦아야 하고, 아침에 일하는 집에 오면 개수대에 남이 먹은 설거짓감이 잔뜩 쌓여 있고……. 매일 그런 상황에 맞닥뜨려야 한다면 저는 차라리 죽는 게 낫다고 생각할 거예요. 정말이에요."

그때 서머헤이스 소령의 얼굴이 창문 너머로 나타났다. 서머헤이스 부인은 무릎 위에 콩이 담긴 그릇이 놓여 있는 것도 모르고 벌떡 일어났다. 그러고는 재빨리 창가로 달려가 창문을 활짝 열어젖혔다.

"빌어먹을 저 개가 닭 모이를 또 먹어 치웠어, 모린."

"맙소사! 또 병나겠네."

존 서머헤이스는 푸성귀가 가득 담긴 소쿠리를 내밀며 말했다.

"이것 좀 봐. 시금치는 이 정도면 충분하겠지?"

"어림도 없어."

"내가 보기에는 굉장히 많은 것 같은데?"

"삶으면 티스푼 하나 정도밖에 안 될 거야. 이제는 시금치가 어떤 것들인지 알 때도 되지 않았어?"

"이런!"

"생선은 도착했어?"

"올 기미도 없어."

"그럼 통조림이라도 따야겠네. 당신이 해줄 수 있지? 구석 쪽 찬장에 들어 있는 통조림 하나만 따 줘. 깡통이 좀 부풀었다 싶은 걸로. 아직까지는 괜찮을 거야."

"시금치는 어쩌고?"

"그건 내가 할게."

서머헤이스 부인은 창문을 풀쩍 뛰어넘어 남편과 함께 어디론가 가 버렸다.

"농 덩 농 덩 농(하느님 맙소사)!"

푸아로는 이렇게 중얼거리며 방을 가로질러 가서 창문을 최대한 닫았다. 서머헤이스 소령의 목소리가 바람을 타고 그의 귀에까지 들렸다.

"모린, 새로 온 손님은 어때? 좀 특이해 보이던데? 이름이 뭐라고 했더라?"

"나도 말을 걸어 보려고 했는데 이름이 생각나지 않더라고. 그래서 에르⋯⋯ 이러다 말았어. 맞다, 푸아로! 그거야. 프랑스 사람인가 봐."

"어디선가 들어 본 듯한 이름인데?"

"아마 미용실에서 들어봤을 거야. 미용사처럼 생겼잖아."

푸아로는 기가 막힐 지경이었다.

"음, 그건 아냐. 잘은 모르겠지만 아무래도 골칫거리가 될 것 같아. 분명 귀에 익은 이름이거든. 일단 숙박비 7기니를 선불로 받아 두는 게 좋겠어. 어서 서두르자고."

부부의 목소리가 잠잠해졌다.

에르퀼 푸아로는 방바닥에 뿔뿔이 흩어진 콩들을 주워 모았다. 콩을 다 주웠을 때 서머헤이스 부인이 창문이 아닌 방문으로 다시 들어왔다.

푸아로는 콩을 그녀에게 내밀며 정중하게 말했다.

"부아시, 마담(여기 있습니다, 부인)."

"어머, 고마워요. 그런데 이 콩들은 좀 거무튀튀하군요. 아시겠지만 우리 영국인들은 콩을 항아리에 담아 소금에 절인답니다. 색깔은 이래도 상한 건 아니에요. 썩 맛있지는 않겠지만요."

"제 생각에도⋯⋯. 죄송하지만 문을 좀 닫아도 될까요? 외풍이 상당히 세군요."

"아, 그렇게 하세요. 저는 늘 문을 열어 두는 버릇이 있어서……."

"그러신 것 같더군요."

"그래 봤자 저 문은 툭하면 열린답니다. 솔직히 말해 이 집은 거의 무너지기 일보 직전이에요. 원래 이 집에 저희 시부모님이 사셨는데, 가엾게도 몹시 가난해서 집을 고칠 엄두도 못 내셨대요. 나중에 인도에서 이곳으로 이사를 온 저희 부부도 형편이 어렵기는 마찬가지예요. 하지만 아이들이 방학 때 와서 지내기에는 딱 좋아요. 마음대로 뛰어놀 수 있는 방도 여러 개 있고 정원도 있으니까요. 숙박 손님을 받아서 겨우 생계는 꾸려 나가고 있지만, 솔직히 무례한 손님들 때문에 속 썩을 때도 많답니다."

"지금 투숙객은 저뿐인가요?"

"2층에 나이 드신 부인이 한 분 계세요. 이곳에 오던 날부터 바로 몸져눕더니 지금까지 계속 머물고 있어요. 제가 보기에 특별히 문제가 있는 것 같지는 않더군요. 하지만 그 손님 때문에 제가 하루에 네 번씩 2층까지 식사를 갖고 올라가야 한답니다. 입맛이 없는 건 아니거든요. 어쨌거나 그 손님도 내일이면 조카딸인지 누군지에게 간답니다."

서머헤이스 부인은 잠시 입을 다물었다가 약간 꾸민 듯한 목소리로 말했다.

"조금 있으면 생선 장수가 올 거예요. 그래서 드리는 말씀인데 혹시 일주일치 숙박비를 선불로 주시면 안 될까요? 일주일 동안 계실 거죠? 아닌가요?"

"그보다 더 오래 있을지도 모릅니다."

"불편하게 해 드려서 죄송해요. 하지만 지금 집에 돈이 한 푼도 없어서요. 장사치들이 어떤지 잘 아시잖아요? 끈질기게 닦달해 대는 사람들이라……."

"미안해하실 필요 없습니다, 부인."

푸아로가 지갑에서 7파운드를 꺼내고 거기에 7실링을 더 얹어서 여자에게 내밀었다. 주인은 냉큼 돈을 받아 챙겼다.

"정말 고맙습니다, 손님."

"그런데 부인, 아무래도 저에 대해 좀 더 자세히 알려 드려야 할 것 같군요. 제 이름은 에르퀼 푸아로입니다."

서머헤이스 부인은 푸아로의 말에 크게 신경 쓰지 않았다. 그녀가 상냥하게 말했다.

"정말 멋진 이름이네요. 그리스분이신가요?"

푸아로가 자신의 가슴을 가볍게 툭툭 치며 말했다.

"아실지 모르겠지만 저는 탐정입니다. 지상에서 가장 유명한 탐정이죠."

그러자 서머헤이스 부인이 까르르 웃음을 터트렸다.

"농담도 잘하시네요, 푸아로 씨. 그럼 뭘 조사하시나요? 담뱃재나 발자국 같은 거요?"

"저는 맥긴티 부인 사건을 조사하고 있습니다. 이건 농담이 아닙니다."

"아얏! 손을 베었나 봐요."

서머헤이스 부인은 베인 손가락을 들어 자세히 들여다보고 나서 푸아로를 빤히 바라보았다.

"이보세요, 푸아로 씨. 정말이세요? 다 끝난 사건을 두고 대체 뭘 조사하신다는 거예요? 그 집에 세 들어 살던 빙충이 같은 남자가 체포되었고, 재판을 받은 끝에 유죄 판결을 받았어요. 다 끝났다고요. 아마 지금쯤 벌써 교수형을 당했을걸요?"

"아닙니다, 부인. 아직 교수형을 당하지는 않았어요. 그리고 맥긴티 부인 사건은 '끝난' 게 아닙니다. 영국 시인 중에 이런 말을 한 사람이 있죠. '문제가 해결되기 전까지는 결코 해결된 게 아니다.'"

푸아로를 빤히 바라보던 서머헤이스 부인이 자기 무릎 위에 놓인 그릇으로 눈길을 돌렸다.

"어머나! 콩에 핏방울이 떨어졌네. 점심때 해 먹기는 좀 그렇겠지만, 그래도 별 문제는 없을 거예요. 어차피 끓는 물에 삶을 거니까요. 뭐든 익혀 먹으면 아무 문제 없잖아요, 안 그래요? 통조림도 말이에요, 뭘."

에르퀼 푸아로가 나지막이 말했다.

"아마 점심때 저는 여기 없을 겁니다."

5장

"저는 정말 모른다고요."

버치 부인은 벌써 세 번째 똑같은 말을 되풀이하고 있었다. 검은 콧수염을 기르고 모피로 안감을 댄 두툼한 코트를 입은 외국인 남자를 보고 갖게 마련인 불신감은 쉽게 가시지 않았다.

"너무 끔찍한 일이었어요. 가엾은 이모가 살해된 것도 그렇고 경찰 조사 같은 게 결코 기분 좋을 리 없잖아요? 여기저기 돌아다니며 죄다 뒤지지를 않나 온갖 것을 물어보지 않나……. 동네 사람들도 모두 웅성거렸고요. 처음에는 결코 머릿속에서 지워지지 않을 것 같았어요. 시어머니께서도 드러내 놓고 불평하셨죠. 당신 집안에서 이런 일이 벌어진 건 처음이라고 입버릇처럼 말씀하셨어요. 그러면서 '불쌍한 내 아들!'이라며 혀를 차셨죠. 하지만 저는 안 불쌍한가요? 남도 아닌 이모가 그렇게 돌아가셨는데 말이에요. 그렇지만 이제는 정말 다 끝난 일이라고 생각했다고요."

"그런데 만약 제임스 벤틀리가 범인이 아니라면 어쩌시겠습니까?" 버치 부인이 소리쳤다.

"말도 안 돼요! 그 사람이 그런 게 맞아요. 그가 저지른 짓이라고요. 그 사람 생김새부터 마음에 안 들었어요. 혼자 뭐라고 중얼중얼하면서 할 일 없이 어슬렁거리는 그런 인간은 딱 질색이에요. 그래서 처음부터 이모에게 말씀드렸더랬죠. 저런 남자를 집 안에 들여서는 안 된다고요. 정신이 이상한 사람인지도 모르니까요. 하지만 이모는 그가 조용하고 고분고분해서 문제를 일으키지 않을 거라더군요. 술도 안 마시고 담배도 안 피운다고요. 이제는 그 사람에 대해 확실히 아셨겠죠. 가엾은 이모······."

푸아로는 진지한 눈빛으로 맥긴티 부인의 조카딸을 바라보았다. 큰 덩치에 살집이 풍성했고, 건강한 혈색을 가진 쾌활한 여자였다. 그녀의 작은 집은 깨끗하고 정리가 잘 되어 있었으며, 가구 광택제와 브레소(금속용 광택제 이름 ─ 옮긴이) 냄새가 났다. 부엌 쪽에서는 식욕을 돋우는 음식 냄새가 솔솔 풍겨 왔다.

집 안을 깨끗이 가꾸고 남편을 위해 요리하는 수고를 아끼지 않는 착한 아내. 그것은 푸아로가 높이 평가하는 덕목이었다. 선입견이 있는 데다 고집스럽기까지 하지만, 사실 그것이 대수인가? 확실히 버치 부인은 자신의 이모에게 육류용 칼을 휘두르거나, 남편을 꼬드겨 그런 일을 시키는 일 따위는 상상조차 하지 못할 여자였다. 스펜스도 그녀가 그런 여자라고는 생각하지 않았다. 그 점에 있어서만큼은 에르퀼 푸아로도 같은 생각이었다. 버치 씨 부부의 재정 상태를 조사해 본 스펜스는 그들에게 살인을 저지를 만한 동기가 없음을 밝혀냈다. 스펜스는 상당히 빈틈없는 사내였다.

푸아로는 길게 한숨을 내쉬었다. 외국인에 대한 버치 부인의 불신감을 없애기는 결코 쉽지 않은 일이었다. 결국 푸아로는 화제를 바꾸어 살인 사건이 아니라 사건의 희생자에게 초점을 맞추었다. 즉 '가엾은 이모'에 대해 이것저것 물어본 것이다. 이모의 건강과 습관, 좋아하는 음식이나 음료, 정치관, 먼저 세상을 떠난 남편, 그 밖에 인생관과 성생활, 죄악, 종교, 아이들, 동물 등에 대해 그녀가 어떻게 생각하고 있었는지를 말이다.

사건 자체와는 별 관련 없는 이런 것들이 얼마나 도움이 될지는 푸아로 자신도 알 수 없었다. 그것은 마치 건초 더미에서 바늘을 찾는 것과 같았다. 그런데 생각지도 않게 베시 버치에 대해 어떤 것을 알게 되었다.

그것은 베시가 자신의 이모에 대해 잘 알지 못한다는 사실이었다. 혈연으로 묶여 있기는 했지만 그다지 친밀하지는 않았던 것이다. 그저 가끔씩, 한 달에 한 번쯤 일요일에 남편과 함께 이모를 찾아가 점심 식사를 하는 정도였다. 이모가 조카딸을 찾아오는 경우는 그보다 더 드물었다. 크리스마스에는 선물도 주고받았다. 부부는 이모가 모아 둔 돈이 조금 있다는 것을 알고 있었고, 이모가 죽으면 그 돈을 자신들이 갖게 된다는 것도 알고 있었다.

버치 부인의 얼굴이 상기되었다.

"그렇다고 저희가 그 돈을 필요로 했던 건 아니에요. 저희도 모아 둔 돈이 조금 있거든요. 게다가 저희는 이모의 장례식을 멋지게 치러 드렸어요. 정말 근사한 장례식이었죠. 꽃이며 뭐며 제대로 준비했다고요."

맥긴티 부인은 생전에 뜨개질을 좋아했다. 주변을 어지른다는 이유로 개는 좋아하지 않았지만, 고양이를 기른 적은 있었다. 황갈색 고양이였는데, 녀석이 집을 나가 버린 뒤로 다시는 고양이를 키우지 않았다. 하지만 우체국 여직원이 맥긴티 부인에게 새끼 고양이 한 마리를 주기로 했었다. 맥긴티 부인은 지저분한 것을 싫어해서 집 안을 항상 깨끗하게 치워 놓았다. 놋 제품은 언제나 반들반들 윤이 났고, 부엌 바닥도 매일 닦아 물기 한 점 없었다. 맥긴티 부인은 파출부 일도 잘했다. 보통 시간당 1실링 10펜스를 받았는데, 카펜터 씨가 운영하는 구빈원 '홈리'에서는 특별히 2실링을 받았다. 카펜터 씨 부부는 구빈원이 제대로 운영되지 않아 맥긴티 부인이 더 자주 와 주기를 원했다. 그러나 맥긴티 부인은 다른 부인들을 실망시킬 수 없다고 말했다. 카펜터 씨 부부를 만나기 전부터 알고 지낸 사람들이었으므로, 그렇게 하는 것은 도리에 어긋난다고 생각했다.

푸아로는 롱 메도즈 여관의 서머헤이스 부인에 대해 이야기를 꺼냈다.

"아, 맞아요! 이모는 그 집에도 일주일에 두 번씩 일을 나갔어요. 인도에서 살다 온 사람들인데, 그곳에서는 현지 하인들을 여럿 부리며 살았대요. 그래서인지 서머헤이스 부인은 살림에 대해 아무것도 몰라요. 채소를 가꿔 시장에 내다 팔아 보려고도 했는데, 농사일은 전혀 모르더라고요. 방학 때 아이들이 집에 오면 집 안은 아수라장이 된답니다. 하지만 서머헤이스 부인은 성격이 좋아서 이모도 그녀를 좋아했어요."

맥긴티 부인의 인상은 점점 뚜렷해졌다. 부인은 뜨개질을 잘했고, 날마다 바닥을 청소하고 놋 그릇을 광냈다. 고양이는 좋아했지만 개는 싫어했다. 아이들을 싫어하지는 않았지만 그렇다고 썩 좋아한 것은 아니었다. 또한 그녀는 소신껏 행동했다.

일요일에 교회를 나가기는 했지만 교회 활동에 참여하지는 않았다. 아주 가끔씩 영화관에도 갔다. 맥긴티 부인은 불의를 참지 못했다. 그래서 어느 화가 부부가 불륜으로 맺어진 관계라는 것을 알고 그 집 일을 그만둔 적도 있었다. 책은 읽지 않았지만 주간지는 즐겨 읽는 편이었고, 여주인들이 철 지난 잡지를 주면 좋아했다. 영화관에 자주 가지는 않았지만 영화배우에 대해 관심이 많았다. 정치에는 관심이 없었지만 남편이 늘 그랬던 것처럼 보수당을 지지했다. 옷을 사는 데 돈을 쓰지는 않았지만, 여주인들에게 얻곤 해서 옷이 꽤 많았다. 대체로 그녀는 알뜰한 편이었다.

실제로 맥긴티 부인은 푸아로가 상상한 맥긴티 부인과 거의 흡사했다. 그녀의 조카딸 베시 버치 또한 스펜스의 수첩에 적혀 있는 베시 버치와 똑같았다.

푸아로가 집을 나서기 전, 조 버치가 점심을 먹으러 들어왔다. 자그마한 체구에 명민해 보이는 조 버치는 그의 아내만큼 성격을 파악하기가 쉽지 않아 보였다. 그는 조금 불안한 듯한 태도를 보였다. 그러나 아내보다 의심이나 적대감은 덜한 듯했다. 아니, 조 버치는 우호적으로 대하려고 애쓰는 것 같았다. 푸아로는 그 태도가 어쩐지 어색하게 느껴졌다. 조 버치라는 사내가 왜 귀찮게 구는 낯선 외국인에게 잘 보이려고 애쓰는 것일까? 굳이 이유를 찾으면 단 한 가지, 그가 지방 경찰서의 스펜스 경정이 써 준 소개장을 가져왔기 때문이다.

그렇다면 조 버치는 왜 경찰과 우호적으로 지내고 싶어 하는 것일까? 혹시 그의 아내처럼 경찰을 흠잡을 수 없는 처지이기 때문일까?

어쩌면 양심에 꺼리는 일이 있는지도 몰랐다. 그렇다면 왜 양심이 편치 않은 것일까? 여러 가지 이유가 있을 수 있다. 맥긴티 부인의 죽음과는 전혀 관계없는 어떤 일이 있는지도 모르지만, 아닐 수도 있다. 극장에 있었다는 알리바이도 교묘하게 꾸며 낸 뒤, 맥긴티 부인의 시골집 문을 두드리고 자연스럽게 집 안으로 들어간 다음, 일말의 의심도 품지 않는 늙은 이모를 죽음으로 몰아간 사람이 바로 조 버치일 수도 있다. 서랍을 뒤지고, 집 안을 어지럽혀서 강도의 소행인 것처럼 꾸민 다음, 교활하게 돈을 집 밖에 숨긴 일련의 행동은 모두 제임스 벤틀리에게 죄를 덮어씌우기 위한 것이었다. 조 버치가 정작 노린 것은 바로 은행 예금이었다. 어떤 이유에서인지는 몰라도 아내가 유산으로 받게 될 200파운드가 절실히 필요했던 것이다. 푸아로는 범행에 사용된 도구가 발견되지 않았다는 사실을 떠올렸다. 왜 사건 현장에 범행 도구가 남아 있지 않았을까? 아무리 멍청한 인간이라도 범행을 저지를 때는 반드시 장갑을 끼거나 지문을 문질러 없애야 한다는 것쯤은 알고 있을 것이다. 그렇다면 왜 범인은 묵직하고 모서리가 날카로운 범행 도구를 아예 현장에서 치워 버렸을까? 혹시 누가 봐도 버치 부부의 살림살이라는 것을 쉽게 알 수 있는 물건이기 때문일까? 범행 후 깨끗이 씻어 광택까지 낸 그 도구가 지금 이 집 어딘가에 있는 것은 아닐까? 검시관은 범행 도구가 육류용 식칼 같은 것이라고 밝혔다. 그러나 실제로는 육류용 식칼이 아닐 수도 있다. 무언가 좀 더 특이한…… 흔히 볼 수 없는 것이기 때문에 주인을 쉽게 가려낼 수 있는 도구……. 경찰은 면밀하게 수색했지만 찾지 못했다. 경찰은 숲 속을 뒤지고 연못 밑바닥까지 훑었다. 맥긴티 부인의 부엌에서도 사라진 물건은 없었다. 제임스 벤틀리가 그와 비슷한 도구를 가지고 있었다고 증언한 사람도 없었다. 그가 언젠가 육류용 식칼 같은 것을 구입했다는 증거도 없었다. 제임스 벤틀리에게 유리하게 작용할 수 있는 작지만 중요한 단서였다. 그런데 다른 증거에 눌려 가려져 버린 것이다. 하지만 그것은 여전히 중요한…….

푸아로는 그가 앉아 있는 복잡하고 비좁은 거실을 재빨리 둘러보며 생각했다.

'이 집 어딘가에 범행 도구가 있을지도 몰라. 조 버치는 왜 불안해하면서 내게 잘 보이려고 애쓴 걸까?'

푸아로는 그 이유를 알 수 없었다. 그는 정말 그렇다고 생각하지도 않았다. 하지만 그 또한 확신할 수 없었다.

6장

I

'브리더 앤드 스커틀' 부동산 사무소에서 푸아로는 잠시 언쟁을 한 끝에 사장인 스커틀의 사무실로 안내되었다.

스커틀은 활달하고 조금 부산스러운 사내였지만 친절했다. 그가 두 손을 비비며 인사를 건넸다.

"안녕하십니까, 어서 오십시오. 그런데 무슨 일로 오셨습니까?"

스커틀은 장삿속이 드러나는 눈빛으로 푸아로를 쓱 훑어보았다. 상대의 이모저모를 평가하여 마음속에 각주를 달아 두려는 행동이었다.

'외국인. 값비싼 의상으로 보아 부자일 것으로 사료됨. 직업은 레스토랑 사장이나 호텔 매니저, 혹은 영화 제작자?'

"가능한 한 시간을 많이 뺏고 싶지 않군요. 저는 여기서 일했던 제임스 벤틀리에 대해 몇 가지 여쭤볼 게 있어서 찾아왔습니다."

스커틀의 눈썹이 의미심장하게 2센티미터쯤 치켜 올라갔다가 내려왔다.

"제임스 벤틀리라……. 혹시 기자이신가요?"

"아닙니다."

"그렇다고 경찰인 것 같지는 않은데……?"

"적어도 이 나라 경찰은 아니죠."

"이 나라 경찰은 아니다……."

스커틀은 나중에 써먹기라도 하려는 듯 그 말을 재빨리 머릿속에 입력했다.

"그럼 무슨 일이십니까?"

결코 규칙에 지나치게 얽매이는 법이 없는 푸아로가 거짓을 섞어 말했다.

"저는 제임스 벤틀리 사건을 좀 더 자세히 조사하려고 합니다. 벤틀리의 친척이 의뢰했거든요."

"그 친구에게 친척이 있는 줄은 몰랐군요. 그건 그렇다 치고 벤틀리는 이미 유죄 판결을 받지 않았습니까? 사형이 선고되었다고요."

"아직 형이 집행되지는 않았습니다."

"살아 있는 한 희망은 있다, 이겁니까?"

스커틀이 고개를 절레절레 흔들며 말을 이었다.

"하지만 가능성은 희박합니다. 증거가 워낙 명확하니까요. 사건을 의뢰한 친척은 대체 어떤 사람입니까?"

"제가 말씀드릴 수 있는 건 그분이 상당한 부자에다 권력가라는 사실뿐입니다. 어마어마한 부자이죠."

"거참 놀랍군요. 정말이지 놀라워요……."

스커틀은 마음이 조금 누그러지는 것을 느꼈다. '어마어마한 부자'라는 말은 사람의 마음을 끌어당겨 경계심을 풀게 만드는 힘이 있었다.

"벤틀리의 어머니인 돌아가신 벤틀리 여사는 아들과 함께 집안 사람들과 완전히 연을 끊고 지냈더군요."

"가족 간에 불화가 있었나 보군요. 흠, 그래서 젊은 벤틀리가 돈 한 푼 없이 힘들게 살았군요. 그 친척들이 좀 더 일찍 나타나 그를 도와주지 못한 게 안타까울 뿐입니다."

"그분들도 얼마 전에야 그런 사실을 알게 되었답니다. 그러고는 곧바로 제게 사건을 의뢰했고요. 한시라도 빨리 영국으로 가서 가능한 한 모든 방법을 강구해 달라고 한 겁니다."

스커틀이 잠시 긴장을 풀려는 듯 몸을 뒤로 젖히며 말했다.

"하지만 선생께서 무얼 할 수 있을지 의문이군요. 정신 이상이 있다고 하면 가능성이 있을까요? 그러기에는 시기가 좀 늦었죠. 하지만 거물급 의료진을 수배할 수만 있다면 전혀 불가능한 일도 아닐 겁니다. 물론 저는 이런 일에는 문외한입니다만."

푸아로가 몸을 앞으로 숙이며 말했다.

"무슈(사장님), 제임스 벤틀리는 이곳 직원이었습니다. 그러니 그에 대해 이야기해 주십시오."

"뭐 별로 말씀드릴 것도 없습니다. 정말이에요. 그 친구는 우리 회사 하급 직원이었는데, 특별히 결점 같은 건 없었습니다. 꽤 점잖았고 근무 태도도 제법 성실했어요. 하지만 영업 사원으로서 재능이 없었죠. 계약을 성사하지 못했으니까요. 말하자면 이 일을 하기에는 적합하지 않았습니다. 고객이 집을 팔러 찾아오면 어떻게든 고객을 위해 그 집을 파는 것이 우리가 할 일이죠. 그 집이 외진 곳에 있고 내부 시설까지 엉망이라면, 저희는 고풍스러운 분위기를 강조해 역사적 가치가 있는 집이라고 선전하죠. 배관 시설 따위는 일절 언급하지 않는 겁니다. 반대로 그 집이 가스 공장 같은 건물 바로 옆에 있다면, 우리는 집 안 설비와 편의시설을 집중적으로 강조하되 전망에 대해서는 반드시 함구합니다. 고객의 관심을 우리에게 유리한 쪽으로 끄는 거죠. 우리 회사가 하는 일이 바로 그런 겁니다. 따라서 온갖 자잘한 술수가 필요하죠. 예를 들어 이런 식입니다. '부인, 당장 원하시는 가격을 말씀해 보시죠. 의회 의원 한 분이 그 집에 관심을 두고 있답니다. 단단히 눈독 들이고 있죠. 오늘 오후에도 나가서 직접 보고 왔다니까요.' 이렇게 이야기하면 고객들은 죄다 껌벅 넘어갑니다. 의회 의원은 항상 그럴듯한 핑곗거리가 되거든요. 절대로 의문을 제기할 수 없으니까요. 의원들은 자기 선거구에서 멀리 벗어나 살지 못하지 않습니까? 그러니 이보다 더 확실한 근거가 어디 있겠어요? 말하자면 심리를 이용하는 겁니다. 심리학적으로 말입니다."

스커틀은 번쩍이는 금니가 다 드러나 보일 정도로 껄껄 웃었다.

푸아로는 심리학이라는 단어를 사용했다.

"심리학적이라…… 옳은 말씀입니다. 사람들을 파악하는 능력이 탁월하시군요."

"나쁜 수준은 아닙니다. 그 정도죠."

스커틀이 겸손하게 말했다.

"그래서 말씀인데 제임스 벤틀리에 대해 어떤 인상을 받으셨습니까? 우리끼리 얘기니까 허심탄회하게 말씀해 주십시오. 그 친구가 정말 노부인을 죽였다고 생각하십니까?"

스커틀은 푸아로를 뚫어지게 바라보았다.

"물론입니다."

"그럼 그가 그런 짓을 할 만한 사람이라고 생각하십니까? 심리학적으로 말이죠."

"음, 그렇게 물으신다면 꼭 그렇지는 않다고 봅니다. 그가 그럴 만한 배짱이 있는 친구라고는 생각지 않거든요. 솔직히 말해 그는 정신이 좀 이상한 것 같았습니다. 그렇게 따지면 또 얘기가 되겠군요. 머리가 약간 모자란 데다 직장에서도 쫓겨나 이런저런 고민을 하다 보니 넘어서는 안 될 선을 넘은 거죠."

"그를 해고하신 데는 특별한 이유가 있었습니까?"

스커틀이 고개를 저었다.

"불경기 탓이었죠. 직원들이 딱히 할 일이 없었으니까요. 그래서 실적이 가장 떨어지는 직원 하나를 내보내기로 했는데, 그게 바로 벤틀리였습니다. 누가 봐도 합당한 선택이었어요. 대신 그에게 추천서도 써 주고 이래저래 신경 써 주었습니다. 그런데도 다른 직장을 구하지 못하더군요. 젊은 친구가 활기가 없으니 사람들이 좋게 보지 않았던 겁니다."

부동산 사무소를 나서면서 푸아로는 또다시 원점으로 돌아갔다는 생각이 들었다. 제임스 벤틀리는 사람들에게 좋지 않은 인상을 주었다. 푸아로는 결국 살인자들 중에는 보통 사람들이 매력적으로 느끼는 이들이 많다는 점을 생각하면서 위안을 찾았다.

II

"실례지만 잠시 여기 앉아 이야기 좀 나눌 수 있을까요?"

블루캣 카페의 작은 테이블 앞에 앉은 푸아로가 메뉴를 살펴보다가 고개를 들었다. 블루캣은 조금 어둡고, 내부를 참나무 집기와 납을 씌운 널빤지로 장식하여 전체적으로 고풍스러운 분위기를 자아냈다. 반면 방금 전 푸아로 맞은편에 앉은 젊은 여자는 어두컴컴한 실내를 배경으로 유난히 환하게 눈에 띄었다.

여자는 눈부신 금발에 검푸른 투피스를 입고 있었다. 에르퀼 푸아로는 어디선가 그녀를 잠깐 본 적이 있다고 생각했다.

여자가 먼저 입을 열었다.

"일부러 그런 건 아니지만 선생님께서 스커틀 씨와 이야기를 나누는 것을 잠깐 듣게 되었어요."

푸아로는 고개를 끄덕였다. 브리더 앤드 스커틀 부동산 사무소 안에 있는 칸막이들은 개인 공간을 침해하지 않기 위해서라기보다 단지 편의를 위한 것이라는 사실을 그 역시 알고 있었다. 그러나 그것이 신경 쓰이지는 않았다. 그도 내심 자신의 이야기가 널리 알려지기를 바랐다.

"타자를 치고 계셨죠. 뒤쪽 창문 오른쪽 자리에서요."

여자는 고개를 끄덕였다. 수긍하는 미소 사이로 새하얀 치아가 빛났다. 젊고 무척 건강해 보이는 여자는 푸아로가 좋아하는 풍만한 체형을 갖고 있었다. 푸아로는 서른서너 살쯤 되어 보이는 그 여자의 본래 머리카락은 검은색이며, 타고난 대로 순응하지 않는 성격이라고 판단했다.

"벤틀리 씨에 대해 말인데요······."

"말씀하시죠."

"항소할 예정인가요? 제 말은 새로운 증거가 나왔냐는 거예요. 그렇다면 정말 좋을 텐데······. 저는 그가 그런 짓을 저질렀다는 게 믿어지지 않더라고요."

푸아로의 눈썹이 치켜 올라갔다.

"그러니까 그가 살인을 저질렀다고 생각지 않는다는 거군요?"

"처음에는 그랬어요. 무언가 착오가 있는 게 분명하다고 생각했죠. 그랬는데 증거가······."

여자가 말을 멈췄다.

"예, 증거가요?"

"그런 증거가 나왔으니 범인이 다른 사람일 리가 없잖아요? 어쩌면 그가 정신이 조금 이상해졌는지도 모른다는 생각이 들었어요."

"당신이 보기에 그가 좀…… 뭐랄까…… 좀 이상해 보일 때가 있었습니까?"

"아, 그건 아니에요. 그런 쪽으로 이상해 보인 적은 없었어요. 그저 수줍음이 좀 많고 소극적이었죠. 흔히 볼 수 있는 사람이에요. 문제는 그가 자신의 능력을 최대한 발휘하지 못했다는 거죠. 자신감이 전혀 없었어요."

푸아로는 여자를 찬찬히 바라보았다. 그녀는 확실히 보통 사람보다 훨씬 더 자신감이 넘쳐 보였다. 아마도 두 사람 몫의 자신감을 가지고 있는지도 모른다.

"벤틀리를 좋아하셨습니까?"

푸아로가 묻자 여자의 얼굴이 붉어졌다.

"네, 그랬어요. 우리 사무실에 있는 다른 여직원 한 명은 걸핏하면 벤틀리 씨를 비웃으면서 따분한 인간이라고 놀려 대곤 했어요. 하지만 저는 그를 무척 좋아했답니다. 점잖고 예의 바르고 아는 것도 정말 많았거든요. 책에서 배울 수 없는 것들 말이에요."

"아, 책에서 배울 수 없는 것들!"

"벤틀리 씨는 돌아가신 어머니를 그리워했어요. 아시겠지만 몇 년 동안 몸져누워 계시다가 돌아가셨죠. 특별히 병이 있는 건 아니었지만 기력이 없으셨대요. 그래서 벤틀리 씨가 어머니 뒤치다꺼리를 했답니다."

푸아로가 고개를 끄덕였다. 그는 그런 어머니들을 잘 알고 있었다.

"물론 그 어머니도 벤틀리 씨를 돌봐 주셨대요. 겨울철에 폐가 약한 아들의 건강을 보살피고 먹을 것이며 뭐며 이것저것 챙겨 주었답니다."

푸아로는 또다시 고개를 끄덕였다.

"당신은 벤틀리와 친구 사이였나요?"

"잘 모르겠어요. 정확히 말해 친구는 아니었던 것 같아요. 그저 가끔씩 이야기를 나누는 사이였다고 할까요? 하지만 그가 회사를 그만둔 뒤로는 거의 못 만났어요. 언젠가 한 번은 안부 편지를 보냈는데도 답장이 없더라고요."

"그래도 당신은 그를 좋아하나요?"

푸아로가 부드러운 목소리로 물었다. 그러자 여자는 조금 도전적인 투로 대답했다.

"그래요, 좋아해요."

"멋지십니다."

푸아로의 생각은 사형을 선고받은 죄수와 면담했던 날로 거슬러 올라갔다. 그는 제임스 벤틀리의 모습을 똑똑히 보았다. 쥐색 머리칼에 보기 흉할 정도로 깡마른 몸, 관절뼈가 유난히 도드라진 손과 손목, 가느다란 목의 결후……. 푸아로는 어리둥절해하면서도 뭔가 숨기는 것이 있는 듯하고 비열하기까지 한 눈빛을 보았다. 솔직하지 못하고, 무슨 말을 하든 믿기 힘든 사내……. 이것이 대부분의 사람들이 벤틀리를 보고 느낀 인상이었다. 피고석에 앉아 있을 때도 마찬가지였다. 거짓말을 일삼고, 돈을 훔치고, 노파의 머리를 둔기로 후려치는 사내…….

그러나 사람을 볼 줄 아는 스펜스 경정이 받은 인상은 달랐다. 에르퀼 푸아로 또한 마찬가지였다. 그리고 그와 같은 생각을 한 또 한 명의 여자가 지금 이 자리에 있는 것이다.

"성함을 여쭤 봐도 될까요, 마드무아젤?"

"모드 윌리엄스예요. 제가 도울 만한 일이 있을까요?"

"그럴 겁니다, 윌리엄스 양. 제임스 벤틀리의 무죄를 믿는 사람들이 있으니까요. 그들은 지금 진실을 밝혀내기 위해 애쓰고 있습니다. 그 일환으로 사건의 재조사를 맡은 사람이 바로 저고요. 솔직히 말씀드리면 조사가 이미 상당히 진척되었습니다. 그래요, 그만하면 제법 진척된 거죠."

푸아로는 얼굴빛 하나 변하지 않고 거짓말을 늘어놓았다. 꼭 필요한 거짓말이라고 생각했기 때문이다. 어딘가에 있는 누군가를 불안하게 만들어야 했다. 모드 윌리엄스가 말을 많이 할수록 그 말은 연못에 돌멩이를 던진 것처럼 파문을 일으키며 점점 더 넓게 퍼져 나갈 터였다.

"제임스 벤틀리와 무슨 이야기를 나누었는지 말씀해 주시겠습니까? 아까 벤틀리가 자기 어머니와 가족에 대해 이야기했다고 하셨죠? 혹시 벤틀리 자신이나 그 어머니와 관계가 좋지 않은 사람에 대해 이야기하지 않던가요?"

모드 윌리엄스는 잠시 생각에 잠겼다.

"아니요, 그런 얘기는 하지 않았어요. 그런데 제 생각에 벤틀리 씨의 어머니는 젊은 여자들을 그다지 좋아하지 않았던 것 같아요."

"효자를 둔 어머니들은 모두 젊은 여자를 좋아하지 않죠. 제가 알고 싶은 건 그보다 더 심각한 일이 있었느냐는 겁니다. 가정불화라든가, 반목이라든가, 그 모자에게 원한을 품은 사람 같은……."

윌리엄스는 고개를 저었다.

"그런 이야기는 전혀 하지 않았어요."

"그럼 집주인에 대해 이야기한 적은 있습니까? 맥긴티 부인 말입니다."

윌리엄스는 가볍게 몸서리를 쳤다.

"이름을 직접 말한 적은 없어요. 언젠가 한 번 훈제 청어를 너무 자주 준다고 불평한 적이 있고, 또 한 번은 집주인이 고양이를 잃어버리고 나서 몹시 상심해 있다는 말을 했어요."

"이건 솔직하게 대답해 주셔야 합니다. 맥긴티 부인이 돈을 어디에 숨겨 두었는지 벤틀리가 알고 있었나요?"

그 순간 윌리엄스의 얼굴빛이 달라졌다. 그러나 그녀는 곧 턱을 약간 위로 치켜들고 도전적으로 대답했다.

"그래요. 그런 말을 했어요. 은행을 믿지 못하는 사람들이 있다는 이야기를 하다가 얼핏 그런 말을 하더라고요. 늙은 여주인이 현금을 마룻바닥 밑에 보관하고 있다고요. '맥긴티 부인이 집에 없을 때 마음만 먹으면 언제든 그 돈을 훔칠 수도 있겠죠.'라더라고요. 농담이 아니었어요. 그는 농담 같은 거 할 줄 모르거든요. 그보다는 여주인이 경솔하다며 진심으로 걱정했어요."

"아, 그것 참 잘됐군요. 제 입장에서 그렇다는 겁니다. 제임스 벤틀리는 절도도 누군가의 등 뒤에서 은밀하게 이루어지는 거라고 생각하거든요. 그가 이렇게 말했을 수도 있겠죠. '언젠가 누군가가 그 돈을 노리고 맥긴티 부인을 죽일지도 모른다.'라고요."

"하지만 어떻게 말했든 벤틀리 씨의 진심은 아니었어요."

"물론 그렇겠죠. 하지만 아무리 하찮고 의미 없는 말이라도, 말이란 필연적으로 그 말을 한 사람의 특성을 대변해 줍니다. 그렇기 때문에 영리한 범인은 좀처럼 입을 열지 않죠. 하지만 영리한 범인은 매우 드물고, 보통 범인들은 우쭐대고 잘난 척하기 때문에 필요 이상으로 말을 많이 합니다. 그러다 대부분 덜미가 잡히고 마는 겁니다."

그때 모드 윌리엄스가 엉뚱한 질문을 했다.

"어쨌거나 노파를 죽인 범인이 틀림없이 어딘가에 있는 거잖아요?"

"당연합니다."

"누가 그랬을까요? 선생님께서는 알고 계세요? 뭔가 짚이는 구석이라도 있나요?"

"있습니다."

에르퀼 푸아로가 거짓말을 했다.

"확실한 단서를 잡았습니다. 하지만 우리는 이제 겨우 출발선상에 있을 뿐입니다."

그때 윌리엄스가 자신의 손목시계를 들여다보며 말했다.

"이제 그만 가 봐야겠어요. 점심 시간이 30분밖에 안 되거든요.

킬체스터는 작은 도시예요. 전에는 항상 런던에 있는 회사에 다녔죠. 아무튼 제가 도울 일이 있으면 언제든 연락 주세요. 진짜 도움이 될 만한 일이 있을 때 말이에요."

푸아로는 명함 한 장을 꺼내 롱 메도즈와 전화번호를 적어 주었다.

"제가 묵고 있는 곳입니다."

유감스럽게도 윌리엄스는 명함에 적힌 에르퀼 푸아로의 이름을 보고도 특별한 반응을 보이지 않았다. 푸아로는 요즘 젊은 세대는 유명 인사를 못 알아본다고 생각했다.

III

에르퀼 푸아로는 가벼운 마음으로 브로디니로 돌아가는 버스를 탔다. 제임스 벤틀리가 무죄라는 데 공감하는 사람이 한 명 더 생긴 셈이었다. 생각했던 것만큼 벤틀리에게 친구가 없지는 않았다.

푸아로는 다시금 감옥에 있는 벤틀리를 떠올렸다. 두 사람의 대화는 몹시 암울했다. 희망도 없고, 아무런 흥미조차 불러일으키지 못하는 대화였다.

벤틀리가 어눌하게 말했다.

"고맙습니다. 하지만 이제 할 수 있는 일이 더는 없는 것 같군요."

그는 자신에게 원한을 품을 만한 사람이 없다고 확신했다.

"나라는 사람 자체를 모르는데 적이 생길 리 없지 않습니까."

"당신 어머니는 어떻습니까? 그분에게는 원한을 살 만한 사람이 없었나요?"
"없었어요. 모든 사람들이 어머니를 좋아하고 존중했으니까요."
분노가 살짝 묻어나는 목소리였다.
"그럼 당신의 친구들은 어떻습니까?"
제임스 벤틀리가 웅얼거리듯 대답했다.
"저는 친구가 없어요······."
하지만 그 말은 사실이 아니었다. 모드 윌리엄스가 있으니까.
"겉보기에 아무리 매력적이지 않다 해도, 모든 남자들은 반드시 어떤 여자로부터 선택을 받게 마련입니다. 자연의 놀라운 섭리죠."
푸아로는 모드 윌리엄스가 꽤 매력적으로 생겼으면서도 모성 본능이 강한 여자라는 것을 재빨리 알아차렸다.
그녀는 제임스 벤틀리에게 부족한 여러 가지 장점을 지니고 있었다. 에너지, 열정, 어떤 상황에서도 지지 않으려는 오기, 성공해야겠다는 의지······.
푸아로는 한숨을 내쉬었다.
오늘 하루 동안 끔찍한 거짓말들을 얼마나 많이 쏟아 냈던가! 하지만 신경 쓰지 말자. 반드시 필요한 거짓말이었으니까.
푸아로는 머릿속에서 샘솟듯이 뿜어져 나오는 복잡한 은유들을 즐기며 혼잣말을 했다.
"짚단 속 어딘가에는 바늘이 있겠지. 잠자는 개들 중에는 내 발을 올려놓을 만한 녀석도 있을 거야. 허공에 화살을 마구 쏘아 올리다 보면, 무언가가 화살을 맞고 떨어지면서 온실 유리를 깨뜨릴 거라고!"

7장

I

생전에 맥긴티 부인이 살던 집은 버스 정류장에서 겨우 몇 걸음 밖에 떨어지지 않았다. 현관 앞 계단에서 아이들 둘이 놀고 있었다. 한 아이는 벌레 먹은 듯 보이는 사과를 먹고 있었고, 다른 아이는 꽥꽥 소리를 지르며 양철 쟁반으로 문을 두들기고 있었다. 두 아이 모두 꽤 행복해 보였다. 푸아로도 아이들이 내는 소음에 가세해 현관문을 쾅쾅 두드렸다.

한 여자가 집 모퉁이를 돌아 나타났다. 원색의 덧옷을 걸치고 머리가 부스스한 여자였다.

"그만 좀 해, 어니!"

"싫어요!"

어니는 장난스럽게 대꾸하고 하던 짓을 계속했다.

푸아로는 현관을 벗어나 집 모퉁이 쪽으로 갔다.

"요즘 애들은 정말 못 말린다니까요."

푸아로는 당신이라면 말릴 수 있을 거라고 말하고 싶었지만 참았다. 그리고 잠자코 여자를 따라 뒷문으로 걸어갔다.

"항상 앞문 빗장을 걸어 두거든요. 어서 들어오세요, 어서요."

푸아로는 몹시 지저분한 식기실을 지나 그보다 더 지저분한 부엌으로 들어갔다.

"살인 현장은 이곳이 아니에요. 응접실이죠."

푸아로는 눈을 조금 껌벅거렸다.

"그 일 때문에 오신 거 아닌가요? 그렇죠? 서머헤이스 씨 댁에 묵고 계신 외국인 손님 맞으시죠?"

푸아로의 얼굴이 밝아졌다.

"저를 아시는군요? 맞습니다. 그런데 성함이……."

"키들 부인이라고 불러 주세요. 제 남편 버트는 미장일을 하죠. 우리는 넉 달 전에 여기로 이사 왔어요. 그 전에는 시댁에 얹혀살았답니다. 처음 이사를 오기로 했을 때 사람들이 그러더군요. 살인 사건이 일어난 집으로 이사 가면 좋지 않다고요. 하지만 그때마다 집은 그냥 집일 뿐이라고 응수했어요. 응접실 구석에서 의자 두 개를 붙여 놓고 자는 것보다는 낫지 않겠냐고요. 이 나라의 주택난은 정말 끔찍하다니까요. 아무튼 여기로 이사 온 뒤로 아직까지는 별 탈 없이 지냈어요. 살해당한 사람은 반드시 귀신이 되어 떠돈다는 말이 있기는 하지만, 맥긴티 부인은 예외인가 봐요. 그럼 이제 사건 현장을 둘러보시겠어요?"

푸아로는 관광을 온 듯한 기분으로 고개를 끄덕였다.

키들 부인을 따라간 곳은 칙칙한 암갈색 가구들이 지나치다 싶을 만큼 가득 들어찬 작은 방이었다. 집 안 다른 곳과는 달리 그 방은 사용한 흔적이 없었다.

"여기 이 바닥에 엎어져 있었대요. 뒤통수 쪽 두개골이 깨진 채로요. 그 모습을 보고 엘리엇 부인이 거의 기절할 뻔했다죠. 처음 시신을 발견한 이웃집 아주머니 말이에요. 엘리엇 부인과 빵집 주인 라킨이 함께 봤다더군요. 그런데 돈은 2층에 있었어요. 같이 가서 직접 보여 드리죠."

키들 부인이 앞장서서 계단을 올라갔다. 그녀가 안내한 침실에는 커다란 서랍장과 황동 침대, 의자 몇 개가 있었고, 한쪽에는 빨래한 귀여운 아기 옷들이 잔뜩 널려 있었다.

"바로 이 방이에요."

키들 부인이 자랑스럽게 말했다.

푸아로는 방 안을 천천히 둘러보았다. 온갖 잡다한 집기들이 어지럽게 나뒹구는 그 공간이 한때는 살림 솜씨가 뛰어난 어느 노부인의 정갈한 침실이었다는 사실이 쉽게 머릿속에 그려지지 않았다. 이곳이 맥긴티 부인이 생활하고 잠을 잔 곳이었다.

"맥긴티 부인이 사용하던 가구가 아닌 것 같습니다만……?"

"맞아요. 그것들은 컬래번에 사는 조카딸이 와서 모두 실어 갔어요."

그로써 그 집에 맥긴티 부인의 흔적은 하나도 남아 있지 않았다. 새로 이사 온 키들 씨 가족이 모든 공간을 자기들 것으로 만들어 버린 것이다. 죽은 자보다는 산 자가 더 강한 법이었으므로.

아래층에서 요란하고 격렬한 아기 울음소리가 들려왔다.

"어머, 우리 아기가 깼나 봐요."

키들 부인이 굳이 하지 않아도 되는 말을 하고는 재빨리 계단을 내려갔다. 푸아로도 그 뒤를 따라갔다.

그 집에는 푸아로가 필요로 하는 것이 아무것도 없었다. 그래서 그는 옆집으로 갔다.

II

"네, 맞아요. 제가 맨 처음 시신을 발견했죠."

엘리엇 부인은 연극배우처럼 말했다. 집 안은 깔끔하고 흠잡을 데 없이 꼼꼼하게 정리되어 있었다. 그 집에서 유일하게 극적인 것은 엘리엇 부인뿐이었다. 검은 머리에 키가 크고 깡마른 그녀가 자기 생애의 가장 지독했던 순간에 대해 이야기했다.

"빵집 주인 라킨이 우리 집에 와서 문을 두드렸어요. 그러고는 이렇게 말하더군요. '맥긴티 부인 말이에요. 아무리 불러도 대답이 없어요. 아무래도 무슨 안 좋은 일이 생긴 것 같아요.'라고요. 저도 문득 그럴지도 모른다는 생각이 스쳤어요. 나이가 나이니만큼 언제 무슨 일이 생길지 모르잖아요. 게다가 제가 알기로 맥긴티 부인은 갑자기 심장 박동이 빨라지는 병을 앓고 있었어요. 그래서 심장마비를 일으켰는지도 모르겠다 싶었죠. 저는 서둘러 그 집으로 갔어요. 남자들 둘이서 선뜻 여자 침실에 들어갈 수는 없을 테니까요."

푸아로는 현명한 판단이었다고 낮은 목소리로 말했다.

"저는 허겁지겁 2층으로 올라갔어요. 층계참에 그 남자가 시체처럼 하얗게 질린 채 서 있더군요. 그 당시에는 그런 생각을 하지 못했어요. 그때까지 무슨 일이 벌어졌는지 몰랐으니까요. 침실 문을 힘껏 두드렸지만 아무런 반응이 없더군요. 그래서 손잡이를 돌려 안으로 들어갔죠. 방 안은 그야말로 아수라장이었어요. 그리고 마룻바닥의 널빤지 하나가 뜯어져 있더군요. 그 순간 '강도구나!'라고 직감했어요. '그런데 가엾은 할머니는 어디 계신 거지?' 그제야 우리는 응접실을 살펴봐야겠다고 생각했어요. 그리고 바로 거기에 그녀가……. 가엾게도 머리가 깨진 채 바닥에 엎어져 있었어요. 살인 사건이었다고요! 저는 순간적으로 살인 사건이라는 걸 깨달았어요! 의심할 여지가 없었죠! 이곳 브로디니에서 강도 살인 사건이 벌어진 거예요. 저는 계속 비명을 질러 댔어요. 저를 진정시키느라 모두 진땀을 뺐을 거예요. 거의 기절하기 직전이었으니까요. 누군가 '스리 덕스' 술집까지 가서 브랜디를 사다 주었어요. 그걸 먹은 다음에도 몇 시간 동안이나 몸을 부들부들 떨었답니다. 아들이 와서 '진정하세요, 어머니.'라고 말하더군요. '진정하세요. 집으로 가서 뜨거운 차를 한 잔 드시는 게 좋겠어요.'라고요. 그래서 저는 아들 말대로 했어요. 나중에 남편이 돌아와 저를 찬찬히 살펴보며 '왜 그래? 무슨 일 있어?'라고 물었어요. 그때까지도 몸을 떨고 있었거든요. 원래 제가 어릴 적부터 좀 예민한 편이랍니다."

푸아로는 손에 땀을 쥐게 하듯 쏟아지는 엘리엇 부인의 이야기를 능수능란하게 끊었다.

"아, 그러시군요? 한눈에 봐도 알겠습니다. 그런데 맥긴티 부인을 마지막으로 보신 게 언제였습니까?"

"사건이 일어나기 하루 전날이었어요. 맥긴티 부인은 텃밭에 나와 박하를 따고 있었죠. 저는 닭 모이를 주고 있었고요."

"부인이 무슨 말을 하던가요?"

"그냥 안부 인사였어요. 요즘 닭들이 알을 잘 낳느냐고 물었죠."

"그게 마지막이었다는 말씀이시죠? 사건 당일에는 부인을 못 보셨습니까?"

"못 봤어요. 하지만 그 남자는 봤어요."

엘리엇 부인이 목소리를 낮췄다.

"아침 11시쯤이었어요. 동네를 어슬렁거리고 있더군요. 언제나 그렇듯 발을 질질 끌면서요."

푸아로는 상대의 말을 기다렸다. 그러나 엘리엇 부인은 더 이상 할 말이 없는 것 같았다.

"경찰이 그를 체포했을 때 놀라셨습니까?"

"음, 그렇기도 하고 아니기도 해요. 저는 항상 그가 조금 정신이 나간 게 아닌가 생각했거든요. 그리고 제 생각이 맞다고 생각했어요. 그런 사람들은 가끔씩 고약하게 돌변하곤 하죠. 저희 삼촌네 자식들 중에 정신지체아가 한 명 있었거든요. 그 애가 자라는 걸 보니까 그렇더라고요. 자신의 힘이 어느 정도인지 모르는 거예요. 벤틀리는 확실히 정신이 이상했어요. 그렇기 때문에 그를 교수형에 처하는 대신 정신병원에 보낸다 해도 그다지 놀라지 않을 거예요. 그 사람이 어디에 돈을 숨겨 놓았는지 생각해 보세요. 일부러 돈이 발견되기를 원하지 않고서야, 어느 누가 그런 곳에 돈을 숨기겠어요. 벤틀리는 그저 어리석고 단순해서 그런 짓을 한 거라고요."

"일부러 돈이 발견되기를 원하지 않고서야……."

푸아로가 중얼거렸다.

"혹시 육류용 식칼이나 도끼 같은 걸 잃어버리지는 않으셨습니까?"

"아니요, 그런 일은 없었어요. 경찰에서도 같은 걸 묻더군요. 이 동네에 사는 모든 사람들에게 그렇게 물었어요. 범행 도구가 무엇인지는 아직까지도 미스터리죠."

III

에르퀼 푸아로는 우체국을 향해 걸음을 옮겼다.

범인은 자신이 숨겨 놓은 돈을 사람들이 발견하기를 원했다. 그러나 범행 도구가 발견되는 것은 원치 않았다. 돈은 당연히 제임스 벤틀리를 겨냥한 것일 테고…… 그럼 범행 도구는 누구를 겨냥한 것일까?

푸아로는 고개를 세차게 흔들었다. 앞서 그는 맥긴티 부인의 이웃 가운데 다른 두 집을 방문했다. 그 사람들은 키들 부인만큼 열의가 넘치지도, 엘리엇 부인만큼 연극적이지도 않았다. 그들에게 들은 이야기는 푸아로가 이미 알고 있는 사실이었다. 즉, 맥긴티 부인은 상당히 본받을 만한 인물이었지만, 주변 사람들과 교류는 거의 하지 않았다. 그래서 컬래번에 사는 조카딸 말고는 집에 찾아오는 손님이 없었다. 그러나 그들이 아는 한 맥긴티 부인을 싫어하거나 앙심을 품을 만한 사람은 없었다. 다른 이웃들은 제임스 벤틀리를 위해 탄원을 할 계획인지, 만약 그렇다면 자신들도 서명을 해야 하는지 궁금해했다.

푸아로가 혼잣말로 투덜거렸다.

"얻은 게 전혀 없군. 알아낸 게 아무것도 없어. 완전히 암흑천지야. 희미한 빛 한 줄기조차 없으니 말이야. 스펜스 경정이 느꼈을 좌절감이 이해되는군. 하지만 나는 뭔가 좀 달라야 하잖아? 물론 스펜스 경정도 인간성 좋고 성실한 경찰이지. 그렇지만 나는 에르큘 푸아로잖아! 내 눈에는 무언가 반짝이는 빛이 보여야 한다고!"

바로 그때 에나멜 구두 한 짝이 웅덩이에 빠지는 바람에 푸아로는 얼굴을 찌푸렸다.

에르큘 푸아로가 유능하고 독보적인 탐정인 것은 틀림없었다. 그러나 그와 동시에 구두가 꽉 끼는 것이 갑갑한 한낱 늙은 사내이기도 했다.

마침내 그가 우체국 안으로 들어섰다.

우측은 우편 업무를 보는 곳이었고, 좌측은 온갖 잡다한 물건들을 판매하는 잡화상이었다. 사탕, 식료품, 장난감, 철물, 문구류, 생일 카드, 뜨개실, 어린이 속옷 등 없는 것이 없었다.

푸아로는 여유분으로 우표를 사 두려고 우편 코너로 갔다. 손님을 맞으러 나선 것은 날카롭고 명민한 눈빛을 가진 중년 여자였다.

"물어보나마나 여기가 브로디니 마을의 중심이겠군."

푸아로가 혼잣말을 했다.

중년 여자의 이름은 생긴 것과 어울리지 않게 스위티맨이라고 했다. 스위티맨 부인이 능숙한 손놀림으로 커다란 책에서 우표를 떼어 내며 말했다.

"그리고 1페니짜리 열두 장……. 모두 합해 4파운드 10펜스네요. 더 필요한 건 없으신가요?"

스위티맨 부인이 간절한 눈빛으로 푸아로를 바라보았다. 그녀의 등 뒤에 있는 문으로 한 젊은 여자가 머리를 들이밀고 두 사람의 대화를 유심히 듣고 있었다. 머리가 지저분하게 헝클어진 여자는 코감기에 걸린 듯 계속해서 코를 훌쩍거렸다.

푸아로가 사뭇 진지하게 말했다.

"이 지역에서는 제가 낯선 이방인으로 보이나 보군요."

"그렇답니다. 런던에서 오셨죠?"

"제가 무슨 일로 여기 왔는지 이미 잘 알고 계신 것 같습니다만?"

푸아로가 살짝 미소를 띠고 물었다.

"어머, 그렇지 않아요. 저는 정말 아무것도 모른답니다."

스위티맨 부인이 지극히 겉치레한 태도로 말했다.

"맥긴티 부인 사건 때문입니다."

부인은 고개를 절레절레 흔들었다.

"정말 안타까운 일이었죠. 충격적이기까지 했어요."

"맥긴티 부인과는 잘 아는 사이셨죠?"

"그럼요. 이 마을에 사는 어느 누구보다 잘 아는 사이였어요. 시간이 나면 늘 여기 와서 저와 함께 이런저런 이야기를 나누곤 했으니까요. 그러니 저로서는 정말 끔찍한 일이었죠. 아직도 사건이 완전히 마무리된 게 아니라면서요? 사람들이 그렇게 얘기하는 걸 들었어요."

"제임스 벤틀리의 유죄 여부와 관련해 몇 가지 의심스러운 점이 있습니다."

"글쎄요. 물론 경찰이 엉뚱한 사람을 잡아들인 게 이번이 처음은 아니겠죠. 그렇다고 이번 사건이 꼭 그럴 거라는 말은 아니에요. 저도 그가 정말 그런 짓을 했으리라고는 생각하지 않지만요. 수줍음이 많고 좀 이상하긴 했지만, 특별히 위험하다거나 뭐 그런 사람은 아니었거든요. 하지만 사람의 본색은 아무도 모르는 거잖아요, 안 그런가요?"

푸아로는 편지지를 구할 수 있는지 물었다.

"물론이죠. 저쪽 반대편으로 오세요."

스위티맨 부인이 왼쪽 카운터로 재빨리 옮겨 갔다.

"그런데 문제는 벤틀리 씨가 아니라면 과연 그런 짓을 할 만한 사람이 누구이겠느냐는 거예요. 전혀 짚이는 사람이 없으니 말이에요."

부인이 맨 꼭대기 선반으로 손을 뻗어 편지지와 봉투를 꺼냈다.

"가끔씩 이 부근에 고약한 뜨내기들이 돌아다니기는 해요. 그런 사람들 중 하나가 맥긴티 부인 댁의 창문이 열린 것을 보고 몰래 침입했을 수도 있죠. 하지만 그랬다면 돈을 두고 갔을 리 없잖아요. 안 그래요? 어차피 돈을 노린 범행인 데다, 현금이었으니 수표 번호처럼 추적당할 수 있는 표식도 없는데 말이에요. 여기 있습니다, 손님. 고급 청색 편지지와 봉투예요."

푸아로가 돈을 치르면서 물었다.

"혹시 맥긴티 부인이 누군가를 겁냈다거나 두려워했다는 이야기를 한 적은 없습니까?"

"저는 들은 게 없어요. 원래 겁이 많은 분이 아니었거든요. 가끔씩 카펜터 씨 댁, 산 중턱에 있는 홀리 구빈원 말이에요, 거기서 밤늦게까지 남아 있기도 했어요. 구빈원에서는 종종 불쌍한 사람들에게 식사와 잠자리를 제공하잖아요. 그래서 맥긴티 부인이 가끔 저녁에 가서 설거지를 도와주곤 했어요. 그러고 나면 한밤중에 혼자 산을 내려와야 하는데, 저라면 못 했을 거예요. 한 치 앞도 보이지 않는 깜깜한 밤에 산길을 내려오다니……."

"조카딸에 대해서는 얼마나 알고 계십니까? 버치 부인 말입니다."

"그냥 인사만 나누는 정도예요. 남편과 함께 가끔 여기 오거든요."

"맥긴티 부인이 죽은 뒤 그들이 약간의 돈을 물려받았더군요."

부인이 날카롭고 검은 눈으로 푸아로를 매섭게 쏘아보았다.

"그거야 당연한 거 아니겠어요? 그럼 그 돈을 누가 받겠어요? 혈육이 받는 게 당연하죠."

"물론 그렇습니다. 그렇고말고요. 제 생각도 같습니다. 그런데 맥긴티 부인은 그 조카딸을 좋아했습니까?"

"무척 좋아했어요. 별로 내색은 안 했지만요."

"그럼 조카딸의 남편은 어땠습니까?"

부인의 얼굴에 한순간 회피하는 듯한 빛이 스쳤다.

"제가 아는 건 그 정도예요."

"맥긴티 부인을 마지막으로 보신 게 언제였습니까?"

스위티맨 부인은 잠시 생각에 잠겼다.

"가만, 그게 언제였더라? 에드나, 언제였지?"

문간에 서 있던 에드나는 계속 코만 킁킁거렸다.

"맥긴티 부인이 죽던 날이었던가? 아니, 그 전날, 아니 전전날이다. 맞아요, 월요일! 확실해요. 맥긴티 부인이 수요일에 죽었으니까. 제가 마지막으로 본 건 월요일이었어요. 잉크를 사러 왔었죠."

"잉크를 사러 왔다고요?"

"아마 편지를 쓰려고 했던 것 같아요."

스위티맨 부인이 환하게 웃으며 말했다.

"그럴 수도 있겠군요. 그럼 그날 평소와 다른 점은 없었습니까? 뭔가 달라 보이지는 않던가요?"

"네, 그런 건 못 느꼈어요."

그때 코를 킁킁대던 에드나가 발을 끌며 잡화점으로 들어와 불쑥 끼어들었다. 그녀가 단호하게 말했다.

"다른 점이 있었어요. 무슨 일인지 무척 기분 좋은 표정이었어요. 아니 엄청 흥분한 것 같았어요."

"그래, 맞아. 그때는 미처 눈치채지 못했는데, 지금 네 말을 듣고 보니 정말 그랬던 것 같아. 뭐랄까, 평소보다 좀 더 활기찼던 것 같아요."

"그럼 그날 맥긴티 부인이 무슨 말을 했는지도 기억하십니까?"

"평소 같으면 기억하지 못했을 거예요. 하지만 그녀가 살해되고 경찰 조사다 뭐다 하니 문득 기억나더군요. 제임스 벤틀리에 대해서는 한마디도 하지 않았어요. 확실해요. 대신 카펜터 씨 부부와 업워드 부인에 대해 이야기했어요. 모두 그녀가 일을 다녔던 집이죠."

"아, 그렇군요. 그렇지 않아도 사실 맥긴티 부인이 일했던 집이 정확하게 어디어디인지 여쭤 보려던 참이었습니다."

스위티맨 부인이 기다렸다는 듯이 대답했다.

"매주 월요일과 목요일에는 롱 메도즈의 서머헤이스 부인 집에 갔어요. 선생님께서 묵고 계신 바로 그 집 말이에요. 제 말이 맞죠?"

푸아로는 한숨을 쉬었다.

"맞습니다. 제가 묵을 만한 다른 곳이 어디 없겠죠?"

"브로디니에는 마땅한 집이 없어요. 롱 메도즈에 계시기가 썩 편치 않으신가 보네요? 하긴 서머헤이스 부인이 마음씨는 좋지만 집 안일은 아무것도 모르죠. 원래 외국에 살다 온 여자들이 대부분 그래요. 맥긴티 부인 말로는 집 안이 항상 쓰레기장 같다더군요. 아무튼 월요일 오후와 목요일 오전에는 서머헤이스 부인 댁에 가고, 화요일 오전에는 렌델 씨 댁에, 오후에는 래버넘스에 사는 업워드 부인 댁에 갔어요. 그리고 수요일은 '헌터스 클로즈'의 웨더비 부인 댁에, 금요일은 셀커크 부인, 그러니까 지금의 카펜터 부인 댁에서 일했답니다. 연세가 지긋한 업워드 부인은 아들과 함께 살고 있어요. 원래 가정부가 있었는데 나이가 너무 들어 더 이상 일을 하기 힘들게 되자 맥긴티 부인이 일주일에 한 번 가서 집안일을 해 주었죠. 웨더비 씨 댁에서는 어떤 파출부도 오래 버티지 못하는 것 같아요. 그 댁 부인이 환자거든요. 카펜터 씨 댁은 무척 화목한 가정이라 즐거운 일이 많아요. 모두 아주 훌륭한 분들이랍니다."

 스위티맨 부인의 마지막 말이 우체국에서 나와 다시 거리를 걷는 동안에도 푸아로의 머릿속을 떠나지 않았다. 브로디니 주민들은 모두 훌륭한 사람들이라는 것일까?

 푸아로는 롱 메도즈를 향해 천천히 언덕을 올라갔다. 그는 서머헤이스 부부가 부풀어 오른 통조림과 피로 물든 콩을 점심때 모두 먹어 치우고 그의 저녁 식탁에는 올리지 않기를 간절히 바랐다. 하지만 찬장에 아직 따지 않은 꺼림칙한 통조림이 더 있을지도 몰랐다. 이래저래 롱 메도즈에서 지내기는 확실히 불안했다.

 그날 하루는 온통 실망스러운 일뿐이었다.

 알게 된 사실이라고는 제임스 벤틀리에게도 친구가 한 명 있다는 것과 벤틀리나 맥긴티 부인에게는 원한을 품을 만한 사람이 없다는 것이었다. 그리고 맥긴티 부인은 죽기 이틀 전에 몹시 흥분한 상태였고, 잉크 한 병을 샀다…….

푸아로가 걸음을 멈췄다. 사소한 사실이 사건의 '진실'을 밝히는 데 결정적인 역할을 할 수도 있지 않은가.

푸아로는 별 의미 없이 맥긴티 부인이 잉크를 가지고 무엇을 하려고 했겠느냐고 물었다. 스위티맨 부인은 사뭇 진지하게 대답했다. 아마 편지를 쓰려고 했던 것 같다고.

그것은 자칫 푸아로가 놓칠 뻔한 중요한 단서였다. 대부분의 사람들이 그렇듯이 그 역시 편지 쓰는 것이 평범한 일상이라고 생각했기 때문이다.

그러나 맥긴티 부인은 달랐다. 그녀에게 편지를 쓴다는 것은 무척 드문 일이었다. 그래서 편지를 써야 할 때는 일부러 외출해서 잉크를 사 와야만 했던 것이다.

맥긴티 부인은 편지를 거의 쓰지 않았다. 이것은 우체국 직원인 스위티맨 부인이 확인해 준 사실이었다. 그런데 바로 그런 맥긴티 부인이 죽기 이틀 전에 편지를 쓴 것이다. 누구에게, 무슨 이유로 편지를 쓴 것일까?

물론 이것은 그다지 중요하지 않은 문제일 수도 있다. 조카딸에게 썼을 수도 있고, 어떤 친구에게 썼는지도 모른다. 그러므로 잉크 같은 사소한 것에 큰 의미를 두는 것이 지나친 생각일 수도…….

그러나 지금 푸아로가 갖고 있는 단서는 그것뿐이었으므로, 그에 대해 생각해 보기로 했다.

잉크병…….

8장

I

베시 버치는 고개를 저었다.

"편지요? 아니요, 이모한테 편지를 받은 적이 한 번도 없어요. 저한테 뭐 하러 편지 같은 걸 쓰겠어요?"

"조카 분께 무언가 하고 싶은 말이 있었을지도 모르죠."

"이모는 무언가를 글로 쓰실 분이 아니었어요. 거의 일흔을 앞둔 분이셨는걸요. 아시다시피 이모가 어렸을 때는 제대로 된 교육을 받기 힘들었죠."

"그렇더라도 읽고 쓸 수는 있지 않았습니까?"

"물론 그렇기는 해요. 책을 즐겨 읽지는 않았지만《뉴스 오브 더 월드》나《선데이 코밋》같은 것을 무척 좋아하셨거든요. 하지만 쓰는 것은 좀 어려워하셨어요. 그래서 저에게 급히 전할 말이 있을 때, 그러니까 이모 댁에 놀러 오는 날짜를 늦추라든가 우리 집에 못 오시게 되었다는 말을 전해야 할 때는 대개 이웃집에 사는 약사 벤슨 씨에게 전화를 거셨어요. 그러면 벤슨 씨가 저에게 전해 주었죠. 그런 면에서 그는 무척 친절한 분이에요. 아시다시피 저희는 통화권이 같기 때문에 한 통화에 겨우 2펜스밖에 안 들어요. 공중전화는 브로디니의 우체국에 있고요."

푸아로가 고개를 끄덕였다. 2.5펜스보다는 2펜스가 더 좋은 것이 당연했다. 그는 이미 맥긴티 부인을 절약 정신이 강한 알뜰한 여인으로 생각하고 있었다. 당연히 돈도 무척 좋아했을 것이다.

푸아로가 점잖게 말했다.

"그렇더라도 맥긴티 부인이 당신에게 편지를 단 한 통도 보내지 않았을 것 같지는 않은데요?"

"물론 크리스마스 카드 같은 건 보내셨어요."

"영국 내 다른 지방에 편지를 보내실 만한 친구는 없었습니까?"

"그건 저도 잘 모르겠어요. 이모의 시누이가 한 명 있긴 했는데 2년 전에 세상을 떠나셨어요. 또 버드립 부인이라고 있었는데, 그분도 지금은 이 세상 사람이 아니고요."

"그러니까 맥긴티 부인이 누군가에게 편지를 썼다면, 그건 누군가로부터 편지가 와서 답장한 것일 가능성이 크군요?"

베시 버치는 또다시 의심스러운 표정을 지었다.

"이모께 편지를 보낼 만한 사람이 누가 있을지 잘 모르겠네요. 굳이 찾자면······."

베시의 얼굴에 장난기 어린 미소가 번졌다.

"정부에서 보내 오는 편지는 항상 있겠죠."

푸아로도 공감이 가는 말이었다. 베시가 뭉뚱그려 '정부'라고 표현한 곳에서 각종 통신문들을 거의 상습적으로 보내 오고 있었다.

"그런 편지는 쓸데없는 게 많아요. 점잖은 사람에게는 물어봐서는 안 될 뻔뻔한 질문들로 가득 찬 설문지 같은 거 말이에요."

"그럼 맥긴티 부인도 답변을 보내야 할 정부 통신문 같은 것을 받았겠군요?"

"그랬다면 제 남편을 찾아와 도와 달라고 하셨을 거예요. 이모는 그런 골치 아픈 건 딱 질색이라 그런 걸 늘 남편에게 갖다 주었거든요."

"맥긴티 부인의 유품 중에 그런 편지 같은 게 있었는지 기억하십니까?"

"확실히는 모르겠어요. 제가 워낙 기억력이 나빠서요. 하지만 그런 게 있었다면 경찰에서 벌써 가져갔을 거예요. 저는 조사가 끝난 다음에 이모의 유품을 챙겨 왔어요."

"그 물건들을 어떻게 하셨습니까?"

"저기 있는 저 궤짝이 이모가 쓰시던 거예요. 단단한 고급 마호가니로 만들었죠. 그리고 2층에 옷장이 하나 있고, 쓸 만한 주방기구들도 몇 가지 있어요. 나머지는 모두 버렸고요. 집이 좁아서 다 보관할 수 없거든요."

"제가 알고 싶은 건 맥긴티 부인이 쓰시던 일상용품들입니다. 브러시나 빗, 사진, 화장 도구, 옷가지 같은 것들 말이에요."

"아, 그거요? 솔직히 말씀드리면, 여행 가방 하나에 죄다 쓸어 담아 2층에 놔두었어요. 어떻게 처리해야 할지 잘 몰라서요. 옷가지들은 크리스마스 때 중고 시장에 내놓을까 생각도 했는데 관두기로 했어요. 못된 전문 장사꾼들에게 이모의 유품을 넘기는 게 석연치 않아서요."

"혹시 제가 그 여행 가방에 든 물건들을 봐도 되겠습니까?"

"물론이죠. 하지만 특별히 도움될 만한 것들은 없을 거예요. 아시다시피 경찰에서 이미 다 조사한 거니까요."

"알고 있습니다. 그래도······."

버치 부인은 푸아로가 말을 끝내기도 전에 작은 골방으로 그를 안내했다. 푸아로가 보기에 주로 재봉 일을 하는 방인 것 같았다. 버치 부인이 침대 아래에서 여행 가방 하나를 끌어냈다.

"이거예요. 그런데 죄송하지만 저는 이만 부엌으로 가 봐야겠어요. 스튜를 불에 올려놓았거든요."

푸아로는 흔쾌히 그녀를 보내 주었다. 버치 부인이 쿵쿵거리며 계단을 내려가는 소리가 잦아들자 그는 가방을 자기 앞으로 끌어당겨서 열었다.

좀약 냄새가 확 풍겼다.

푸아로는 안타까운 마음으로 가방에 있는 것들을 하나씩 밖으로 꺼내 놓았다. 죽은 여인의 삶을 대변해 주는 듯해 가슴이 뭉클하기까지 했다. 꽤 낡은 검정색 롱코트 한 벌, 울 스웨터 두 벌, 투피스 한 벌, 긴 양말 몇 켤레, 속옷은 하나도 없었다(아마도 베시 버치가 입으려고 가져간 것 같았다.). 신문지로 싼 구두 두 켤레, 많이 닳긴 했지만 깨끗한 브러시와 빗, 뒤쪽이 은으로 도금된 낡고 찌그러진 거울, 30년 전 스타일의 옷차림을 한 신랑 신부의 사진이 담긴 가죽 액자(맥긴티 부인과 그녀의 남편인 듯했다.), 마게이트(영국 켄트 주의 해안 휴양 도시 — 옮긴이) 풍경이 담긴 엽서 두 장, 도자기 개 인형 한 개, 그 밖에 신문 기사 스크랩 세 장이 있었는데, 하나는 호박 잼 만드는 법, 또 하나는 자극적인 논조의 '비행접시' 관련 기사, 마지막 하나는 마더 십턴(영국의 예언가. 주로 영국의 미래를 시 형식으로 썼다 — 옮긴이)의 예언들이었다. 마지막으로 가방에는 성경책과 기도서가 한 권씩 들어 있었다.

핸드백이나 장갑 같은 것은 없었다. 아마 베시 버치가 챙겼거나 아예 갖다 버린 것 같았다. 맥긴티 부인은 마르고 가냘픈 체격이어서 옷들은 살집 좋은 비치가 입기에 너무 작았을 것이다.

푸아로는 신문지로 싼 신발 꾸러미 하나를 펼쳐 보았다. 꽤 고급인 데다 별로 닳지도 않은 새 신발이었다. 그러나 베시 버치가 신기에는 확실히 작았다.

이윽고 신발을 도로 신문지에 싸려던 푸아로의 눈길을 사로잡은 것이 있었다. 바로 신문에 인쇄된 표제였다.

신문은 11월 19일자 《선데이 코밋》이었다.

맥긴티 부인이 살해된 날짜는 11월 22일이었다.

그렇다면 그것은 그녀가 죽기 바로 전 일요일에 구입한 신문이었다. 신문은 그녀의 침실에 있었고, 베시 버치가 이모의 유품을 정리하면서 사용한 것이었다.

11월 19일 일요일. 그다음 날 월요일에 맥긴티 부인은 우체국에 가서 잉크 한 병을 샀다…….

혹시 그녀가 일요일자 신문에서 무언가를 보았기 때문에 잉크를 구입한 것은 아닐까?

푸아로는 다른 신발 꾸러미도 펼쳐 보았다. 같은 날짜에 발간된 《뉴스 오브 더 월드》였다.

푸아로는 신문지를 편편히 펴 가지고 의자에 앉았다. 그는 신문에서 한 가지 사실을 발견했다. 《선데이 코밋》에는 기사 하나를 오려 낸 흔적이 있었다. 중간 페이지에 실린 직사각형의 기사였다. 기사를 오려 낸 공간은 앞서 본 스크랩 세 개보다 훨씬 더 컸다.

푸아로는 두 가지 신문을 꼼꼼히 읽어 보았다. 그러나 특별히 흥미를 끄는 내용이 없었다. 그는 다시 신문지로 신발을 싸서 가방에 가지런히 집어넣었다. 그런 다음 아래층으로 내려갔다.

버치 부인은 부엌에서 바쁘게 일하고 있었다.

"뭐 특별한 건 없죠?"

푸아로가 짐짓 무심한 듯한 투로 말했다.

"아쉽게도 그렇습니다. 혹시 이모님의 지갑이나 핸드백에 신문 기사 스크랩 같은 게 있었는지 기억나지 않으십니까?"

"아유, 아무것도 기억 안 난다니까요. 그런 게 있었다면 아마 경찰이 가져갔을 거예요."

그러나 경찰은 그것을 가져가지 않았다. 스펜스 경정이 푸아로에게 넘겨 준 수첩을 보면 알 수 있었다. 피살자의 핸드백에 들어 있던 물건 목록에 신문 기사 스크랩 따위는 없었다.

푸아로가 혼잣말로 중얼거렸다.

"에 비엥(그래), 이제 다음 단계는 간단하겠군. 완전히 단념하거나 드디어 수사가 진척되거나 둘 중 하나일 거야."

II

푸아로는 먼지 쌓인 신문지 뭉치를 앞에 둔 채 꼼짝 않고 앉아 중얼거렸다.

"잉크가 단서가 될지도 모른다는 내 생각이 틀리지 않았어."

맥긴티 부인이 오려 낸 기사는 지나간 사건들을 낭만적으로 극화한 것이었다.

푸아로는 11월 19일자 《선데이 코밋》을 읽었다.

중간 페이지 상단에 굵은 활자로 다음과 같이 적혀 있었다.

그 옛날 비극적으로 희생된 여자들
지금 그들은 어디에 있을까?

표제 아래에는 수년 전에 찍은 것이 분명한 몹시 흐릿한 사진 네

장이 실려 있었다.

사진 속 인물들은 그다지 비통해 보이지 않았다. 그러기는커녕 오히려 우스꽝스러웠다. 그들의 옷차림 때문이었다. 구식 패션보다 더 우스꽝스러워 보이는 것도 없는 법이다. 물론 30년쯤 후에 그때의 패션이 다시 유행할지도 모르지만…….

각각의 사진 밑에는 이름이 적혀 있었다.

에바 케인, 유명한 크레이그 사건의 '두 번째 여인.'
재니스 코틀런드, 인간의 탈을 쓴 악마 남편과 살았던 '비극적인 아내.'
릴리 갬볼, 혼란스러운 시대의 희생양이 된 비극적인 소녀
베라 블레이크, 살인자 남편을 끝까지 믿었던 순수한 아내

사진 아래에는 또다시 굵은 활자로 다음과 같은 글귀가 적혀 있었다.

이 여인들은 지금 어디에?

푸아로는 눈을 껌벅거리고 나서 베일에 싸인 여자들의 삶을 약간은 낭만적으로 다룬 기사를 꼼꼼히 읽었다.

에바 케인은 그도 기억하는 이름이었다. 크레이그 사건이 워낙 유명했기 때문이다. 파민스터의 면 서기였던 앨프레드 크레이그는

성실하고 지극히 평범하며 매사에 정확하고 명랑한 사내였다. 그런데 불운하게도 몹시 피곤하게 구는 신경질적인 여자와 결혼하는 바람에 인생이 꼬이기 시작했다. 그녀는 크레이그를 빚더미에 앉히고 밤낮없이 괴롭히며 들볶았다. 그녀는 신경과민증을 앓았는데, 혹자들은 그것이 꾀병이라고 주장했다. 크레이그의 집에는 보모 겸 가정교사가 있었는데, 그녀가 바로 열아홉 살의 예쁘고 순진하며 조금 단순한 아가씨 에바 케인이었다. 에바는 곧 크레이그와 지독한 사랑에 빠졌다. 크레이그는 그녀를 무척 사랑했다. 그러던 어느 날 이웃들은 크레이그 부인이 해외로 요양을 하러 갔다는 소식을 들었다. 그 소식을 퍼뜨린 사람은 바로 남편 크레이그였다. 그는 밤늦게 아내와 함께 자동차를 타고 런던에 갔고, 거기서 프랑스 남부로 떠나는 아내를 '배웅해 주었다'고 말했다. 그런 다음 파민스터로 돌아왔고, 몸이 나아질 기미가 보이지 않는다는 편지를 아내가 보내 왔다고 이웃들에게 전했다. 에바 케인은 여전히 그 집에 남아 살림을 도맡아 했고, 곧 마을 사람들이 수군거리기 시작했다. 마침내 크레이그는 아내가 외국에서 죽었다는 편지를 받았다. 그 후 어디론가 사라졌던 그가 일주일 뒤에 나타나서는 아내의 장례식을 치르고 돌아왔다고 말했다.

몇 가지 점에서 앨프레드 크레이그는 몹시 단순한 남자였다. 우선 사람들에게 아내가 어디에서 죽었는지 말한 것이 실수였다. 그는 프랑스 리비에라에 있는 조금 알려진 리조트에서 아내가 죽었다고 말했다. 그런데 누군가가 그곳에 사는 지인에게 편지를 보내 크레이그라는 이름을 가진 사람이 그곳에서 죽었거나 장례식을 치른 적이 없다는 사실을 알게 되었다. 그는 한동안 이 문제를 두고 주변 사람들과 수군대다가 결국 경찰에 사실을 알렸다.

그 후에 일어난 일은 간단하게 요약할 수 있다.

크레이그 부인은 리비에라로 떠난 게 아니었다. 토막 난 채 크레이그의 집 창고에 묻혀 있었다. 부검 결과 그녀는 식물성 알칼로이드로 독살된 것으로 밝혀졌다.

크레이그는 곧바로 체포되어 재판에 회부되었다. 에바 케인은 처음에는 살인방조죄로 기소되었으나 곧 기각되었다. 크레이그가 무슨 짓을 저질렀는지 사전에 전혀 알지 못했다는 사실이 밝혀졌기 때문이다. 크레이그는 결국 범행 일체를 자백한 뒤 사형을 선고받고 처형되었다.

에바 케인은 임신을 한 채로 파민스터를 떠났고, 그 후에 어떻게 지내는지 《선데이 코밋》에는 다음과 같이 서술되어 있었다.

미국에 사는 한 친척이 친절하게도 그녀에게 거처를 마련해 주었다. 잔혹한 살인마의 꼬임에 빠져 청춘을 바친 가엾은 젊은 처녀는 이름을 바꾼 뒤 이 땅을 영원히 떠나 새로운 삶을 시작했다. 그녀는 앨프레드 크레이그라는 이름을 가슴속에 꽁꽁 묻어 둔 채 자신의 딸에게도 영원히 알려 주지 않을 것이다.

"제 딸은 행복하고 순수하게 자랄 거예요. 부모의 잔인한 과거사로 인생이 얼룩지지도 않을 거고요. 저는 맹세할 수 있어요. 비극적인 기억들은 오직 저 혼자만 간직할 거라고."

한없이 여리고 순수하기만 했던 가엾은 여인 에바 케인. 너무나 어린 나이에 남자의 잔혹하고 추잡한 악행을 경험했던 그녀는 지금 어디에 있을까? 어느새 중년의 여인이 된 그녀는 중서부의 어느 도시에서 이웃들과 조용히 어울려 살고 있다. 그러나 지금도 그녀의 눈동자에는 지울 수 없는 슬픔이 서려 있는지도 모른다. 그녀의 젊고 쾌활하며 행복한 딸은 어쩌면 자신의 아이들과 함께 '엄마'를 만나러 와서, 일상의 자질구레한 불만과 어려움을 털어놓을지도 모른다. 지난날 자신의 어머니가 얼마나 고통스러운 과거를 견뎌 내야 했는지 전혀 알지 못한 채⋯⋯.

"오, 이런!"
푸아로는 자기도 모르게 혀를 찼다. 그리고 계속해서 비극적인 희생자들에 관한 글을 읽어 내려갔다.
'비극적인 아내' 재니스 코틀런드가 남편 때문에 불행했던 것은 분명한 사실이었다. 기사에서는 조심스럽게 표현되었지만 오히려 호기심을 불러일으킨 그의 '독특한 행동'으로 인해 재니스는 8년 동안 고통받으며 살았다. 《선데이 코밋》은 이를 '8년간의 수난 시대'라고 표현했다. 그 후 재니스에게 친구가 생겼다. 그는 때묻지 않고 이상주의적인 청년으로, 우연히 재니스와 남편 간에 벌어지는 끔찍한 장면을 목격하고는 그 자리에서 남편을 향해 달려들었다. 청년은 불같이 분노했고, 그 결과 남편이 대리석 벽난로의 날카로운 모서리에 머리를 부딪치고 말았다. 배심원단은 정황상 극심한 자극을 받을 만했고, 젊은 이상주의자에게 살인을 할 의도가 없었다고 판단하고 우발적 살인죄를 적용해 5년형을 선고했다.

고통 속에서 살던 재니스는 사건이 만천하에 알려진 뒤로 더 큰 충격을 받고 모든 것을 '잊기 위해' 외국으로 떠나 버렸다.

그녀는 과연 모든 것을 잊었을까? 그랬기를 바란다. 어쩌면 그녀는 지금 어딘가에서 행복한 아내이자 어머니로 살고 있을지도 모른다. 묵묵히 감내해야 했던 악몽 같은 그 세월은 그녀에게 그저 하룻밤의 꿈처럼 느껴질지도…….

"흠……."

에르퀼 푸아로는 한숨을 내쉬고 세 번째 비극의 주인공으로 넘어갔다. 혼란스러운 시대의 희생양이 된 비극적인 소녀 릴리 갬볼에 대한 기사였다.

릴리 갬볼은 식구가 많은 가정에서 버려지다시피 한 자식이었는데 다행히 고모가 릴리의 생계를 책임지기로 했다. 어느 날 릴리는 극장에 가고 싶었지만 고모가 안 된다고 했다. 그러자 릴리는 마침 식탁에 놓여 있던 육류용 식칼을 집어 고모에게 휘둘렀다. 고모는 독재적이기는 했지만 몸집이 왜소하고 연약한 사람이었다. 그런 탓에 어린 소녀가 휘두른 칼을 맞고 그 자리에서 죽고 말았다. 릴리는 열두 살이라는 나이에 비해 성숙하고 힘이 센 아이였다. 릴리는 소년원에 들어갔고, 그 후로 평범한 삶의 무대에서 영원히 자취를 감추었다.

현재 릴리는 어엿한 성인이 되어 다시금 자유로이 우리 사회에 자리 잡고 살아가고 있다. 수감 생활과 보호 감찰 기간 동안 그녀는 상당히 모범적이었다고 전해진다. 이것은 비난받아야 할 대상이 그 어린 소녀가 아닌 사회 체제라는 사실을 단적으로 보여 주는 증거가 아닐까? 아무런 교육을 받지 못한 채 성장한 릴리는 환경의 희생양일 뿐이다.

우리는 자신이 저지른 비극적인 실수를 벌충한 뒤 그녀가 지금 어딘가에서 훌륭한 시민이자 아내, 그리고 어머니로서 행복하게 살고 있기를 바란다. 가엾은 소녀 릴리 갬볼.

푸아로는 고개를 흔들었다. 그가 생각하기에 친고모에게 육류용 식칼을 휘둘러 죽음에 이르게 한 열두 살짜리 소녀는 결코 착한 아이가 아니다. 이 사건에서 푸아로가 동정하는 것은 아이가 아닌 아이의 고모였다.

그는 마지막으로 베라 블레이크에 관한 기사를 읽었다.

베라 블레이크는 하는 일마다 꼬이는 그런 여자였다. 처음으로 사귄 애인은 알고 보니 은행 경비원을 살해한 죄로 경찰에서 수배 중인 악한이었다. 그와 헤어진 뒤 그녀는 번듯한 상인과 결혼했는데, 나중에 알고 보니 훔친 물건을 취급하는 장물아비였다. 그녀가 낳은 두 아이들도 마찬가지로 정해지기라도 한 것처럼 경찰의 주의를 끌었다. 그들은 엄마와 함께 백화점에 갔을 때 물건을 훔쳤다. 그런데 그녀의 인생 무대에도 '착한 사람'이 등장했다. 그 사람은 비극적인 베라에게 영연방 자치령 내에 집 한 채를 마련해 주었다. 베라는 아이들을 데리고 이 희망 없는 나라를 떠나야만 했다.

그 이후 '새로운 삶'이 그들을 기다리고 있었다. 오랜 세월 모진 운명의 폭풍에 시달린 베라의 시련이 마침내 끝난 것이다.

푸아로가 회의적인 투로 중얼거렸다.
"아마 곧 자신이 결혼한 상대가 정기선 운영과 관련된 신용 사기꾼이라는 것을 알게 될걸."
푸아로는 뒤로 기대어 사진 네 장을 찬찬히 들여다보았다. 에바 케인은 귀 밑까지 기른 헝클어진 곱슬머리에 커다란 모자를 쓰고 있었는데, 모자에 장식된 장미꽃이 전화 교환수가 쓰는 헤드폰처럼 귀까지 늘어져 있었다. 재니스 코틀런드는 종 모양 모자를 귀 밑까지 푹 덮어쓰고 허리띠를 엉덩이에 걸친 차림이었다. 릴리 갬볼은 벌어진 입 사이로 아데노이드(편도선이 지나치게 커지는 병으로 주의력 산만, 수면 장애 등을 일으키고 주로 어린아이들에게 많이 나타난다 — 옮긴이)가 보이는 평범한 아이로, 숨쉬기를 버거워한 듯하고 두꺼운 안경을 쓰고 있었다. 베라 블레이크의 사진은 애석하게도 간신히 윤곽만 드러나는 정도여서 구체적인 특징은 알 수 없었다.
맥긴티 부인이 그 기사와 사진을 오려 낸 데는 분명 어떤 이유가 있을 것이다. 과연 그 이유가 무엇일까? 그저 기사 내용이 흥미로워서? 푸아로는 그럴 리 없다고 생각했다. 맥긴티 부인은 육십 평생을 사는 동안 특별히 무언가를 간직해 두는 사람이 아니었다. 푸아로는 그녀의 유품에 관한 경찰 보고서를 통해 그것을 알 수 있었다.

  맥긴티 부인은 일요일에 그 신문 기사를 오려 냈고, 월요일에 잉크 한 병을 샀다. 평소에는 편지를 쓰지 않는 그녀가 그날따라 편지를 쓰려 했다고 추론할 수 있다. 그것이 정부에 보내는 공적인 편지였다면, 그녀는 당연히 조카사위인 조 버치에게 부탁했을 것이다. 그러므로 맥긴티 부인이 쓰려고 했던 것은 공적인 편지가 아니었다. 그렇다면 과연 그녀는 어떤 편지를 쓰려고 했던 것일까?

  푸아로는 다시 한 번 사진 네 장을 훑어보았다.

  《선데이 코밋》은 묻는다. 이 여인들은 지금 어디에 있을까?

푸아로의 머릿속에 문득 한 가지 생각이 떠올랐다.
'어쩌면 이들 중 한 명이 지난 11월에 브로디니에 있었을지도 모르겠군.'

III

다음 날이 되어서야 푸아로는 파멜라 호스폴을 만날 수 있었다.
앞서 호스폴은 셰필드로 급히 떠나야 하기 때문에 많은 시간을 내줄 수 없다고 말했다.

호스폴은 키가 크고 선이 굵은 이목구비를 가졌으며 술과 담배를 잘하는 여자였다. 겉모습만 보아서는 그처럼 감상적인 글을 《선데이 코밋》에 투고한 사람이라고는 도저히 믿어지지 않았다. 그러나 어쨌든 그 기사는 그녀가 쓴 것이 분명했다.

호스폴이 조급하게 푸아로를 재촉했다.

"빨리빨리 말씀해 주세요. 곧 가 봐야 하거든요."

"《선데이 코밋》에 실린 당신의 글에 관해 궁금한 게 있습니다. 지난 11월 '비극적인 여인들'에 관한 연재물입니다."

"아, 그거요? 몹시 한심한 기사였죠. 안 그래요?"

푸아로는 그에 대해 자신의 의견을 밝히지 않았다.

"구체적으로는 11월 19일자에 실린 범죄와 관련된 여인들에 관한 기사를 말하는 겁니다. 에바 케인, 베라 블레이크, 재니스 코틀런드, 릴리 갬볼에 관한 내용입니다."

호스폴이 빙긋이 이를 드러내고 웃었다.

"아, '이 비극적인 여인들은 지금 어디에 있을까?' 말이죠? 기억나요."

"보통 그런 기사들을 게재하고 나면 독자들로부터 이런저런 편지가 날아들지 않습니까?"

"그걸 어떻게 아셨어요? 대개 편지 쓰는 것 외에 딱히 할 일이 없는 사람들이 그런 짓을 하죠. '언젠가 살인마 크레이그가 거리를 걸어다니는 모습을 보았다.'라고 알려 온 사람도 있었고, 또 '그녀들의 인생 이야기가 나 같은 사람은 상상할 수도 없을 만큼 너무 슬프다.'라며 감상을 전해 오는 사람들도 있었어요."

"그 기사를 내보낸 뒤 브로디니에 사는 맥긴티 부인이라는 사람이 편지를 보내지 않았나요?"

"나 참, 제가 그걸 어떻게 알겠어요? 지금까지 받은 편지가 양동이로 몇 개는 되는데, 그 많은 것들 중에 이름 하나를 무슨 수로 기억하겠어요?"

"저는 당신이 기억하고 있을 거라고 생각했습니다. 그 기사가 나가고 며칠 뒤에 맥긴티 부인이 살해되었으니까."

호스폴은 서둘러 셰필드로 출발해야 한다는 것을 잊은 듯 의자에 다리를 벌리고 앉았다.

"그렇게 말씀하시니 한번 생각해 보죠. 맥긴티, 맥긴티……. 그래요. 기억나는군요. 세입자에게 뒤통수를 얻어맞고 숨진 여자죠? 사람들에게 그다지 관심을 끌 만한 사건은 아니었죠. 일단 성적으로 흥미를 끌 만한 점이 없었으니까요. 그런데 그 여자가 나한테 편지를 보냈다는 건가요?"

"당신한테 보낸 게 아니라《선데이 코밋》에 보냈을 겁니다."

"마찬가지죠. 어차피 내 앞으로 도착하게 되어 있으니까요. 살인 사건과 관련해서 뉴스에 나왔던 이름이라면 확실히 기억하고 있을 텐데……."

호스폴은 잠시 생각에 잠겼다.

"그런데 그 편지는 브로디니에서 온 게 아니었어요. 브로드웨이라고 적혀 있었다고요."

"그럼 기억하고 있다는 건가요?"

"글쎄요, 확실하지는 않지만…… 이름이 좀…… 뭐랄까 좀 우습지 않아요? 맥긴티라니, 큭큭……. 아, 맞다! 문장이 엉망에다 글씨도 거의 문맹인이 쓴 것 같았어요. 그때 내가 알아차렸더라면……. 어쨌든 확실히 편지 겉봉에는 브로드웨이라고 적혀 있었어요."

"글씨가 엉망이었다고 말씀하지 않았습니까? 그렇다면 브로드웨이와 브로디니, 두 단어가 거의 비슷해 보일 수도 있지요."

"맞아요, 그럴 수도 있겠군요. 어쨌거나 어느 누구라도 이런 괴상하고 촌스러운 이름을 가진 사람에 대해 알고 싶어 하지는 않을 거예요. 맥긴티. 그래요, 확실히 기억해요. 아마도 살인 사건 때문에 그 이름이 내 기억 속에 남아 있는 거겠죠."

"어떤 내용이었는지도 기억하시고 있습니까?"

"사진에 관한 거였어요. 신문에 나온 것과 같은 사진이 어디에 있는지 알고 있다고 하더군요. 그러니 그 사진을 주면 보상을 해 줄 건지, 해 준다면 얼마나 줄 건지 알고 싶다고요."

"그래서 답장해 주었습니까?"

"맙소사. 우리는 그런 사진 따위 필요 없어요. 그래서 그냥 형식적인 답변을 해 주었죠. 대단히 감사하지만 그런 것은 필요 없다고요. 하지만 답장은 봉투에 적힌 대로 브로드웨이로 보냈기 때문에 아마 맥긴티 부인이 받지 못했을 거예요."

'사진이 어디에 있는지 맥긴티 부인이 알고 있었다…….'

푸아로의 머릿속에 며칠 전의 기억 하나가 되살아났다. 서머헤이스 부인이 무심결에 이런 말을 했다. "물론 여기저기 조금 기웃거리기는 했죠."

맥긴티 부인은 호기심이 많은 사람이었다. 정직하지만 궁금한 것이 많았다. 사람들은 갖가지 물건들을 간직하고 산다. 시시하고 아무 의미도 없는 과거의 흔적들을. 옛 추억을 간직하기 위해서일 수도 있고, 그저 무심히 보아 넘겼다가 그 물건이 거기에 있는지조차 기억 못 할 수도 있다.

맥긴티 부인은 우연히 낡은 사진 한 장을 보았고, 나중에 그것과 똑같은 사진이 《선데이 코밋》에 실린 것을 보고 옛 기억이 떠오른 것이다. 그리고 그 사진이 돈벌이가 될지도 모른다고 생각했다.

푸아로가 갑자기 자리에서 벌떡 일어섰다.

"고맙습니다, 호스폴 양. 미안하지만 먼저 가 봐야겠습니다. 그런데 쓰신 기사가 그다지 정확하지는 않더군요. 우선 크레이그가 재판을 받은 연도부터 잘못되었습니다. 실제로 재판이 열린 해는 당신이 쓴 것보다 1년 뒤였습니다. 그리고 코틀런드 사건은 남편의 이름이 휴버트가 아니라 허버트입니다. 또 릴리 갬볼의 고모가 살았던 곳은 버크셔가 아니라 버킹엄셔고."

호스폴은 손가락에 담배를 끼운 채 손을 휘휘 저었다.

"이보세요, 그런 기사에서 중요한 건 정확한 사실이 아니에요. 처음부터 끝까지 낭만적인 내용들을 버무려 놓기만 하면 된다고요. 저는 그저 몇 가지 사실만 조사해서 거기에 이런저런 살을 잔뜩 붙여 내보내면 된다고요."

"내가 말하고 싶은 건, 그 기사에서 묘사한 여주인공들의 성격조차 사실과 전혀 다를 수 있다는 겁니다."

호스폴이 말 울음소리와 비슷한 소리를 냈다.

"물론 그렇겠죠. 그러는 선생님께서는 어떻게 생각하시죠? 저는 예전부터 항상 에바 케인을 젊은 불여우라고 생각해 왔어요. 세간에 알려진 대로 상처 입은 순수한 영혼은 절대 아닐 거라고요. 그리고 코틀런드 부인은 왜 가학적인 변태 남편에게 시달리면서도 8년 동안이나 묵묵히 참았을까요? 남편에게는 돈이 있었지만, 낭만적인 애인한테는 땡전 한 푼 없었거든요. 그게 바로 이유예요."

"그럼 비극적인 소녀 릴리 갬볼은 어떻게 생각하십니까?"

"그 아이가 내 주변에서는 육류용 식칼을 들고 장난치지 못하게 하고 싶어요."

그때 갑자기 푸아로가 딱 하고 손가락을 튕겼다.

"그들은 모두 이 나라를 떠나 미국이나 영연방 자치령 같은 곳으로 갔습니다. 새 삶을 시작하기 위해서. 하지만 그 후 그들이 이 나라로 다시 돌아오지 않았다는 증거는 어디에도 없지 않습니까?"

호스폴이 고개를 끄덕였다.

"그건 그렇죠. 이제는 정말 가 봐야 해요."

그날 밤 푸아로는 스펜스에게 전화를 걸었다.

"그렇잖아도 어떻게 되어 가고 있는지 궁금하던 참입니다, 푸아로 씨. 성과가 좀 있었습니까? 아무것도 못 찾으셨나요?"

"지금까지 나름대로 탐문 조사를 했습니다."

푸아로가 진지하게 말했다.

"그래서요?"

"결과는 이렇습니다. 브로디니에 사는 사람들은 모두 훌륭한 사람들이다."

"그게 무슨 말씀이십니까, 푸아로 씨?"

"스펜스 경정님, 생각해 보세요. '훌륭한 사람들', 지금까지 모든 살인 사건의 동기가 바로 그것 아니었습니까?"

9장

I

"모두 훌륭한 사람들이라고 했지⋯⋯."

푸아로는 그렇게 중얼거리면서 기차역 근처에 있는 크로스웨이즈 저택 입구에 들어섰다.

문설주에 붙은 황동 명판에 집주인인 의사 렌델의 이름이 새겨져 있었다.

렌델은 건장한 체격의 쾌활한 40대 남자였다. 그는 꽤 호의적으로 손님을 맞이했다.

"저명하신 에르퀼 푸아로 선생님께서 작고 조용한 우리 마을을 찾아 주시다니 더없는 영광입니다."

푸아로는 상대의 칭송에 흐뭇했다.

"선생님은 제 이름을 들어 보셨단 말입니까?"

"물론입니다. 이 마을에서 선생님 이름을 못 들어 본 사람이 어디 있겠습니까?"

렌델의 대답에 푸아로는 자존심이 상했다. 그러나 푸아로는 정중하게 말을 돌렸다.

"마침 집에 계셔서 다행입니다."

사실 딱히 다행이라고 할 수는 없었다. 오히려 몹시 애매한 시각이었다. 렌델이 솔직하게 대답했다.

"그래요. 절묘하게 맞춰 오셨습니다. 15분 뒤에 수술이 있거든요. 자, 제가 뭘 도와 드릴까요? 선생님께서 무슨 일로 여기 오셨는지 무척 궁금합니다. 그저 휴양차 오신 겁니까? 아니면 요즘 우리 마을에서 범죄 사건이라도 일어난 건가요?"

"요즘이 아니라 한참 전에 일어난 사건 때문입니다."

"한참 전이라고요? 딱히 기억나는 사건이 없는……."

"맥긴티 부인 사건 말입니다."

"아, 그렇군요. 잊고 있었습니다. 그런데 설마 지금 그 사건을 조사하신다는 말씀은 아니시죠? 다 끝난 사건을 이제 와서……."

"사실 이건 비밀인데 피고 측의 의뢰를 받고 온 겁니다. 항소를 하기 위해 새로운 증거를 찾기 위해서요."

렌델이 날카롭게 말했다.

"하지만 새로운 증거라는 게 있을 턱이 없지 않습니까?"

"그에 대해서 지금은 말할 수 없는 입장이라서……."

"아 네, 실례했습니다. 용서하십시오."

"굳이 말하자면 지금까지 몇 가지 알아낸 사실이 있긴 합니다. 상당히 호기심을 자극하는…… 뭐랄까…… 무언가 암시하고 있다고 할까? 아무튼 그런 게 있습니다. 제가 렌델 선생님을 찾아온 건 맥긴티 부인이 가끔 여기 와서 일했다는 이야기를 들었기 때문입니다."

"맞습니다. 그랬죠. 참, 뭐 마실 거라도 한 잔 드릴까요? 셰리주? 아니면 위스키? 아무래도 셰리주를 더 좋아하시겠죠? 저도 그렇습니다."

렌델은 셰리주 두 잔을 가져왔다. 그리고 푸아로 옆에 자리를 잡고 앉았다.

"맥긴티 부인은 일주일에 한 번씩 우리 집에 와서 대청소를 해 주곤 했습니다. 우리 집에 아주 괜찮은 가정부가 있긴 합니다. 스콧 부인이라고 일을 무척 잘하죠. 하지만 황동 제품의 광을 낸다거나 부엌 바닥 닦는 일 같은 건 힘들어해요. 나이가 들어 무릎을 꿇고 일하는 건 무리거든요. 그래서 맥긴티 부인에게 도움을 청한 거죠. 그분도 일을 잘하셨습니다."

"맥긴티 부인이 믿을 만한 사람이었다고 생각하십니까?"

"믿을 만했냐고요? 좀 난감한 질문이군요. 저로서는 드릴 말씀이 없는 것 같은데요. 그 부인에 대해 알 기회가 없었으니까요. 아무튼 제가 아는 한은 꽤 믿을 만한 사람이었습니다."

"그럼 그녀가 하는 말은 대개 진실이었다고 생각하시나요?"

렌델은 살짝 불쾌한 표정을 지었다.

"그것까지는 저도 모르죠. 저는 정말 맥긴티 부인에 대해 아는 게 거의 없으니까요. 대신 스콧 부인에게 물어봐 드릴 수는 있습니다. 저보다는 그녀가 더 잘 알 테니까요."

"아니, 됐습니다. 그러지 않는 게 좋겠습니다."

렌델이 쾌활하게 말했다.

"이거 점점 더 호기심이 생기는데요? 맥긴티 부인이 돌아다니면서 무슨 소문이라도 퍼뜨렸나 보군요. 남의 명예를 훼손할 만한 그런 이야기 아닌가요? 제 생각에는 누군가를 비방하는 내용인 것 같은데요."

푸아로는 아무런 대꾸도 하지 않고 그저 고개만 저었다.

"지금으로서는 모든 것을 비밀에 부쳐야 합니다. 이제 겨우 수사 초입 단계에 접어들었으니까요."

렌델이 약간 비꼬는 듯한 투로 물었다.

"하지만 좀 서둘러야 하지 않겠습니까?"

"맞습니다. 시간이 많지 않아요."

"그 말씀은 좀 놀랍군요. 우리 마을 사람들은 모두 벤틀리가 범인이라고 믿고 있거든요. 의심할 여지가 없어 보였단 말입니다."

"그다지 흥미로울 것 없는, 돈을 노린 평범한 범죄로 보였다, 이 말을 하시고 싶은겁니까?"

"맞습니다. 바로 그거예요. 정확하게 말씀하시는군요."

"제임스 벤틀리와는 평소 알고 지내셨습니까?"

"한두 번쯤 저를 찾아왔습니다. 제가 의사니까요. 그는 자신의 건

강을 크게 염려했습니다. 아마도 어머니가 응석받이로 키운 것 같더군요. 흔히 볼 수 있는 사람이죠. 이곳 브로디니에도 그런 사람이 또 한 명 있으니까요."

"아, 그렇습니까?"

"네, 업워드 부인이 그렇습니다. 로라 업워드요. 아들이라면 껌벅 넘어갈 정도로 애지중지하는지라 늘 치마폭에 감싸고 다니죠. 아들은 꽤 똑똑한 친구예요. 뭐 솔직히 본인이 생각하는 것만큼 대단한 것 같지는 않지만, 어쨌거나 확실히 재능 있는 청년입니다. 그게 누구냐 하면, 흔히 떠오르는 희곡 작가로 불리는 로빈 업워드예요."

"그 모자는 여기서 오랫동안 살았습니까?"

"이사 온 지 3~4년쯤 될 겁니다. 브로디니에는 토박이가 한 명도 없어요. 원래 이곳은 아주 작은 시골이었습니다. 모두 합쳐 봤자 열 손가락으로 꼽을 정도의 집들이 롱 메도즈를 중심으로 옹기종기 모여 있었죠. 선생님이 머물고 계신 곳도 롱 메도즈라고 들었는데요?"

"그렇습니다."

푸아로가 무덤덤하게 대답했다. 그러자 렌델의 얼굴에 장난기 어린 미소가 번졌다.

"말이 여관이지요. 그 집 젊은 주인은 여관 운영에 대해 아는 게 하나도 없습니다. 결혼하자마자 내내 인도에서 하인들을 부리며 살았으니까요. 보나마나 그곳에서 지내시기 불편하실 겁니다. 그 집에서 오래 머무는 사람을 한 명도 못 봤거든요. 가엾은 서머헤이스 씨가 채소를 가꿔 시장에 내다 팔아 보려고 하지만 성공하지는 못할 겁니다. 착한 친구이기는 하지만 경제관념이 전혀 없거든요. 요즘 같은 세상에 빚 안 지고 살아가려면 투철한 경제관념이 필요한데 말입니다. 제가 환자들의 병을 낫게 해준다고 생각지 마십시오. 저는 그저 멋들어지게 서식을 만들고 진단서에 서명할 뿐이에요. 어쨌든 저는 서머헤이스 부부를 좋아합니다. 안주인은 상당히 매력적인 여자죠. 그 남편은 성질이 불같고 부루퉁한 편이지만, 예전부터 어울려 놀던 친구예요. 상류 계급 출신이죠. 선생님께서 돌아가신 서머헤이스 대령을 보셨어야 했는데 아쉽군요. 자존심이 굉장히 강하고 성격이 포악한 분이셨죠."

"서머헤이스 소령의 아버지를 말하는 거요?"

"네. 그분이 세상을 떠났을 때는 남은 재산이 별로 없었어요. 물론 상속세 때문에 유가족들이 더 힘들어지기도 했고요. 하지만 그들은 끝까지 옛집을 포기하지 않았어요. 존경할 만한 일인지, 아니면 '멍청한 바보들 짓'인지는 모르겠지만요."

렌델은 손목시계를 들여다보았다. 푸아로가 말했다.

"선생님을 계속 붙잡아 둬서는 안 되겠군요."

"아직 몇 분쯤은 여유가 있습니다. 그런데 제 아내를 소개해 드리고 싶은데 어디 있는지 모르겠군요. 선생님께서 여기 와 계시다는 소식을 듣고 아내가 얼마나 흥분했는지 모릅니다. 아내나 저나 범죄 사건에 관심이 많거든요. 관련된 글도 많이 읽고 말입니다."

"범죄학 서적이나 추리 소설, 일요 신문 같은 것 말입니까?"

푸아로가 웃으며 물었다.

"셋 다 좋아하죠."

"《선데이 코밋》 같은 저급한 신문도 읽으십니까?"

렌델이 웃음을 터트렸다.

"그게 없으면 무슨 재미로 일요일을 보냅니까?"

"5개월 전쯤 그 신문에 몇 가지 흥미로운 기사가 실렸습니다. 그 중 하나는 살인 사건과 관련된 여자들의 비극적인 삶을 다룬 것이었죠."

"네, 기억납니다. 모두 말 같지도 않은 소리였지만요."

"그렇게 생각하십니까?"

"물론 크레이그 사건에 대해 제가 아는 것이라고는 신문에서 읽은 것이 전부입니다. 하지만 나머지 사건들은 좀……. 특히 코틀런드 사건의 그 여자는 절대 비극적이고 순수한 영혼의 소유자가 아니에요. 전형적인 악녀일 뿐이라고요. 그 남편의 주치의가 바로 제 삼촌이었기 때문에 저도 잘 압니다. 그 남편도 결코 좋은 사람은 아니었지만, 그 마누라도 전혀 나을 게 없는 여자였다 이겁니다. 세상 물정 모르는 젊은이를 꾀어 살인을 하도록 충동질한 게 바로 그 여자라고요. 결국 젊은이만 과실치사죄로 감옥에 가고, 여자는 자유롭고 돈 많은 과부가 되어 또 다른 누군가와 재혼을 하더란 말입니다."

"《선데이 코밋》에 그런 이야기는 없었는데……. 혹시 재혼한 상대가 누구인지도 알고 있습니까?"

렌델은 고개를 저었다.

"이름은 못 들었습니다. 하지만 그 여자의 계획이 성공했다는 말을 어디선가 들은 적이 있어요."

"신문 기사를 읽은 사람이라면 누구든 그 네 여자들이 지금 어디서 어떻게 살고 있는지 궁금해할 겁니다."

"물론입니다. 어쩌면 지난주 파티에서 그들 중 한 사람을 만났을지도 모르는 일이죠. 그들은 모두 지난 과거를 꼭꼭 숨긴 채 살아가고 있을 겁니다. 신문에 난 사진을 봐도 누가 누군지 도무지 알아볼 수 없잖습니까? 제 말은 그들 모두 아주 평범하게 생겼다는 거죠."

그때 시계가 울렸다. 푸아로는 자리에서 일어섰다.

"더 선생님을 붙잡아 둘 수 없겠습니다. 여러모로 친절하게 대해 주어 고맙습니다."

"별 도움도 못 드렸는데요, 뭘. 하지만 남자치고 자기 집 파출부에 대해 자세히 알고 있는 사람은 거의 없을 겁니다. 그런데 잠시 제 집사람을 만나고 가시면 안 되겠습니까? 그냥 가셨다는 걸 알면 아내가 저한테 화를 낼 겁니다."

렌델은 복도 쪽으로 나가 큰 소리로 외쳤다.

"쉴라! 쉴라!"

2층에서 대답하는 소리가 희미하게 들렸다.

"이리 좀 내려와 봐! 당신한테 소개할 분이 있어."

잠시 후 한 여자가 사뿐사뿐 계단을 내려왔다. 금발에 야위고 창백한 얼굴의 여자였다.

"쉴라, 이분이 에르퀼 푸아로 선생님이셔. 이렇게 유명한 분을 직접 만난 소감이 어때?"

"어머나!"

렌델 부인은 너무 놀라 말문이 막힌 듯했다. 그녀의 담청색 눈동자가 푸아로에게서 떨어질 줄을 몰랐다.

"안녕하십니까, 마담."

푸아로가 먼저 지극히 이국적인 몸짓으로 허리를 굽혀 인사를 건넸다.

쉴라 렌델이 떨리는 목소리로 겨우 입을 열었다.

"선생님께서 이 마을에 와 계시다는 소식은 들어 알고 있었어요. 그렇지만 이렇게 우리 집까지 오실 줄은……."

여자가 입을 다물고 재빨리 남편 눈치를 살폈다. 그 모습을 보고 푸아로가 속으로 중얼거렸다.

'뭐든 남편에게 의지하는 여자군.'

푸아로는 렌델 부부에게 인사치레로 몇 마디 더 하고 그 집을 나섰다.

푸아로는 렌델 부부에 대해 남편은 상냥하고 싹싹하며, 아내는 말이 없고 눈치가 빠르다는 인상을 받았다.

맥긴티 부인이 매주 화요일 오전에 일하러 가서 만났던 렌델 부부에 대한 조사는 그렇게 끝났다.

II

헌터스 클로즈는 견고하게 지은 빅토리아 양식의 저택으로, 그

안에 잡초가 무성한 길고 너저분한 차도가 나 있었다. 저택으로는 그리 넓지 않았지만, 그저 살림집으로 사용하기에는 불편할 정도로 크게 느껴졌다.

푸아로는 대문을 열어 준 젊은 외국인 하녀에게 웨더비 부인이 있는지 물어보았다.

푸아로를 한동안 빤히 바라보던 하녀가 말했다.

"저는 잘 몰라요. 어쨌든 들어오세요. 혹시 헨더슨 양을 말씀하시는 건가요?"

하녀는 푸아로를 복도에 세워 둔 채 어디론가 사라졌다. 푸아로는 집 안을 둘러보았다. 부동산 사무소에서 쓰는 용어로 '가구 일체 완비'된 집이었다. 집 안 곳곳에 세계 각지에서 가져온 수많은 골동품들이 장식되어 있었다. 그러나 어디를 보아도 깨끗하거나 먼지가 쌓여 있지 않은 곳이 단 한 군데도 없었다.

잠시 후 외국인 하녀가 다시 나타났다.

"이쪽으로 오세요."

하녀가 안내한 곳은 커다란 책상 하나가 덩그렇게 놓인 휑한 작은 방이었다. 벽난로 선반에는 몹시 기괴하게 생긴 큼지막한 황동 커피포트가 놓여 있었다. 부리처럼 휘어진 커다란 주둥이가 마치 거대한 매부리코 같았다.

이윽고 문이 열리면서 젊은 여자가 들어왔다.

"저희 어머니께서는 지금 자리에 누워 계세요. 제가 도와 드릴 일이라도 있나요?"

"웨더비 양이십니까?"

"제 성은 헨더슨이에요. 웨더비 씨는 제 의붓아버지시고요."

서른 살쯤 되어 보이는 여자는 몸집이 크고 둔해 보이는 데다 얼굴은 평범했다. 그리고 두 눈에는 경계심이 가득했다.

"여기서 일했던 맥긴티 부인에 대해 몇 가지 여쭤 보고 싶은 게 있어서 찾아왔습니다."

여자는 푸아로를 응시했다.

"맥긴티 부인이오? 이미 죽은 사람이잖아요?"

"저도 압니다. 그렇지만 몇 가지 알아보고 싶은 것이 있어서 그럽니다."

"아, 보험이나 뭐 그런 문제 때문에 그러시는군요?"

"보험 문제는 아닙니다. 새로운 증거를 찾기 위해서입니다."

"새로운 증거라니요? 그 말씀은 그녀의 죽음에 대한……?"

"네. 변호인 측으로부터 제임스 벤틀리를 위해 재조사를 해 달라는 의뢰를 받았습니다."

헨더슨 양이 여전히 푸아로에게 시선을 고정하고 물었다.

"그 사람이 범인이 아니라는 건가요?"

"배심원들은 그가 범인이라고 판단했죠. 하지만 원래 배심원들이란 종종 실수를 하기로 유명하지 않습니까?"

"그럼 그녀를 죽인 사람이 따로 있나요?"

"그럴 수도 있습니다."

"그게 누군데요?"

헨더슨 양이 불쑥 물었다.

"그게 바로 앞으로 밝혀내야 할 문제입니다."

푸아로가 은근슬쩍 받아넘겼다.

"무슨 말씀이신지 도통 모르겠네요."

"그래요? 그렇더라도 맥긴티 부인에 대해 아는 대로 말해 주실 수는 있지 않습니까?"

헨더슨 양은 몹시 내키지 않은 듯 대답했다.

"그렇기는 하지만…… 궁금하신 게 뭐죠?"

"우선 그녀를 어떻게 생각하셨는지 알고 싶습니다."

"뭐 특별한 건 없었어요. 그냥 다른 아주머니들과 똑같았죠."

"수다스러웠습니까, 말이 없는 편이었습니까? 호기심이 많았나요, 아니면 내성적이었나요? 쾌활한 편이었습니까, 아니면 부루퉁한 편이었습니까? 좋은 사람이었나요, 별로 그러지 못했나요?"

헨더슨 양은 생각에 잠겼다.

"일은 무척 잘했어요. 하지만 말이 정말 많았죠. 가끔은 꽤 우스운 이야기도 했는데……. 아무튼 별로 제가 좋아하는 부류는 아니었어요."

그때 다시 문이 열리면서 외국인 하녀가 나타났다.

"디어드리, 어머니께서 말씀하셨어요. 어서 모시고 오라고요."

"어머니가 이 신사분을 2층으로 모시고 오라고 하셨다고?"

"네."

디어드리 헨더슨은 의심스러운 눈빛으로 푸아로를 쳐다보았다.

"어머니를 만나 보시겠어요?"

"물론입니다."

디어드리는 앞장서서 복도를 지나 계단을 올라갔다. 그러다가 느닷없이 중얼거렸다.

"외국인과 얘기하다 보면 짜증이 난다니까."

디어드리가 말하는 외국인이란 방문객이 아니라 그녀의 집 하녀였다. 푸아로는 그것을 알고 있었기 때문에 별로 불쾌하지 않았다. 그러나 디어드리 헨더슨이 상당히 단순한 아가씨라는 생각이 들었다. 단순하다 못해 눈치가 없어 보였다.

2층 방은 여기저기 자질구레한 장식품들로 장식되어 있었다. 여행을 많이 하면서 가는 곳마다 기념품을 사 모으는 게 취미인 여자의 방이었다. 기념품들은 대부분 흥에 취한 관광객들의 주머니를 열기 위해 만들어진 것이었다. 소파와 테이블, 의자들도 필요 이상으로 많았다. 모두 분위기는 없고 요란한 장식만 많은 가구들이었다. 그 가구들 한가운데 웨더비 부인이 앉아 있었다.

웨더비 부인은 몹시 왜소해 보였다. 넓은 방에 비해 애처로울 만큼 작게 느껴졌다. 하지만 그것은 착각이었다. 웨더비 부인은 그녀 자신이 의도한 것만큼 작지 않았다. 실제로는 평균 키였지만, 어쨌든 그녀가 의도한 대로 '작고 여린 여인'으로 보여지는 데는 상당히 성공했다고 할 수 있었다.

웨더비 부인은 매우 편안하게 소파에 기대어 있었다. 그 옆에는 책 몇 권과 뜨개질감, 오렌지 주스 한 잔과 초콜릿 상자 하나가 놓여 있었다.

"일어나 손님을 맞이하지 못하는 저를 용서하세요. 의사가 매일 안정을 취해야 한다고 하니 저도 어쩔 수 없답니다. 의사가 시키는 대로 하지 않으면 주변에서 잔소리를 해대거든요."

푸아로는 격식을 갖춰 인사를 하고 그녀가 내민 손에 입을 맞추었다.

"맥긴티 부인에 대해 알고 싶으시대요."

그의 뒤에 서 있는 디어드리가 딱 부러지게 말했다.

연약한 노부인의 손을 쥔 푸아로는 순간적으로 새의 발톱을 떠올렸다. 그 손의 촉감은 섬세한 드레스덴 도자기가 아니라 약탈을 일삼는 매의 거친 발톱 같았다.

웨더비 부인이 가볍게 웃으면서 말했다.

"디어드리, 무슨 그런 농담을 하니? 대체 맥긴티 부인이 누군데?"

"어머니도 참, 정말 기억 안 나세요? 우리 집에서 일했던 파출부 말이에요. 얼마 전에 살해된……."

웨더비 부인이 눈을 감고 부르르 몸을 떨었다.

"제발 그만해라. 정말 소름 끼치는구나. 그 일이 있은 후 몇 주 동안이나 불안에 떨어야 했어. 가엾은 노인네이긴 하지만, 마룻바닥 밑에 돈을 숨겨 놓다니 너무 어리석었어. 돈은 무조건 은행에 넣어야 하는데. 물론 그녀를 기억하고 있지. 다만 이름을 잠시 잊고 있었을 뿐이야."

디어드리 헨더슨이 무덤덤하게 말했다.

"그 여자에 대해 알고 싶어서 오신 분이에요."

"어서 앉으세요, 푸아로 씨. 저도 호기심이 무척 많은 편이랍니다. 렌델 부인이 방금 전화로 우리 마을에 굉장히 유명한 범죄학자가 오셨다고 알려 주던데 바로 그분이 선생님이셨군요. 바보 같은 프리다한테 손님에 대해 들었을 때, 저는 틀림없이 선생님일 거라고 생각했죠. 그래서 2층으로 모시고 오라고 한 거고요. 자, 어서 말씀해 보세요. 우리 집에는 무슨 일로 오신 거죠?"

"따님께서 말씀하셨다시피 저는 맥긴티 부인에 대해 알고 싶어서 온 겁니다. 제가 알기로 수요일마다 이곳에서 일했다던데, 그녀가 살해된 것도 바로 수요일이었습니다. 그날도 맥긴티 부인이 여기 왔었습니까?"

"그랬던 것 같아요. 아마 그랬을 거예요. 하지만 확실히는 잘 모르겠군요. 너무 오래된 일이라서."

"그렇습니다. 몇 달 전 일이죠. 그런데 그날 그녀가 특별히 무슨 말을 하지 않았습니까?"

웨더비 부인이 마땅찮은 표정으로 말했다.

"그런 부류의 사람들은 항상 말을 무척 많이 하죠. 누구라도 그런 사람들이 하는 말에는 제대로 귀 기울이지 않을 거예요. 어쨌거나 그녀가 자신이 그날 밤 강도를 맞아 살해될 거라는 말을 했을 리는 없잖아요. 안 그런가요?"

"모든 일에는 원인과 결과가 있게 마련이죠."

푸아로의 말에 웨더비 부인이 이맛살을 찌푸렸다.

"무슨 말씀이신지 모르겠군요."

"저 자신도 잘 모르겠습니다. 아직까지는 말이죠. 그러나 우리가 할 일은 어둠을 헤치고 빛을 향해 나아가는 거니까……. 웨더비 부인, 혹시 일요 신문을 구독하십니까?"

부인의 푸른 두 눈이 휘둥그레졌다.

"아, 그럼요. 물론이죠. 우리는《옵서버》와《선데이 타임스》를 구독하고 있어요. 그런데 왜 그러시죠?"

"그저 궁금해서요. 맥긴티 부인은《선데이 코밋》과《뉴스 오브 더 월드》를 즐겨 봤다더군요."

푸아로가 잠시 입을 다물었다. 아무도 그의 말에 반응을 보이지 않았다. 웨더비 부인이 한숨을 내쉬고 눈을 반쯤 감은 채 말했다.

"정말이지 심란한 사건이었어요. 그 소름 끼치는 세입자 말이에요. 아무래도 저는 그 사람이 제정신이 아닐 거라는 생각이 들어요. 학교 교육은 제대로 받았다더군요. 그래서 더 끔찍한 것 아니겠어요?"

"아, 그렇게 생각하십니까?"

"그럼요. 저는 정말 그렇다고 생각해요. 너무나 야만적이잖아요. 세상에 육류용 식칼로 어떻게 사람을……."

"경찰은 끝내 범행 도구를 찾아내지 못했습니다."

"아마 연못 같은 데 던져 버렸을 거예요."

"연못 바닥도 이미 뒤져 봤어요. 제가 직접 본 걸요."

디어드리의 말에 그녀의 어머니가 한숨을 내쉬며 손을 내저었다.

"애야, 그만하거라. 듣기만 해도 섬뜩하구나. 내가 그런 것들을 얼마나 싫어하는지 너도 잘 알잖니?"

디어드리가 갑자기 푸아로를 날카롭게 쏘아보았다.

"이제 더 이상 그런 이야기는 하지 마세요. 어머니 건강에 좋지 않아요. 어머니는 굉장히 예민한 분이세요. 탐정 소설도 읽지 못하실 정도라고요."

푸아로가 일어서면서 말했다.

"그렇다면 죄송하게 됐습니다. 하지만 제게도 한 가지 변명거리가 있습니다. 3주 후면 한 남자가 교수형에 처해집니다. 그런데 만약 그가 범인이 아니라면······."

웨더비 부인이 팔꿈치를 짚고 일어나면서 날카롭게 외쳤다.

"그가 확실해요. 그가 범인이라고요."

푸아로가 고개를 저었다.

"저는 아직 확신하지 못 하겠습니다."

푸아로는 재빨리 방을 나섰다. 계단을 내려가는 그의 뒤를 디어드리가 쫓아왔다. 그녀가 복도에서 그를 붙잡고 물었다.

"방금 전에 하신 말씀이 무슨 뜻이죠?"

"말 그대로입니다, 마드무아젤."

"그 말뜻은 저도 알아요. 하지만······."

디어드리가 말을 멈췄다. 푸아로도 잠자코 있었다.

"선생님께서는 어머니를 화나게 만드셨어요. 어머니는 그런 이야기를 몹시 싫어하시거든요. 강도나 살인, 폭력 같은 거 말이에요."

"그렇다면 이 댁에서 일하던 여자가 살해당했을 때, 어머니가 받은 충격이 대단했겠군요?"

"그럼요, 당연하죠."

"기운을 잃을 정도였겠군요. 그렇죠?"

"그 일에 대해서는 아무런 이야기도 들으려 하지 않으셨어요. 우리는……. 아니 저는…… 아니 우리는 그 여자에 관한 이야기를 삼가려고 노력했어요. 모든 끔찍한 이야기들 말이에요."

"전쟁 때는 어떠셨습니까?"

"운 좋게도 이 근처에는 폭격이 한 번도 일어나지 않았어요."

"전쟁 때 당신은 어떤 일을 했습니까, 마드무아젤?"

"저는 킬체스터에서 자원 봉사대로 일했어요. 집을 떠날 수 없을 때는 여성 자원 봉사대에서 운전을 했고요. 어머니가 항상 저를 필요로 하셨거든요. 그래서 제가 오랜 시간 집을 비우는 것을 싫어하셨어요. 몹시 어려운 시절이었죠. 어머니가 기운이 없으니 집안일은 당연히 못 하셨고, 그래서 하인을 구해야 했어요. 당시에는 사람을 구하기도 몹시 힘들었어요. 그때 맥긴티 부인이 나타난 거예요. 우리 모두 얼마나 반가웠는지 몰라요. 그녀가 우리 집에서 일하기 시작했는데, 정말 타고났다 싶을 만큼 집안일에 능숙한 사람이었어요. 하지만 세상에 변하지 않는 것은 아무것도 없죠."

"그래서 그 점이 몹시 마음에 거슬리던가요, 마드무아젤?"

디어드리는 당황한 것 같았다.

"저요? 오, 그런 건 절대 아니에요. 하지만 어머니는 달랐어요. 어머니는 과거에 집착하는 분이거든요."

"원래 그런 사람들이 있죠."

푸아로가 맞장구를 치면서 조금 전 갔던 방의 모습을 머릿속에 생생히 떠올렸다. 웨더비 부인의 방에 있는 책상 서랍이 반쯤 열려 있었다. 서랍 속에는 비단으로 만든 바늘꽂이, 살이 부러진 부채, 은제 커피포트, 오래된 잡지 몇 권 등등 온갖 잡다한 물건들이 가득 들어 있었다. 아마도 물건이 너무 많아 서랍을 닫을 수 없었던 것 같았다. 푸아로가 나지막하게 말했다.

"그런 사람들은 지난날의 기억이 떠오르는 물건들을 소중히 모아 두곤 하죠. 댄스 차례표, 부채, 먼저 세상 떠난 친구들 사진, 심지어 메뉴판이나 극장표까지 간직하는 이들도 있습니다. 그러한 것들을 들여다보고 있으면 옛 추억들이 되살아나니까요."

"그런 것 같아요. 저로서는 이해할 수 없지만요. 저는 어떤 물건이든 오랫동안 간직하는 법이 없어요."

"당신은 미래 지향적인 분이군요. 과거는 결코 되돌아보지 않는."

푸아로의 말에 디어드리가 천천히 말했다.

"저도 제 자신이 어느 쪽을 지향하는지 잘 모르겠어요. 그러니까 제 말은…… 현재의 일만으로도 충분히 버겁지 않나요? 안 그래요?"

바로 그때 현관문이 열리면서 키가 크고 홀쭉하며 나이 지긋한 남자가 들어왔다. 그는 푸아로를 보자마자 갑자기 멈춰섰다.

남자의 시선이 디어드리 쪽으로 옮겨 가는가 싶더니 무슨 일이냐는 듯 눈썹을 추켜올렸다.

"이분은 제 의붓아버지세요. 그러고 보니 손님 성함을 아직 못 여쭤 봤네요."

"저는 에르퀼 푸아로라고 합니다."

자랑스러운 자신의 이름을 말하는 푸아로의 얼굴에는 당혹스러운 기색이 역력했다.

웨더비는 아무런 감흥을 받지 못한 듯 말하고는 외투를 벗으려고 돌아섰다.

"아, 네."

"맥긴티 부인에 대해 알아볼 것이 있어서 오셨대요."

웨더비는 잠시 멈칫하는가 싶더니 이내 외투를 벗어 옷걸이에 걸고는 입을 열었다.

"상당히 특이한 분이시군요. 그 여자는 이미 몇 달 전에 죽었습니다. 물론 그녀가 여기서 일을 한 것은 사실이지만, 우리는 그녀나 그 가족에 대해 아는 것이 아무것도 없습니다. 아는 게 있다면 벌써 경찰에 말했을 겁니다."

웨더비의 말투에는 단호함이 묻어 있었다. 그가 슬쩍 손목시계를 내려다보고 말했다.

"15분 뒤에 점심을 먹을 테니 준비해 둬라."

"아무래도 오늘은 좀 늦어질 것 같은데요?"

의붓딸의 말에 웨더비의 눈썹이 또다시 치켜 올라갔다.

"그래? 이유가 뭐지?"

"프리다가 오전 내내 바빴거든요."

"디어드리, 나도 이런 말 하기는 싫다만 집안일을 꾸려 가는 데 네 책임도 있단다. 앞으로는 좀 더 시간을 지켜 줬으면 좋겠구나."

푸아로는 현관문을 열고 밖으로 나왔다. 그러면서 슬쩍 뒤를 돌아보았다.

의붓딸을 바라보는 웨더비의 눈빛에는 싸늘한 반감이 어려 있었다. 그 눈빛을 마주하는 디어드리의 눈에서도 증오심 같은 것이 엿보였다.

10장

 점심 식사를 마치고 푸아로는 세 번째 탐문 조사를 하러 나섰다. 점심 메뉴는 덜 익은 쇠꼬리 스튜와 물컹한 감자, 낙천적인 서머헤이스 부인은 팬케이크이기를 바랐지만 결국 정체불명의 요리가 되어 버린 밀가루 음식 등이었다. 하나같이 독특한 맛이었다.
 푸아로는 천천히 언덕길을 걸어 올라갔다. 조금만 더 가면 우측으로 두 채의 작은 집을 하나로 합쳐 현대식으로 개조한 주택 '래버넘스'가 나타날 터였다. 그 집에는 업워드 부인과 전도유망한 젊은 희곡 작가 로빈 업워드가 살고 있었다.
 마침내 대문 앞에 도착한 푸아로는 잠시 멈춰 서서 콧수염을 가다듬었다. 바로 그때 언덕 위에서 자동차 한 대가 이리저리 비틀거리면서 천천히 내려오는가 싶더니, 먹다 남은 사과 꽁다리가 휙 날아와 푸아로의 뺨을 때렸다.

푸아로는 너무 놀라 항의하듯 소리를 내질렀다. 자동차가 멈추면서 창문 너머로 누군가 고개를 내밀었다.

"어머, 죄송해요. 제가 당신을 맞췄나요?"

푸아로는 곧바로 대답하지 않고 뒤돌아 상대의 얼굴을 바라보았다. 우아한 얼굴형에 짙은 눈썹, 지저분하게 굽실굽실 늘어진 잿빛 머리칼을 보는 순간 어떤 기억이 떠올랐다. 사과 꽁다리 또한 기억을 되살리는 데 한몫했다.

"이런! 올리버 부인 아니십니까?"

푸아로가 소리쳤다.

여자는 유명한 추리 소설 작가 올리버 부인이었다.

"어머, 푸아로 씨군요!"

올리버 부인은 이렇게 외치며 자동차에서 내리려고 문을 열었다. 그런데 자동차에 비해 올리버 부인의 몸집이 너무 컸다. 푸아로가 그녀를 도와주려고 재빨리 달려갔다.

"운전을 오래 했더니 몸이 굳었나 봐요."

올리버 부인은 변명투로 투덜거리며 한동안 차 안에서 자기 몸과 씨름을 했다. 그리고 마침내 화산이 폭발하듯 순간적으로 뻥 하고 밖으로 튀어나왔다.

바로 그때 수많은 사과들이 그녀를 따라 차 밖으로 쏟아져 나와 언덕 아래로 데굴데굴 굴러갔다.

"이런, 봉지가 터졌나 보네."

올리버 부인은 풍만한 가슴에 붙어 있던 사과 부스러기들을 손으로 툭툭 털어 내고, 거대한 뉴펀들랜드 개처럼 몸을 부르르 떨었다. 그러자 그녀의 몸 후미진 구석에 숨어 있던 마지막 사과 부스러기가 자신의 혈육이 흩어져 있는 땅바닥으로 떨어졌다.

"봉지가 터지다니 정말 속상하네. 귀한 콕스 사과였는데……. 하지만 이 나라에도 수많은 품종의 사과가 있겠죠. 안 그런가요? 하긴 어쩌면 모두 수출해 버리는지도 모르겠네요. 요즘 세상 돌아가는 걸 보면 이상한 게 한두 가지가 아니라니까요. 아무튼 그동안 잘 지내셨나요, 푸아로 씨? 설마 여기 사시는 건 아니죠? 아니, 절대 그럴 리가 없지. 그럼 살인 사건 때문에 오신 건가요? 혹시 제가 묵을 집 여주인은 아니겠죠?"

"그게 누굽니까?"

"이 집에 사는 사람 말이에요."

올리버 부인이 턱을 들어 래버넘스를 가리켰다.

"이 집이 래버넘스가 맞다면 그렇다는 거예요. 교회를 지나 언덕을 반쯤 내려가다 보면 왼쪽에 있는 집이라고 했는데……. 맞아요, 이 집이 틀림없어요. 그런데 이 집 주인은 어떤 사람이죠?"

"올리버 부인도 이 집 주인을 잘 모르십니까?"

"네. 저도 그저 일 때문에 찾아온 거니까요. 제 책을 희곡으로 각색하는 중이에요. 로빈 업워드가 맡았죠. 그 문제로 그와 협의하러 온 거예요."

"축하합니다, 마담."

올리버 부인이 손사래를 쳤다.

"아유, 그렇게 축하받을 만한 일이 아니에요. 지금까지 말 그대로 골칫거리였답니다. 제가 왜 이런 일을 허락했는지 저도 잘 모르겠다니까요. 저는 책을 써서 돈을 엄청나게 많이 벌었어요. 하지만 그 돈을 대부분 각다귀들한테 빼앗겼답니다. 제가 책을 쓰면 쓸수록 그들이 더 많은 돈을 챙길 테니까 굳이 무리해서 일하지 않기로 했죠. 하지만 내가 만들어 낸 인물이 다른 사람 손에 넘어가서 터무니없는 말을 하는 것을 지켜보는 심정이 어떤지 푸아로 씨는 모르실 거예요. 게다가 만약 제가 항의라도 할라치면, 그들은 모든 게 '훌륭한 연극'을 만들기 위해 그런 거라고 둘러대죠. 로빈 업워드도 마찬가지예요. 사람들은 그를 무척 똑똑한 희곡 작가라고 칭찬하죠. 그가 정말 똑똑하다면 왜 자기가 직접 작품을 쓰지 못하고 애먼 내 핀란드 사람만 괴롭히는지 이해할 수 없어요. 게다가 그는 더 핀란드 사람이 아니에요. 얼마 전 노르웨이 레지스탕스에 가입했거든요."

올리버 부인은 머리칼을 손으로 쓸어내렸다.

"어머, 내 모자가 어디 간 거지?"

푸아로는 자동차 안을 들여다보았다.

"마담, 아무래도 모자를 깔고 앉으셨던 것 같습니다."

"이런, 정말 그러네요."

올리버 부인이 무참하게 찌그러진 모자를 살펴보며 말했다. 그러나 곧 밝은 목소리로 덧붙였다.

"어차피 그다지 마음에 들지도 않았어요. 주일에 교회에 가야 할 것 같아 챙겨 온 거죠. 물론 대주교님은 굳이 모자를 쓰지 않아도 된다고 말씀하셨지만, 전통을 중시하는 목사님이라면 신자들이 모자 쓰기를 바랄지도 모르잖아요. 그런데 이번에 일어난 살인 사건은 어떤 거죠? 우리 둘이 함께 겪은 사건 기억하시나요?"

"물론 기억합니다."

"꽤 재미있었어요, 그렇죠? 살인 사건이 그렇다는 건 아니고요. 전 그런 건 딱 질색이거든요. 그 후에 벌어진 일이 재밌었다는 거예요. 이번에는 누가 죽었나요?"

"쉐이터나 씨만큼 특이한 사람은 아닙니다. 다섯 달 전에 늙은 파출부가 강도 살인을 당했어요. 부인께서도 신문에서 읽어 보셨을지 모르겠군요. 맥긴티 부인이라고. 그 사건으로 젊은 남자가 유죄 판결을 받고 사형 집행을 기다리는 중……."

"그런데 그 사람이 범인이 아니라는 거군요? 당신은 누가 진범인지 알고 있고, 그래서 그걸 증명하려는 것이고요. 정말 멋져요."

올리버 부인은 숨도 안 쉬고 말을 쏟아냈다.

푸아로가 한숨을 내쉬었다.

"상당히 앞서가시는군요. 누가 진짜 범인인지는 저도 아직 모릅니다. 그러니 그것을 증명하려면 아직 멀었죠."

올리버 부인이 비난하는 투로 말했다.

"남자들은 왜 그렇게 느려 터졌는지 모르겠어요. 누가 범인인지 제가 곧 알려 드릴게요. 아마 이 마을에 사는 누군가겠죠. 제게 하루 이틀만 둘러볼 시간을 주시면, 진짜 살인범이 누군지 찾아낼 수 있어요. 당신에게 필요한 건 여자의 직감이에요. 쉐이터나 사건 때도 제 직감이 맞아떨어졌잖아요. 안 그래요?"

푸아로는 친절하게도 그녀가 사건 당시 이랬다저랬다 쉽게 마음을 바꾸었다는 사실을 굳이 지적하지 않았다.

올리버 부인은 자기 흥에 취해 열심히 떠들어 댔다.

"남자들이 하는 일이 다 그렇죠, 뭐. 만약 여자가 런던 경시청장 자리에 오르기만 하면……."

그녀가 식상한 이야기를 다시금 꺼내려 할 때였다. 현관문 쪽에서 누군가 그녀를 부르는 소리가 들렸다. 상냥하고 밝은 테너 톤이었다.

"안녕하세요! 올리버 부인 아니십니까?"

"맞아요!"

올리버 부인이 그렇게 소리치고는 푸아로에게 나지막이 속삭였다.

"걱정 마세요, 말조심할 테니까."

"아, 아닙니다, 마담. 저는 당신이 말조심하기를 바라지 않습니다. 오히려 그 반대죠."

그때 로빈 업워드가 마당을 지나 대문 밖으로 나왔다. 몹시 낡은 회색 바지에 추레한 재킷을 걸친 그는 모자도 쓰지 않은 채 맨머리를 드러내고 있었다. 약간 통통한 것만 빼면, 꽤 잘생긴 청년이었다.

"귀하신 아리아드네 올리버 부인께서 저를 찾아 주시다니!"

로빈은 그렇게 소리치며 올리버 부인과 따뜻한 포옹을 나누었다.

잠시 후 그가 여전히 그녀의 어깨에 두 손을 얹은 채 한 걸음 뒤로 물러서며 말했다.

"아리아드네 씨, 제가 2막을 위해 정말 근사한 아이디어를 하나 생각해 냈습니다."

"그래요?"

올리버 부인이 시큰둥하게 대꾸했다.

"이분은 에르퀼 푸아로 씨예요."

"멋지군요. 그런데 짐은 안 가져오셨습니까?"

"물론 가져왔죠. 차 뒤쪽에 있어요."

로빈은 재빨리 여행 가방 두 개를 끌어냈다.

"귀찮은 게 한두 가지가 아닙니다. 집에 쓸 만한 일꾼이 없어서요. 하인이라고 해봤자 다 늙은 재닛뿐이죠. 재닛은 온종일 하는 일 없이 지내요. 정말 짜증 나는 사람이죠. 안 그렇습니까? 그런데 이 가방은 꽤 무겁군요. 폭탄이라도 넣어 오신 겁니까?"

로빈 업워드가 비틀거리며 마당으로 들어서서 어깨 너머로 소리쳤다.

"어서 들어오셔서 한잔하시죠!"

"푸아로 씨 당신에게 하는 말이에요."

올리버 부인이 앞좌석에 놓인 핸드백과 책 한 권, 낡은 구두 한 켤레를 집어 들면서 말했다.

"그런데 조금 전 제게 말조심하지 않기를 바란다고 하셨던가요?"

"말조심을 안 할수록 더 좋습니다."

"저는 그런 식으로 마구 달려드는 사람이 아니에요. 하지만 이번 사건을 맡은 사람이 다름 아닌 푸아로 씨 당신이니 저도 최선을 다

해 돕겠어요."

그때 로빈 업워드가 현관문 밖으로 다시 얼굴을 내밀었다.

"어서 들어오세요, 어서요. 자동차는 나중에 살펴보기로 하자고요. 어머님께서 당신을 만나고 싶어 숨이 넘어가실 지경이에요."

그 말에 올리버 부인이 미끄러지듯 마당으로 들어섰고, 푸아로도 그 뒤를 따라갔다.

집 안은 상당히 매력적으로 꾸며져 있었다. 푸아로는 그만큼 꾸미려면 엄청난 돈이 들었을 거라는 생각이 들었다. 비싸 보이면서도 간결한 분위기가 매력적이었다. 자잘한 가구 하나하나가 모두 질 좋은 참나무로 만든 것이었다.

거실 벽난로 옆 휠체어에 앉은 채 로라 업워드가 미소 띤 얼굴로 그들을 맞이했다. 예순 가량 되는 그녀는 은회색 머리칼과 단단해 보이는 턱이 돋보였고, 활발한 인상을 풍겼다.

"만나서 반가워요, 올리버 부인. 당신의 책에 관해 이러쿵저러쿵 얘기하는 사람들이 반갑지 않겠지만, 어쨌든 저는 지난 수년 동안 당신의 책을 읽고 많은 위안을 얻었어요. 특히 다리를 못 쓰게 된 이후로 말이에요."

"고마우신 말씀이네요."

올리버 부인이 여학생처럼 어색한 표정으로 두 손을 꼬면서 말했다.

"아 참, 이분은 제 오랜 친구 푸아로 씨예요. 방금 전 밖에서 우연히 만났죠. 사실은 제가 던진 사과 꽁다리에 이분이 맞았답니다. 빌헬름 텔처럼 말이에요. 물론 방식은 다르지만."

"처음 뵙겠어요, 푸아로 씨. 로빈?"

"네, 어머님."

"가서 음료수 좀 내와라. 담배는 어디 있지?"

"저기 테이블 위에 있어요."

업워드 부인이 푸아로에게 말했다.

"당신도 작가이신가요, 푸아로 씨?"

올리버 부인이 대신 대답했다.

"어머, 아니에요. 이분은 탐정이랍니다. 말하자면 셜록 홈즈 같은 분이에요. 사냥용 모자, 바이올린……. 뭐 그런 거 아시죠? 이곳에서 일어난 살인 사건을 해결하러 오셨대요."

바로 그때 유리 깨지는 소리가 희미하게 들려왔다. 업워드 부인이 날카롭게 외쳤다.

"로빈! 제발 조심하거라."

그러고는 푸아로에게 말했다.

"아주 흥미로운 분이시군요, 푸아로 씨."

그때 로빈 업워드가 큰 소리로 말했다.

"서머헤이스 부인 말이 맞군요. 자기 집에 탐정이 묵고 있다며 한참이나 횡설수설하더니. 그녀는 이번 사건이 몹시 우스운가 봐요. 하지만 사실 상당히 심각한 일이잖아요. 안 그렇습니까?"

올리버 부인이 또다시 나섰다.

"당연히 심각하죠. 이 마을 사람 중에 범죄자가 있으니 말이에요."

"그렇겠죠. 그런데 누가 살해됐습니까? 아니면 누군가 생매장

당했는데 모두 쉬쉬하고 있는 건가요?"

이번에는 푸아로가 답했다.

"쉬쉬하는 상황은 아닙니다. 당신도 이미 알고 있는 사건입니다."

"맥…… 아무튼 그 비슷한 이름의 파출부가 지난 가을 살해됐잖아요."

올리버 부인의 말에 로빈이 몹시 실망스러운 듯 말했다.

"아, 그거요! 하지만 다 끝난 사건 아닙니까?"

이번에도 올리버 부인이었다.

"아직 끝나지 않았어요. 죄 없는 엉뚱한 사람이 사형을 당할 참이라고요. 푸아로 씨가 제때 진범을 찾아내지 못한다면 말이에요. 정말 소름끼칠 만큼 흥미진진한 사건이죠."

로빈은 음료수를 잔에 따랐다.

"어머님은 화이트 레이디."

"고맙다, 아들아."

그 모습을 보고 푸아로가 이맛살을 살짝 찌푸렸다. 로빈이 올리버 부인과 푸아로에게도 음료를 따라 주었다.

"범죄 사건을 위하여!"

로빈이 그렇게 외치고는 음료를 마셨다. 그러고는 중얼거렸다.

"그녀는 이 집에서 일했었죠."

"누구, 맥긴티 부인이요?"

올리버 부인이 물었다.

"네. 그렇죠, 어머님?"

"여기서 일했다고는 하지만 고작 일주일에 하루 왔었지."

"때에 따라 가끔 오후에 올 때도 있었어요."

"그녀는 어떤 사람이었나요?"

올리버 부인이 호기심 가득한 표정으로 물었다.

"지나치리만큼 반듯한 사람이었어요. 병적으로 깔끔했고요. 모든 것을 무서우리만큼 깔끔하게 정리했어요. 죄다 서랍 속에 쓸어 담아 버려서 뭐가 어디에 들어 있는지도 모를 정도였죠."

업워드 부인이 짓궂은 농담을 던졌다.

"적어도 일주일에 한 번 정도 누군가가 집 안을 정리해 주지 않으면, 이 좁은 집에 발 디딜 틈도 없을 거다."

"저도 알아요, 어머님. 안다고요. 하지만 물건이 제가 놓아둔 곳에 그대로 있지 않으면 제대로 일을 할 수 없어요. 제가 적어 둔 메모가 모두 엉망으로 뒤섞여 버리니까요."

"나처럼 무력한 상태가 되면 정말 짜증스럽죠. 우리 집에는 믿음직한 가정부가 있어요. 하지만 나이가 들어 할 수 있는 일이 고작 간단한 요리뿐이죠."

"왜죠? 관절염이라도 있나요?"

올리버 부인이 물었다.

"비슷해요. 안타깝게도 나는 곧 스물네 시간 곁에서 돌봐 줄 간병인을 구해야 할 것 같아요. 괴로운 일이죠. 나는 남에게 의지하지 않고 지내는 게 좋은데……."

"어머님, 제발 자신을 혹사시키지 마세요."

로빈이 어머니의 팔을 다정하게 토닥거렸다. 업워드 부인은 갑자기 마음이 누그러져 환하게 미소 지었다.

"로빈은 내게 딸보다 더 살갑게 군답니다. 나를 위해 모든 걸 다 해 주죠. 모든 것을 배려해 줘요. 우리 아들보다 더 사려 깊은 사람은 아마 없을 거예요."

두 사람은 서로를 마주 보며 웃었다.

에르퀼 푸아로가 자리에서 일어섰다.

"이런! 저는 그만 가 봐야겠습니다. 한 곳 더 들른 뒤에 기차를 타야 하거든요. 마담, 친절하게 맞이해 주셔서 고맙습니다. 업워드 씨, 집필한 연극이 성공하기를 바랍니다."

"맡은 살인 사건도 성공적으로 해결되기를 바라겠어요."

올리버 부인의 말에 로빈 업워드가 물었다.

"푸아로 씨, 수사를 하신다는 게 정말 진심이십니까? 혹시 짓궂은 장난은 아닌가요?"

"장난이라니요. 무슨 그런 말을……. 진심이에요. 푸아로 씨가 자세히 말씀해 주시지는 않지만, 본인은 진범이 누군지 알고 계세요. 안 그런가요, 푸아로 씨?"

"아, 아닙니다, 마담. 이미 말씀드렸듯이 아직까지는 저도 누가 진짜 범인인지 모릅니다."

푸아로의 강한 부정은 오히려 충분히 의심스러웠다.

"물론 말씀은 그렇게 하시죠. 하지만 저는 당신이 이미 알고 있다고 생각해요. 다만 극비에 부쳐야 하기 때문에 그러는 거잖아요. 아닌가요?"

그때 업워드 부인이 날카로운 목소리로 물었다.

"그럼 그 말이 정말인가요? 농담이 아니었어요?"

"농담이 아닙니다, 마담."

푸아로가 대답했다. 그러고는 정중하게 인사하고 그 자리를 떠났다.

집 밖으로 나온 푸아로가 대문을 향해 걸어가고 있을 때, 로빈 업워드의 밝은 테너 톤의 목소리가 들렸다.

"이봐요, 아리아드네. 다 좋다고요. 하지만 그 콧수염 하며 차림새를 좀 보세요. 그 사람을 보고 누가 진지하게 생각하겠습니까? 진심으로 그를 '좋은' 사람이라고 말씀하시는 거예요?"

푸아로는 빙긋이 미소 지었다. 정말 좋은 사람이지!

좁은 차로를 막 건너려는 순간 푸아로는 풀쩍 뒤로 물러섰다. 서머헤이스 부부의 스테이션왜건이 덜컹거리며 그 앞을 스치듯 지나갔다. 운전대를 잡은 서머헤이스가 창밖으로 소리쳤다.

"죄송합니다! 기차 시간이 촉박해서……."

그의 목소리는 점점 더 멀어졌다.

"코번트 가든에 가는……."

푸아로 역시 조금 뒤에 기차를 탈 예정이었다. 완행열차를 타고 킬체스터에 가서 스펜스 경정을 만나기로 했다.

그 전에 푸아로는 마지막으로 찾아갈 집이 한 곳 더 있었다.

푸아로는 언덕 꼭대기로 올라갔다. 대문을 지나 잘 정리된 진입로를 따라 올라가니 네모난 지붕과 수많은 창문이 돋보이는 현대식 우윳빛 콘크리트 건물이 나타났다. 카펜터 씨 부부가 사는 집이었다. 남편 가이 카펜터는 카펜터 공업사라는 대기업의 공동 소유주로, 최근 정계로 진출한 상당한 재력가였다. 그와 그의 아내는 결혼한 지 얼마 되지 않은 것으로 알려져 있었다.

현관문을 열어 준 사람은 외국인 하녀도, 늙고 충직한 가정부도 아닌, 차가워 보이는 남자 하인이었다. 그는 노골적으로 에르퀼 푸아로를 밀어냈다. 그가 보기에 푸아로는 집 안에 들이지 말아야 할 방문객이었던 것이다. 푸아로를 물건을 팔러 온 장사꾼으로 생각한 것이 분명했다.

"카펜터 씨 내외분은 집에 안 계십니다."

"그럼 안에서 기다려도 되겠소?"

"언제 돌아오실지 모릅니다."

하인은 그렇게 쏘아붙이고는 바로 문을 닫아 버렸다.

푸아로는 그 길로 돌아가는 대신 주변을 둘러보기로 하고 집 모퉁이 쪽으로 걸어갔다. 모퉁이를 막 돌았을 때, 하마터면 그는 밍크코트를 입은 큰 키의 젊은 여자와 부딪칠 뻔했다.

"이거 보세요! 도대체 여기서 뭐 하시는 거죠?"

여자가 날카롭게 물었다.

푸아로는 모자를 벗어 들고 정중하게 인사를 건넸다.

"저는 카펜터 씨나 카펜터 부인을 만나 뵈러 왔습니다. 제가 카펜터 부인을 만나 뵙는 영광을 누려도 될까요?"

"내가 카펜터 부인이에요."

말은 퉁명스럽게 했지만 여자의 태도는 어느새 누그러져 있었다.

"저는 에르퀼 푸아로라고 합니다."

여자는 아무런 표정도 짓지 않았다. 그녀는 유명하고 독특하기까지 한 푸아로의 이름을 처음 들었을 뿐만 아니라, 그가 서머헤이스의 집에 묵고 있는 손님이라는 사실조차 모르고 있는 것 같았다. 그것은 곧 브로디니가 주민들 간에 소문이 빨리 퍼지는 마을이 아니라는 것을 의미하기도 했다. 이것은 작지만 중요한 단서가 될 수 있었다.

"그래서요?"

"원래 저는 카펜터 씨 내외분 중 한 분을 뵈려고 했는데, 생각해 보니 부인을 뵙는 게 훨씬 나을 것 같군요. 제가 여쭤 보고 싶은 건 집안일에 관한 것이니까요."

"진공청소기는 이미 집에 한 대 있어요."

카펜터 부인이 의심스러운 표정으로 말했다.

"아, 아닙니다. 뭔가 오해하셨군요. 저는 그저 집안일과 관련해 몇 가지 여쭤보고 싶을 뿐입니다."

"그럼 가정 실태 조사를 하러 온 거군요. 정말 바보 같은 조사라고는 생각하지만……."

여자가 갑자기 입을 다물더니 다시 말했다.

"그런 일이라면 집 안으로 들어오시는 게 좋겠어요."

푸아로는 빙그레 미소 지었다. 조금 전 카펜터 부인은 자신의 품위를 손상시키는 말을 하려다 멈칫했다. 남편의 정치 활동을 위해 정부 시책을 함부로 비난하지 말라는 주의를 받은 것이 분명했다.

카펜터 부인은 복도를 지나 공들여 가꾼 정원과 마주하고 있는 적당한 크기의 방으로 푸아로를 안내했다. 그곳은 새로 꾸민 방이었다. 무늬가 들어간 직물로 만든 커다란 소파 세트와 등받이가 넓은 안락의자 두 개, 치펀데일(18세기 영국의 유명 가구 디자이너 — 옮긴이) 양식의 의자 서너 개, 그 밖에 서랍 달린 책상과 작은 테이블이 방 안 곳곳에 멋지게 자리 잡고 있었다. 돈을 아끼지 않고 최고의 실내 장식업자를 고용해서 꾸민 게 분명했지만, 집주인의 개인적인 취향은 어디에서도 찾아볼 수 없었다. 안주인은 도대체 뭘 했을까? 원래 이런 데는 관심이 없는 걸까? 아니면 조심스러운 걸까?

푸아로는 예리한 눈길로 카펜터 부인을 살펴보았다. 사치스럽고 예쁘장하게 생긴 젊은 여자였다. 백금발 머리칼에 꼼꼼히 공들인 화장 외에도 눈에 띄는 것이 하나 더 있었다. 수레국화처럼 푸르고 커다란 눈동자였다. 차갑지만 촉촉하게 젖은 아름다운 눈동자.

카펜터 부인의 목소리는 조금 나긋해졌지만 여전히 귀찮은 기색이 묻어났다.

"어서 앉으세요."

푸아로는 의자에 앉자마자 말을 꺼냈다.

"굉장히 상냥하시군요, 마담. 제가 여쭤보고 싶은 건 맥긴티 부인에 관한 것입니다. 지난 11월에 살해된……."

"맥긴티 부인이라니요? 무슨 말씀이신지 모르겠군요?"

카펜터 부인이 푸아로를 뚫어져라 바라보았다. 쌀쌀맞고 의심스러운 눈빛이었다.

"맥긴티 부인을 기억하지 못하십니까?"

"네, 기억 안 나요. 전혀 모르는 사람이에요."

"그럼 살해된 사람은 기억나십니까? 혹시 이 마을에서는 살인 사건이 너무 흔해서 일일이 다 기억 못 하시는 건가요?"

"살인 사건이라고요? 그래요, 그건 기억해요. 다만 그 노인네 이름이 뭔지 모를 뿐이에요."

"하지만 이 댁에서 일하지 않았습니까?"

"그런 일 없어요. 그때 저는 이 집에 살고 있지도 않았거든요. 남편과 결혼한 지 겨우 석 달밖에 안 되었으니까요."

"그렇더라도 그녀가 부인을 위해 일한 것은 분명합니다. 매주 금요일 오전이었죠. 그때 부인께서는 셀커크 부인으로 불렸고, 로즈 코티지에 사셨죠."

푸아로가 조목조목 짚어 말하자 카펜터 부인의 얼굴이 샐쭉해졌다.

"그렇게 잘 아시면서 뭘 물어볼 게 있다는 건지 이해할 수 없군요. 어쨌든 궁금하신 게 뭐죠?"

"저는 이번 사건의 정황에 대해 조사하는 중입니다."

"왜요? 뭣 때문에 그러시는 거죠? 게다가 왜 저를 찾아오신 거예요?"

"부인께서 무언가 알고 계실 것 같아서입니다. 제게 도움이 될 만한 것을요."

"전 아무것도 몰라요. 제가 꼭 알아야 할 이유가 있나요? 그 여자는 그저 어리석고 늙은 파출부일 뿐이었어요. 멍청하게 마룻바닥 밑에 돈을 숨겨 두었으니, 누군가 그걸 노리고 침입해서 살인까지 했겠죠. 정말 끔찍한 일이에요. 그렇게 야만적인 사건은 일요 신문에나 나올 법한 것이죠."

그때 푸아로가 기회를 놓치지 않고 재빨리 말했다.

"일요 신문에나 나올 법한 것이라……. 맞습니다.《선데이 코밋》같은 데나 어울리죠. 부인께서도《선데이 코밋》을 읽으시나 봅니다?"

카펜터 부인은 깜짝 놀란 표정을 지었다. 그러더니 곧 자리에서 일어나 어색한 걸음걸이로 열린 프랑스식 창문을 향해 뛰어갔다. 당황한 나머지 그녀는 하마터면 창틀에 부딪칠 뻔했다. 그 모습을 보고 푸아로는 전등갓을 향해 맹목적으로 달려드는 크고 아름다운 나방을 떠올렸다.

"가이! 가이!"

카펜터 부인이 소리쳤다.

얼마쯤 떨어진 곳에서 한 남자의 목소리가 들렸다.

"이브?"

"빨리 이리 좀 와 봐!"

잠시 후 서른다섯 살쯤 되어 보이는 키 큰 남자가 나타났다. 허겁지겁 달려온 그는 테라스를 넘어 창문으로 다가왔다. 이브 카펜터가 잔뜩 흥분한 목소리로 말했다.

"외국인 남자 한 명이 집에 찾아왔어. 그런데 작년에 벌어진 끔찍한 살인 사건을 놓고 온갖 이상한 질문을 나한테 퍼붓지 뭐야. 늙은 파출부가 살해된 사건 말이야. 기억 안 나? 당신도 알다시피 난 그런 이야기는 딱 질색이잖아."

가이 카펜터가 얼굴을 찌푸린 채 곧장 창문을 통해 응접실로 들어왔다. 그는 말처럼 길고 창백한 얼굴에 사람을 얕보는 듯한 인상을 풍겼고 태도 또한 거만했다.

"이게 다 무슨 일입니까? 당신이 내 아내를 괴롭혔습니까?"

에르퀼 푸아로는 영문을 모르겠다는 듯 두 손을 양쪽으로 폈다.

"제가 가장 혐오하는 일이 매력적인 숙녀분을 괴롭히는 겁니다. 그저 죽은 피해자가 부인을 위해 일한 적이 있으니, 부인께서 제가 조사하는 데 뭔가 도움을 주실 수 있을 것 같아 찾아온 겁니다."

"하지만…… 대체 무슨 조사를 한다는 겁니까?"

"그래, 그것부터 물어봐."

카펜터 부인이 끼어들었다.

"맥긴티 부인의 죽음을 둘러싼 정황을 새로 조사하고 있습니다."

"말도 안 돼! 그 사건은 이미 종결되지 않았습니까?"

"아닙니다. 그건 선생님께서 잘못 알고 계신 겁니다. 사건은 아직 종결되지 않았습니다."

"그래서 새로 조사하신다고요? 경찰에서 하는 겁니까? 말도 안 돼! 당신은 경찰과 아무 관련도 없지 않습니까?"

가이 카펜터가 눈살을 찌푸리며 의심스러운 듯 말했다.

"그렇습니다. 저는 경찰과 상관없이 독립적으로 일하고 있죠."

이브 카펜터가 또다시 끼어들었다.

"신문사에서 왔나 봐. 저급한 일요 신문 같은 거 말이야. 저 사람이 그런 말을 했어."

그 순간 가이 카펜터는 조심스럽게 눈빛을 번득였다. 정치에 갓 입문한 그로서 언론의 반감을 사서 좋을 게 없었다.

가이는 한결 상냥하게 말했다.

"사실 제 아내가 무척 예민하답니다. 살인 사건 같은 이야기를 몹시 싫어하죠. 제 아내와 이야기를 나누어 봤자 별로 얻는 게 없을 겁니다. 죽은 여자에 대해 아는 게 거의 없거든요."

이브가 여전히 흥분한 목소리로 끼어들었다.

"그 여자는 늙고 어리석은 파출부였을 뿐이라니까. 벌써 저 사람한테 그렇게 말했어."

그리고 한마디 더 덧붙였다.

"게다가 몹시 불쾌한 거짓말쟁이이기도 했지."

"그거 참 흥미로운 말이군요."

푸아로가 남편에게서 아내에게로 시선을 옮기며 말했다. 그의 얼굴에는 어느새 밝은 미소가 번져 있었다.

"맥긴티 부인이 거짓말을 잘했나 보죠? 아주 유용한 단서가 되겠군요."

"글쎄? 과연 그럴까요?"

카펜터 부인이 샐쭉하게 말했다.

"동기가 성립되죠. 그것을 따라 수사해 나갈 생각입니다."

그러자 가이 카펜터가 날카롭게 지적했다.

"그 여자는 숨겨 둔 돈을 도둑맞았습니다. 그게 바로 범행 동기 아닌가요?"

"아, 그런가요?"

푸아로가 부드럽게 되물었다. 그러고는 마치 대사를 끝낸 배우처럼 자리에서 일어나 정중하게 말했다.

"공연히 부인께 폐를 끼친 게 아닌지 염려스럽군요. 이런 일은 항상 좀 불쾌한 구석이 있게 마련이죠."

가이 카펜터가 재빨리 말했다.

"정말이지 참혹한 사건이에요. 그러다 보니 제 아내도 그 일을 떠올리고 싶지 않았을 겁니다. 도움을 드리지 못해 죄송합니다."

"아닙니다. 많은 도움이 됐습니다."

"무슨 말씀이신지?"

푸아로가 나지막이 말했다.

"맥긴티 부인이 거짓말을 했다는 건 아주 유용한 정보입니다. 그녀가 어떤 거짓말을 했습니까, 마담?"

푸아로는 참을성 있게 이브 카펜터의 대답을 기다렸다. 그녀가 마침내 입을 열었다.

"뭐 특별한 건 없어요. 그러니까 제 말은…… 기억이 잘 안 나요."

이브는 두 남자가 기대에 찬 눈빛으로 자신을 바라보고 있다는 사실을 눈치채고는 다시 말했다.

"말 같지도 않은 얘기를 했어요. 다른 사람들에 대해서……. 터무니없는 얘기예요."

한동안 침묵이 감돌았다. 푸아로가 먼저 입을 열었다.

"알겠습니다. 그러니까 맥긴티 부인은 입을 함부로 놀리는 사람이었군요."

이브 카펜터가 재빨리 반박했다.

"어머, 아니에요. 그 정도까지는 아니었어요. 그냥 좀 수다스러웠던 거죠. 그뿐이에요."

"그저 수다스러웠을 뿐이다……."

푸아로가 나지막이 중얼거리고는 몸을 돌렸다.

가이 카펜터가 현관까지 나와 그를 배웅했다.

"선생님께서 근무하시는 신문사가 어딥니까? 일요 신문이라고 하던데요?"

"아, 제가 부인 앞에서 말했던 신문 말입니까?《선데이 코밋》입니다."

푸아로가 조심스럽게 말했다.

가이 카펜터는 잠시 머뭇거리더니 진지하게 그 이름을 되뇌었다.

"《선데이 코밋》이라……. 죄송하지만 별로 보지 못한 신문인 것 같군요."

"가끔 흥미로운 기사가 실리는 신문이죠. 재미있는 삽화와 함께."

푸아로는 어색한 순간이 길어지기 전에 재빨리 인사했다.

"오 르브아(안녕히 계십시오), 카펜터 씨. 폐를 끼쳤다면 용서하세요."

대문 밖으로 나온 푸아로는 뒤돌아서서 카펜터 부부의 저택을 올려다보며 중얼거렸다.

"뭔가 있어, 틀림없이."

11장

에르퀼 푸아로와 마주 앉은 스펜스 경정이 한숨을 내쉬었다.
"아무런 성과가 없다는 말이 아닙니다, 푸아로 씨. 개인적으로는 성과가 있다고 생각합니다. 하지만 빈약해요. 너무나 빈약합니다."
푸아로가 고개를 끄덕였다.
"물론 그 자체만으로는 아무런 의미가 없을 겁니다. 더 많은 것을 찾아내야 하죠."
"제 부하든 저든 둘 중 한 사람은 그 신문 기사를 발견했어야 했는데 부끄럽습니다."
"아닙니다, 괜한 자책하실 필요 없습니다. 범행 자체는 누가 봐도 명백한 것이었으니까. 폭력을 동반한 강도 사건이었죠. 방 안에는 온통 뒤진 흔적이 있는 데다 돈이 없어졌으니 말입니다. 그러니 그 난장판 속에서 찢어진 신문 조각 따위가 경정님께 무슨 의미가 있었겠습니까?"

그러나 스펜스는 고집스럽게 되뇌었다.

"그래도 그것을 봤어야 했습니다. 또 잉크에 대해서도……."

"그건 저도 우연히 듣게 된 겁니다."

"하지만 당신에게는 중요한 것 같은데 왜 그렇죠?"

"그저 편지를 썼을 가능성 때문입니다. 스펜스 경정님이나 저나 편지는 항상 쓰는 거잖습니까. 우리에게 편지 쓰기는 일상적인 일이죠."

스펜스가 한숨을 내쉬고는 사진 네 장을 꺼내 테이블 위에 놓았다.

"구해 달라고 하신 사진입니다. 《선데이 코밋》에 실린 사진 원본이죠. 어쨌거나 신문에 인쇄된 것보다는 조금 더 또렷해 보일 겁니다. 하지만 이런 낡고 빛바랜 사진들이 얼마나 큰 도움이 되겠습니까? 여자들은 머리 모양만 바꿔도 엄청나게 달라 보이거든요. 귀 모양이나 옆모습으로 구별할 수 있다고 해도 도움이 될 만한 건 하나도 없습니다. 종 모양 모자와 예술작품이라도 되는 듯 꾸민 머리 모양, 게다가 장미까지! 이 사진들은 수사에 전혀 도움이 안 될 겁니다, 푸아로 씨."

"일단 베라 블레이크를 수사선상에서 제외한다는 데는 동의하십니까?"

"물론입니다. 베라 블레이크가 브로디니에 있었다면 마을 사람 모두 알았을 겁니다. 자신의 비극적인 인생 이야기를 늘어놓는 것이 그 여자의 특기였던 것 같거든요."

"나머지 사람들은 어떻게 생각하십니까?"

"그동안 할 수 있는 한 모든 것을 조사해 봤습니다. 우선 에바 케인은 크레이그가 형을 선고받은 뒤 이 나라를 떠났어요. 그녀의 새로운 이름도 알아냈습니다. 호프라고 하더군요. 상징적인 이름일 수 있겠죠?"

푸아로가 혼잣말처럼 중얼거렸다.

"그래, 그래. 상당히 낭만적이군요. '아름다운 에블린 호프는 죽었네.' 이 나라 시인이 쓴 시구절이지요(영국 빅토리아 시대의 대표적인 시인 로버트 브라우닝을 말한다 — 옮긴이). 그녀는 분명 그 시를 염두에 두었던 것 같습니다. 그런데 그 여자 이름도 에블린이었나요?"

"네, 그럴 겁니다. 하지만 사람들은 그녀를 에바라고 불렀죠. 그건 그렇고 푸아로 씨, 이야기가 나왔으니 말인데 경찰은 에바 케인에 대해 신문 기사와 다르게 생각하더군요. 전혀 달랐어요."

푸아로가 빙그레 미소 지었다.

"경찰의 생각은 증거가 될 수 없습니다. 하지만 매우 유용한 길잡이가 될 수 있죠. 그래, 경찰은 에바 케인을 어떻게 생각했나요?"

"대중들이 생각하는 것처럼 그저 순수하기만 한 희생양이 아니라는 겁니다. 사건 당시 저는 풋내기 경찰이었는데, 제 상관과 사건을 담당한 트라일 경위가 논의하는 것을 들은 기억이 납니다. 증거가될 만한 이야기는 아닙니다만, 트라일 경위가 크레이그 부인을 죽이자는 생각이 모두 에바 케인의 머릿속에서 나온 거라고 믿고 있었어요. 게다가 그저 생각으로 그친 게 아니라 직접 실행에 옮긴 것도 에바 케인이라는 거죠. 크레이그는 어느 날 집으로 돌아와 자신의 어린 연인이 지름길을 택했다는 사실을 알게 된 겁니다. 에바 케인은 크레이그 부인의 죽음을 자연사로 속이고 넘어갈 수 있을 거라고 생각했던 것 같아요. 하지만 크레이그는 어린 에바보다 좀 더 똑똑했죠. 그래서 자신이 마무리 짓기로 하고 사체를 지하실에 묻은 뒤, 부인이 외국에서 죽은 것처럼 꾸미려고 치밀하게 계획을 세운 거예요. 그 후 모든 것이 밝혀졌을 때, 그는 자기 혼자 저지른 짓이고 에바 케인은 전혀 모르는 일이라고 필사적으로 주장했어요. 거참."

스펜스가 어깨를 으쓱했다.

"아무도 확실한 증거를 찾아내지 못했죠. 살인에 사용된 극약은 집 안에서 발견되었어요. 그러니 둘 중 누구라도 그것을 사용할 수 있었겠죠. 어린 에바 케인은 공포에 질린 순수한 여인의 대명사였습니다. 일류 배우처럼 그 역할을 썩 잘해 냈고요. 트라일 경위는 그녀를 의심했지만 증거를 찾지 못했죠. 이 이야기는 진위 여부를 떠나 그냥 드리는 말씀입니다. 이 얘기가 증거가 될 수는 없다는 거죠."

"그렇더라도 최소한 그 '비극적인 여인들'이 단순히 비극적인 여인 그 이상일 수 있다는 가능성은 제시해 줄 수 있겠죠. 다시 말해 살인을 저질렀다든가, 동기만 충분하면 또다시 살인을 저지를 수도 있다든가……. 아무튼 이제 다음 사람으로 넘어갑시다. 재니스 코틀런드. 이 여자에 대해 말해 주시겠습니까?"

"관련 서류를 다 뒤져 봤습니다. 아주 고약하더군요. 이디스 톰슨을 교수형에 처하려면, 그 전에 우선 재니스 코틀런드부터 처형하는 게 마땅하다고 생각합니다. 혐오스러운 커플인 재니스와 그 남편은 누가 더 나을 것도 없이 한심한 인간들이었어요. 여자는 젊은 청년을 꼬드겼죠. 그런데 주목할 점은 그 뒤에 부유한 남자가 있었다는 사실입니다. 재니스 코틀런드가 남편이 죽기를 바랐던 것도 다 그 남자와 재혼하기 위해서였습니다."

"그래서 그 남자와 재혼했습니까?"

스펜스는 고개를 저었다.

"그건 알 수 없습니다."

"그녀가 외국으로 떠난 뒤에 어떻게 됐습니까?"

스펜스가 또다시 고개를 저었다.

"자유로운 몸이 되었으니 거슬릴 것이 아무것도 없었죠. 그녀가 재혼을 했는지 아니면 무슨 다른 일이 있었는지는 아무도 모릅니다."

"어느 날 칵테일 파티에서 그녀와 마주치게 될지도 모를 일이군요."

푸아로가 렌델의 말을 떠올리며 중얼거렸다.

"그런 셈이죠."

푸아로의 시선이 마지막 사진으로 옮겨 갔다.

"이 아이는 어떻습니까? 릴리 갬볼이라고 했던가요?"

"너무 어려서 살인죄로 처벌할 수 없었습니다. 그래서 소년원에 보내졌습니다. 그곳 생활 기록은 양호했어요. 속기와 타자를 배워 보호 관찰 아래 직장도 구했죠. 직장 생활도 잘했답니다. 마지막으로 소식이 알려진 건 아일랜드에서였어요. 푸아로 씨, 제 생각에는 베라 블레이크와 마찬가지로 이 여자도 수사선상에서 제외해야 할 것 같습니다. 어쨌거나 그녀는 교화되었고, 사람들도 열두 살짜리 어린아이가 홧김에 저지른 일을 두고 계속 비난하지는 않으니까요. 푸아로 씨 생각은 어떠십니까?"

"범행 도구가 육류용 식칼만 아니었다면 저도 그녀를 배제했을 겁니다. 하지만 릴리 갬볼이 자기 고모에게 휘둘렀던 게 바로 육류용 식칼이었습니다. 맥긴티 부인을 살해한 미지의 범인이 사용한 도구 또한 육류용 식칼과 비슷한 것이라고 하고요."

"일리 있는 말입니다. 자, 푸아로 씨, 이제부터는 당신이 찾아낸 것들을 살펴보죠. 무엇보다 당신을 방해하려고 했던 사람이 없어서 다행입니다."

"그, 그렇긴 합니다."

푸아로가 한순간 머뭇거렸다.

"이제 와서 드리는 말씀이지만, 지난번 런던에서 뵌 뒤로 한두 번 당신이 몹시 걱정된 적이 있었습니다. 그건 그렇고 브로디니 주민들 중에 수상한 사람은 없었습니까?"

푸아로가 작은 수첩을 펼쳤다.

"에바 케인이 아직 살아 있다면 지금 예순 살쯤 되었을 겁니다. 그 딸은 30대일 거고.《선데이 코밋》은 상상력을 발휘해 성인이 된 딸의 삶을 아주 감동적으로 묘사했죠. 또한 릴리 갬볼은 에바 케인의 딸과 비슷한 또래일 테고, 재니스 코틀런드는 쉰 살 가까운 나이일 겁니다.

스펜스가 고개를 끄덕였다.

"그래서 저는 브로디니 주민들을 만나 보았습니다. 특별히 맥긴티 부인이 일했던 집을 중심으로 해서요."

"상당히 타당한 추론이군요."

"그렇습니다. 맥긴티 부인이 그때그때 상황에 따라 이 집 저 집을 돌아다니며 일하는 바람에 문제가 더 복잡해졌습니다. 하지만 우선 그녀가 일했던 한 '집'에서 무언가를 보았다고 가정해 봅시다. 그 무언가란 '사진'일 가능성이 클 것입니다."

"그렇겠죠."

"나이로 따져 봤을 때 가능성이 있는 집이 몇 있습니다. 첫 번째는 맥긴티 부인이 살해된 날 일했던 웨더비 씨 집입니다. 웨더비 부인은 에바 케인과 비슷한 나이이고, 에바 케인의 딸과 비슷한 또래의 딸이 있습니다. 그 딸은 전 남편과의 사이에서 얻은 자식이라더군요."

"사진과 닮은 점도 있습니까?"

"몽 셰르(친구), 사진으로 같은 점을 찾기는 불가능합니다. 너무나 오랜 세월이 흘렀고, 그야말로 이미 많은 물이 급수장에서 빠져나갔습니다. 하지만 이것만은 분명합니다. 웨더비 부인은 확실히 젊은 시절부터 아름다운 여인이었습니다. 그리고 지금도 그런 여인들 특유의 특성을 모두 가지고 있습니다. 그녀는 살인을 하기에는 너무나 여리고 약해 보였습니다. 하지만 대중들도 에바 케인에 대해 같은 생각을 했죠. 맥긴티 부인을 죽이는 데 물리적인 힘이 어느 정도 필요했는지는 정확히 어떤 범행 도구를 사용했느냐에 따라 달라질 겁니다. 손잡이의 굵기나 얼마나 쉽게 휘두를 수 있는지, 그리고 날이 얼마나 예리한지 등등. 하지만 범행 도구가 밝혀지지 않은 지금으로서는 알 수 없는 일이죠."

"맞아요, 맞습니다. 왜 저는 그 점을 생각하지 못했을까요? 아무튼 계속하십시오."

"웨더비 가족과 관련하여 제가 주목한 것들은 이런 겁니다. 우선 웨더비 씨는 다른 사람을 의식하지 않고 자신의 감정을 그대로 드러내는 사람입니다. 남이 자신을 불쾌하게 여기든 말든 상관하지 않는단 말입니다. 또한 그 딸은 자기 어머니에게 광적으로 집착하는 편이었습니다. 그래서인지 의붓아버지를 싫어하더군요. 이런 점들이 반드시 중요하다는 건 아닙니다. 다만 여러 가지 가능성을 생각해 보기 위해 알려 주는 것뿐입니다. 어머니의 숨겨진 과거가 의붓아버지의 귀로 흘러 들어가는 것을 막기 위해 그 딸이 범행을 저질렀을 수도 있습니다. 어머니도 같은 이유로 범행을 저질렀을 가능성이 있습니다, 아버지 또한 '스캔들'이 퍼지는 것을 막기 위해 그랬을 수 있죠. 이 세상에 체면 때문에 살인을 저지르는 경우는 우리가 생각하는 것보다 훨씬 더 많으니까. 그렇지 않아도 웨더비 씨 가족은 나름대로 '좋은 사람들'로 알려져 있습니다."

스펜스가 고개를 끄덕였다.

"만약, 정말 만약인데 말입니다. 이번 사건이 《선데이 코밋》에 난 기사와 어떤 관련이 있다면, 확실히 웨더비 씨 가족이 가장 유력한 용의자가 되겠군요."

"그렇습니다! 아무튼 브로디니 마을 주민 가운데 에바 케인의 나이와 일치하는 나머지 한 사람은 업워드 부인입니다. 업워드 부인이 에바 케인이고, 그녀가 맥긴티 부인을 죽였다고 가정했을 때, 두 가지 논란이 있을 수 있습니다. 첫째는 그녀가 관절염을 앓고 있어서 대부분의 시간을 휠체어에서 보낸다는……."

스펜스가 약간 시기 어린 목소리로 말했다.

"소설에서는 휠체어가 눈속임으로 이용될 때가 많죠. 하지만 현실에서는 그렇게 하기가 쉽지 않아요."

푸아로는 말을 이어 갔다.

"둘째는 업워드 부인이 독단적이고 강인한 성품을 가진 듯 보인다는 겁니다. 회유하기보다는 협박을 하기 쉬운 성격 말입니다. 이런 점은 우리가 아는 젊은 에바 케인의 성격과 맞지 않습니다. 하지만 사람들의 성격은 항상 변하게 마련이고, 독단적인 성품은 나이가 들면서 흔히 생기는 것이기도 하죠."

"그건 그렇죠."

스펜스가 한 걸음 물러서며 인정했다.

"아무튼 업워드 부인이 에바 케인일 가능성이 아예 없다고는 할 수 없지만 좀 희박해 보입니다. 나머지 사람들은 어떻죠? 재니스 코틀런드는요?"

"그 여자는 용의선상에서 제외해도 될 것 같습니다. 브로디니 주민 가운데 그 또래 여자는 없으니 말입니다."

"젊은 여자들 중 하나가 성형 수술로 주름을 완전히 편 게 아니라면요. 신경 쓰지 마십시오. 그냥 농담입니다."

"브로디니에는 서른 살 가량 된 여자가 세 명 있습니다. 디어드리 헨더슨, 렌델 부인, 그리고 가이 카펜터의 부인이지요. 나이로 따지면 이 셋 중 한 명이 릴리 갬볼이나 에바 케인의 딸일 수도 있습니다."

"가능성으로 따지면요?"

푸아로가 한숨을 내쉬었다.

"에바 케인의 딸은 키가 클 수도 작을 수도 있고, 머리 색이 검을 수도 금발일 수도 있죠. 그녀의 생김새를 알 수 있는 정보가 전혀 없으니 말입니다. 디어드리 헨더슨을 용의자로 가정해 봤으니, 이제 나머지 두 여자에 대해 생각해 봅시다. 우선 우리가 주목해야 할 사실이 있습니다. 렌델 부인이 무언가를 두려워하고 있다는 점입니다."

"그게 푸아로 씨 당신인가요?"

"그런 것 같습니다."

스펜스가 천천히 말했다.

"그렇다면 중요한 단서가 될 수 있겠군요. 그 말은 렌델 부인이 에바 케인의 딸이거나 릴리 갬볼일 가능성이 있다는 거겠죠? 그 여자의 머리칼은 검은색이었습니까, 금발이었습니까?"

"금발이었습니다."

"릴리 갬볼은 금발을 가진 아이였습니다."

"카펜터 부인 또한 금발이었습니다. 상당히 사치스럽게 꾸민 젊은 여성이었죠. 그녀가 정말 미인인지는 모르겠지만, 적어도 눈 하나만큼은 상당히 매력적이었습니다. 짙푸른색에 커다랗고 사랑스러운 눈동자였죠."

스펜스가 고개를 절레절레 흔들었다.

"아이고, 푸아로 씨……."

"그녀가 남편을 부르러 창가로 뛰어갈 때 어땠는지 아십니까? 그 모습을 본 순간 저는 날개를 파닥거리는 예쁜 나방을 떠올렸습니다. 허둥대다가 가구에 부딪혀 장님처럼 손을 앞으로 쭉 뻗더군요."

스펜스는 너그러운 눈빛으로 푸아로를 바라보았다.

"푸아로 씨, 당신은 정말 낭만적이시군요. 날개를 파닥거리는 예쁜 나방과 사랑스러운 짙푸른 눈동자……."

"낭만적이라고 했습니까? 천만에 말씀입니다. 내 친구 헤이스팅스야말로 낭만적이고 감성적이죠. 저는 절대 아닙니다. 오히려 지나치리만큼 현실적이죠. 제가 이런 말을 하는 데는 다 이유가 있습니다. 여자의 미모가 원칙적으로 눈이 얼마나 아름다운가에 달렸다면, 여자들은 아무리 심한 근시라도 기꺼이 안경을 벗을 겁니다. 설사 사물의 윤곽조차 뿌옇게 보이고 거리감을 판단하기조차 힘들어도, 여자들은 안경을 끼지 않고 감각으로만 움직이는 법을 배울 거란 말이죠."

푸아로는 두껍고 보기 흉한 안경을 쓴 릴리 갬볼의 사진을 집게 손가락으로 가볍게 톡톡 쳤다.

"카펜터 부인이 릴리 갬볼이라고 생각하신다는 겁니까?"

"아니, 저는 그저 그럴지도 모른다고 말하는 겁니다. 맥긴티 부인이 죽었을 당시, 카펜터 부인은 아직 카펜터 부인이 아니었습니다. 전쟁에서 남편을 잃은 젊은 과부였던 그녀는 몹시 가난해서 일용직 노동자 숙소에 살았다더군요. 그런데 이웃에 사는 어느 부자와 결혼하기로 약속한 겁니다. 상대는 정치적 야심이 있는 데다 스스로를 대단히 중요한 인물이라고 생각하는 남자였습니다. 만약 가이 카펜터가 자신의 예비 신부가 천한 계급 출신에 어린 시절 육류용 식칼로 자기 고모의 머리를 내리쳐서 죽인 과거를 갖고 있다는 사실을 알았다면, 혹은 금세기 가장 악명 높은 범죄자 가운데 한 사람이자, '공포의 전당'에 당당하게 이름을 새긴 크레이그의 딸이라는 사실을 알았다면, 과연 그가 그 결혼을 끝까지 밀어붙였을까요? 물론 여자를 진심으로 사랑한다면 그럴지도 모르죠. 하지만 가이 카펜터는 그럴 만한 사내가 아닙니다. 내가 판단하기에 그는 상당히 이기적이고 야심이 크며, 좋은 평판을 얻기 위해 반듯하게 행동하려고 애쓰는 사내입니다. 전쟁 과부였던 셀커크 부인이 그 결혼을 성사하고 싶었다면, 틀림없이 자신의 불운한 출신 배경이 조금이라도 약혼자의 귀에 흘러 들어가지 않게 하려고 전전긍긍했을 겁니다."

"그러니까 당신은 그녀가 범인이라고 생각하시는군요, 그렇죠?"

"몽 셰르(친구), 다시 한 번 말하지만 저도 아직 모릅니다. 그저 가능성을 따져 보는 것뿐이죠. 카펜터 부인은 제 앞에서 무척 조심스러워하고 경계하는 듯한 눈치였습니다."

"뭔가 낌새가 안 좋군요."

"그렇습니다, 맞는 말이지요. 하지만 아주 어려운 상황이기도 해요. 오래전 저는 시골에 사는 친구들과 사냥을 나간 적이 있습니다. 사냥을 어떻게 하는지 아십니까? 사람은 총을 들고 걸어가고, 사냥개가 사냥감을 모는 겁니다. 그러다 개에게 내몰린 사냥감이 풀숲에서 허공으로 날아오르면 그때 탕탕 총을 쏘는 거죠. 지금 우리가 그와 똑같은 상황입니다. 우리가 노리고 있는 건 단지 새 한 마리지만, 풀숲에는 다른 새들이 숨어 있을지 모른다는 겁니다. 그 새들은 어쩌면 우리와는 아무 상관 없을 수 있지만, 새들은 그 사실을 알지 못합니다. 셰라미(친애하는 친구여), 그러니까 우리는 우리가 원하는 새가 어떤 새인지 분명히 알아야 합니다. 카펜터 부인이 과부였던 시절에 우연히 그녀의 비밀이 누설되었는지도 모르죠. 또 그 정도까지는 아니더라도 좀 마땅치 않은 일이 있었을 수 있습니다. 아무튼 그녀가 내 앞에서 맥긴티 부인이 거짓말쟁이였다고 말한 데는 분명 어떤 이유가 있을 겁니다."

스펜스가 자기 코를 문지르며 말했다.

"좀 확실하게 말씀해 주십시오, 푸아로 씨. 도대체 무슨 생각을 하고 계신 겁니까?"

"제가 무슨 생각을 하고 있는지는 중요하지 않습니다. 제가 알고 있는 게 중요하죠. 하지만 아직까지는 사냥개들이 이제 겨우 풀숲으로 들어갔을 뿐입니다."

스펜스가 낮은 목소리로 말했다.

"무엇이든 결정적인 단서 하나만 잡으면 좋으련만. 상황은 정말이지 의심스러운데, 그게 다 이론에 지나지 않으니……. 그것도 억지로 끼워 맞춘 듯한 이론 말입니다. 아까도 말씀드렸지만 모든 것이 근거가 너무 희박해요. 과연 지금껏 우리가 생각한 이유로 살인까지 저지르는 사람이 실제로 있을까요?"

"그야 경우에 따라 다를 수 있습니다. 우리가 모르는 여러 가지 집안 사정이 있을 수 있으니 말입니다. 하지만 사람들이 사회적 체면을 지키고 싶은 욕망은 무척 강합니다. 그들은 자유분방한 예술가도, 보헤미안도 아니지요. 그저 브로디니라는 작은 마을에 사는 '아주 훌륭한' 사람들입니다. 우체국에서 만난 여자도 그렇게 말했습니다. 그런데 훌륭한 사람들은 그 훌륭한 이미지를 지키고 싶어 하게 마련입니다. 수년간 행복한 결혼 생활을 해오면서, 자신이 한때 충격적인 살인 사건에 연루된 유명한 인간이었다는, 또 내 자식이 살인자의 자식이라는 사실은 까맣게 잊고 살았을 겁니다. 아마 '내 남편이 그 사실을 알게 되느니 차라리 내가 죽는 게 낫지!'거나 '내 딸이 자신의 출생 비밀을 알게 되느니 차라리 내가 죽어 버리겠다!'고 생각할 수도 있죠. 그렇게 고민을 거듭하다 보면 이런 결론을 내릴 수도 있죠. 이 세상에 맥긴티 부인만 없으면……."

"그러니까 푸아로 씨 당신은 웨더비 씨 가족을 염두에 두고 계신 거로군요?"

스펜스가 차분하게 물었다.

"꼭 그런 건 아닙니다. 물론 이러한 가설에 가장 잘 들어맞는 사람들이긴 합니다. 하지만 이건 어디까지나 가설일 뿐입니다. 성격으로 보면 살인을 저지를 만한 인물은 웨더비 부인보다는 오히려 업워드 부인일 가능성이 더 큽니다. 업워드 부인은 결단력과 의지가 강한 데다 자기 아들을 거의 맹목적으로 사랑하고 있습니다. 자신이 공식적으로 결혼해 사람들이 존경할 만한 행복한 생활을 영위하기 전에 어떤 일이 있었는지 아들이 알지 못하게 하기 위해서라면 얼마든지 극단적인 선택을 할 수 있는 여자입니다."

"그 아들에게 어머니의 과거가 그렇게 큰 충격일까요?"

"개인적으로는 그렇게 생각지 않습니다. 로빈이라는 청년은 요즘 젊은이답게 회의적인 가치관을 갖고 있는 데다 몹시 이기적이라서 어머니가 자신을 생각하는 것만큼 어머니에게 헌신적이지는 않을 겁니다. 다시 말해 제임스 벤틀리와는 다르다는 거죠."

"만약 업워드 부인이 에바 케인이라면, 그녀의 아들 로빈이 어머니에 대한 소문이 퍼지는 것을 막기 위해 맥긴티 부인을 죽이지 않았을까요?"

"당분간은 그냥 두고 봤을 겁니다. 어쩌면 그 사실을 이용했을지도 모르죠. 자신의 작품을 홍보하기 위한 수단으로 말입니다. 저는 로빈 업워드가 사회적 체면이나 어머니에 대한 애착, 혹은 자신에게 확실한 이득을 가져다주지도 않는 무언가를 위해 살인을 저지를 만한 사람은 아니라고 생각합니다."

스펜스는 또다시 깊은 한숨을 내쉬었다.

"너무 막막하군요. 우리가 이 사람들의 과거사에서 무언가를 얻을 수 있을지는 모르지만, 그러려면 많은 시간이 걸릴 겁니다. 전쟁은 여러 가지로 상황을 복잡하게 만들었죠. 각종 기록들이 멸실되었고, 그러다 보니 남의 신분증을 이용해 자신의 과거를 숨기고 싶어 하는 사람들에게는 무한한 기회가 생긴 겁니다. 특히 시신의 신분을 일일이 확인할 수 없는 동란 뒤에는 그런 일들이 더욱 비일비재했죠. 푸아로 씨, 우리가 단 한 사람에게만 집중할 수 있다면 얼마나 좋겠습니까? 하지만 지금으로서는 가능성이 있는 사람이 너무나 많아요."

"이제 곧 유력한 사람을 추려 낼 수 있을 겁니다."

말은 그렇게 했지만, 스펜스의 사무실을 떠나는 푸아로의 속마음은 겉모습만큼 밝지 않았다. 그 역시 스펜스처럼 촉박한 시간에 쫓기는 심정이었다.

설상가상으로 푸아로를 괴롭히는 의문점이 한 가지 더 있었다. 애초에 그와 스펜스가 세운 가설이 정말 탄탄한 것일까? 만약 제임스 벤틀리가 실제 범인이 맞다면……?

물론 그 의문에 굴복해 수사를 포기할 생각은 없었다. 그렇더라도 여전히 마음 한구석이 석연치 않은 것은 푸아로도 어쩔 수 없는 일이었다.

에르퀼 푸아로는 제임스 벤틀리와 나눈 대화를 머릿속으로 몇 번이나 되새겨 보았다. 킬체스터 역 승강장에서 기차가 오기를 기다리는 동안에도 그는 또다시 같은 생각에 빠져 있었다. 그날은 마침 장이 서는 날이어서 승강장이 몹시 붐볐다. 시간이 지날수록 점점 더 많은 사람들이 울타리를 넘어 승강장으로 몰려들었다.

푸아로는 기차가 오는지 보려고 앞으로 몸을 구부렸다. 이윽고 기차가 승강장으로 들어왔다. 그런데 그가 미처 몸을 바로 세우기도 전에, 누군가 그의 늙고 왜소한 등을 의도적으로 거세게 밀쳤다. 전혀 예기치 못한 뜻밖의 공격이었다. 그대로 철로 위에 떨어지면 달려오는 열차에 치일 판이었다. 그러나 마침 옆에 서 있던 사내가 추락하기 직전에 푸아로를 붙잡았다.

덩치가 크고 우락부락하게 생긴 육군 하사관이었다.

"무슨 일이십니까. 현기증이 나셨나 보죠? 하마터면 기차에 치일 뻔했습니다."

"고맙소. 정말 어떻게 고마움을 표현해야 할지 모르겠습니다."

두 사람 주변은 어느새 기차를 타고 내리는 수많은 인파로 넘쳐 났다.

"이제 좀 괜찮으십니까? 제가 부축해 드리겠습니다."

푸아로는 부들부들 떨리는 몸을 이끌고 간신히 자리에 앉았다.

누군가 그를 밀친 것이 분명했다. 그날 저녁까지만 해도 푸아로는 의식적으로 몸조심을 했다. 그러나 스펜스와 이야기를 나눈 뒤, 그러니까 스펜스가 생명을 위협하는 사람이 없었는지 장난스럽게 물어본 뒤로, 그는 자기도 모르는 사이에 더 이상 위험한 일이 없거나 그 가능성이 희박하다고 생각하고 있었다.

하지만 그의 예상은 완전히 빗나갔다. 그가 브로디니에서 만난 사람들 가운데 한 명이 그렇게 한 것이다. 그 사람은 푸아로를 두려워하고 있었다. 그는 이미 종결된 사건을 다시금 파헤치는 푸아로의 위험한 행동을 멈추게 하고 싶었던 것이다.

푸아로는 브로디니 역의 공중전화 부스에서 스펜스 경정에게 전화를 걸었다.

"스펜스, 당신입니까? 잘 들으세요, 몽 아미(친구). 새로운 소식이 있습니다. 아주 놀랄 만한 소식이죠. 누군가 나를 죽이려고 했습니다……."

수화기 너머로 전해 오는 목소리를 들으면서 푸아로는 무척 흡족해했다.

"아니, 무사합니다. 하지만 하마터면 큰일날 뻔……. 그렇습니다, 기차에 깔릴 뻔했어요. 아니, 누가 그랬는지는 모릅니다. 하지만 친구, 이제 곧 밝혀질 겁니다. 말하자면 우리가 제대로 길을 찾아들었다는 얘기죠……."

12장

I

전기 계량기를 점검하던 남자가 가이 카펜터의 집사와 인사를 나누었다. 하인은 아까부터 그를 지켜보고 있었다.

"이제부터 새로운 기준으로 전기가 공급될 거야. 사용량에 따라 등급을 매겨 정액 요금이 부과되지."

전기 기사의 설명을 듣고 집사가 의심스러운 눈빛으로 말했다.

"그 말은 전기 요금이 더 많이 나올 거라는 뜻 아닌가? 요즘 다른 것들도 다 마찬가지지만……."

"그야 경우에 따라 다르지. 내 말은 모두 공평하게 자기가 쓴 만큼 내게 된다는 뜻이네. 그런데 어젯밤 킬체스터에서 열린 집회에 갔었나?"

"아니."

"자네가 모시는 카펜터 씨가 연설을 아주 잘했다더군. 이번에는 당선될 거라고 생각하나?"

"지난번에 아슬아슬하게 떨어지셨으니 두고 봐야지."

"맞아. 표차가 125표인가 그쯤 되었지? 그런데 그런 집회가 열리면 자네가 자동차로 모셔다 드리나, 아니면 카펜터 씨가 직접 운전하시나?"

"보통 직접 운전하시지. 운전을 좋아하시거든. 얼마 전에 롤스 벤틀리까지 구입하셨어."

"멋지군. 카펜터 부인도 운전하실 줄 아나?"

"그럼. 그런데 내가 보기에 너무 과속을 하시는 것 같아."

"대개 여자들이 그렇지. 그럼 카펜터 부인도 어젯밤 집회에 참석하셨겠군? 아니, 정치에는 아예 관심이 없으신가?"

그 말에 집사가 이를 드러내며 씩 웃었다.

"관심 있는 척은 하시지. 하지만 어젯밤에는 집회를 끝까지 참관하지 않으셨다더군. 두통이 있었다나 뭐라나 하면서 연설 도중에 자리를 뜨셨대."

"아, 그랬군."

전기 기사가 안전기 내부를 들여다보며 중얼거렸다.

"이제 거의 다 됐네."

전기 기사는 연장을 챙기고 떠날 준비를 하면서도 집사에게 이것저것 물어보았다.

그러고는 작별 인사를 건넨 뒤 빠른 걸음으로 진입로를 따라 걸어 내려왔다. 그는 대문 밖 모퉁이를 돌자마자 곧바로 수첩을 꺼내 뭔가를 적었다.

카펜터, 지난밤 혼자 운전해서 귀가. 도착 시각은 10시 30분(대략). 문제의 시각에 킬체스터 중앙역에 들렀을 가능성 있음. 카펜터 부인은 일찌감치 집회 장소를 떠났음. 카펜터보다 10분 먼저 귀가. 기차를 타고 집에 왔다고 함.

전기 기사의 수첩에는 앞서 기록한 내용이 한 가지 더 있었다.

렌델, 지난밤 왕진을 나감. 킬체스터 방향. 문제의 시각에 킬체스터 중앙역에 있었을 가능성 있음. 렌델 부인은 저녁 시간 혼자 집에 있었음(?). 하지만 가정부 스콧 부인 말에 따르면 커피를 들여간 뒤로 그날 밤 내내 얼굴을 한 번도 보지 못했다고 함. 렌델 부인에게는 그녀 소유의 소형차가 있음.

II

래버넘스에서는 공동 작업이 계속되고 있었다.
로빈 업워드가 열띤 목소리로 말했다.
"정말 멋진 대사 아닙니까? 남녀 간에 서로 대립하는 감정을 넣으면 전체적으로 분위기가 엄청나게 살아난다고요!"

올리버 부인은 참담한 심정으로 바람에 흐트러진 잿빛 머리칼을 손가락으로 쓸어 넘겼는데 마치 바람이 아닌 태풍이 머리칼을 휩쓸고 지나가는 듯한 몸짓이었다.

"제 말 무슨 뜻인지 이해하시죠? 안 그래요, 아리아드네 씨?"

"물론 무슨 뜻인지는 이해해요."

올리버 부인이 부루퉁하게 대답했다.

"하지만 중요한 건 당신이 만족하시느냐는 겁니다."

자신의 눈을 속이기로 단단히 결심하지 않은 한 올리버 부인의 표정을 보고 만족스러워한다고 생각하는 사람은 없을 것이다.

로빈이 여전히 들뜬 목소리로 말했다.

"제 생각에는 이 대목에서 그 멋진 젊은이가 여자에게 돌진하는……"

올리버 부인이 그의 말을 가로막았다.

"그는 젊은이가 아니라 예순 살 노인이에요."

"말도 안 돼요!"

"맞다니까요."

"저는 그렇게 생각하지 않습니다. 서른다섯, 그 이상은 절대 아니라고 봅니다."

"제가 그를 주인공으로 작품을 써 온 지 벌써 30년이나 됐어요. 그런데 첫 작품에서 이미 그는 서른다섯이었다고요."

"하지만 아리아드네 씨, 만약 그가 예순이라면 그와 여자 사이에

성적인 긴장감을 불어넣을 수 없어요. 그 여자 이름이 뭐더라? 잉그리드! 둘 사이가 그렇고 그런 관계라면 남자는 자연히 몹쓸 노인네가 되어 버린단 말입니다."

"당연히 그렇겠죠."

"그러니까 그는 반드시 서른다섯이어야만 해요."

로빈이 득의만면한 표정으로 말했다.

"그렇다면 그는 스벤 예르손이 될 수 없어요. 그냥 레지스탕스 운동에 가담한 노르웨이 출신의 한 청년이라고 해두자고요."

"하지만 아리아드네 씨, 이 연극의 주인공은 스벤 예르손이에요. 엄청나게 많은 독자들이 스벤 예르손을 사모하는 만큼, 이번 연극을 보러 올 사람들도 모두 스벤 예르손의 팬들이란 말입니다. 스벤 예르손이 흥행의 열쇠를 쥐고 있다고요."

"그렇지만 제 작품을 읽은 독자라면 그가 어떤 사람인지 다 알고 있어요. 그러니 노르웨이 레지스탕스 운동에 가담한 청년을 만들어 놓고, 그를 무조건 스벤 예르손이라고 부를 수는 없어요."

"이봐요, 아리아드네 씨. 제가 이미 설명 드렸잖습니까? 이건 책이 아니라 연극입니다. 그렇기 때문에 우리는 관객들을 홀리는 마법을 부려야 한다고요. 만약 스벤 예르손과 이 여자…… 이름이 뭐였더라? 아, 맞다! 캐런! 그러니까 스벤 예르손과 캐런 사이에 성적 긴장감을 불어넣기만 하면, 서로 대립하는 가운데 어마어마한 흡인력을 발휘할 수 있단 말이……."

"스벤 예르손은 원래 여자에게 전혀 관심이 없는 인물이라고요."

올리버 부인이 차갑게 쏘아붙였다.

"그렇더라도 그를 동성애자로 만들 수는 없잖습니까? 특히 이런 연극에서는 더욱 불가능해요. 우리 작품은 심각하고 칙칙한 내용이 아니에요. 살인 사건을 둘러싼 숨 막히는 스릴과 신선한 바깥 공기 같은 재미를 주어야 한다고요."

신선한 공기라는 말이 올리버 부인의 마음을 자극했다. 그녀가 갑자기 말했다.

"잠깐 나갔다 올게요. 신선한 공기를 좀 쐬야겠어요. 신선한 공기가 절실히 필요해요."

"저도 같이 갈까요?"

로빈이 상냥하게 물었다.

"아니, 혼자 가는 게 낫겠어요."

"원하시는 대로 하세요. 그렇게 하는 게 좋겠군요. 저는 에그 노그(우유와 달걀을 섞은 술 ─ 옮긴이)를 만들어 어머님께 갖다 드려야겠어요. 가엾은 어머님이 외로워하고 계실지도 모르니까요. 어머님은 사람들에게 주목받는 걸 좋아하세요. 그런데 산책하시는 동안 지하실 장면에 대해 다시 생각해 보실 거죠? 모든 게 정말 완벽하게 진행될 겁니다. 가장 훌륭한 성공작이 될 거라고요. 제가 보장하죠."

올리버 부인은 말없이 한숨만 내쉬었다. 그때 로빈이 한마디 더 덧붙였다.

"하지만 어디까지나 중요한 건 당신이 만족하느냐 하는 겁니다."

올리버 부인은 청년을 차갑게 노려보았다. 그러고는 유난히 넓은 어깨에 맞춰 이탈리아에서 특별히 구입한 화려한 군용 망토를 걸치고 브로디니 시내로 나갔다.

그녀는 범죄를 해결하는 데 집중함으로써 골치 아픈 문제를 잊기로 마음먹었다. 어차피 에르퀼 푸아로도 도움을 필요로 하는 터였다. 브로디니 주민들을 하나하나 만나 본 다음, 지금껏 한 번도 실패한 적이 없는 여자의 직감을 발휘해 범인이 누구인지 푸아로 씨에게 말해 줄 계획이었다. 그럼 그가 필요한 증거를 찾아내기만 하면 됐다.

올리버 부인은 언덕 아래 우체국에 가서 사과 2파운드어치를 구입하는 것으로 탐문을 시작했다. 사과를 사는 동안 그녀는 스위티맨 부인과 친근하게 대화를 나눴다.

예년에 비해 날씨가 무척 따뜻하다는 말에 맞장구를 치면서 올리버 부인은 은근슬쩍 자신이 래버넘스의 업워드 부인 집에 묵고 있다고 말했다.

"저도 알고 있어요. 런던에서 오신 추리 소설 작가시죠? 이곳에도 펭귄북스에서 나온 댁의 작품이 세 권 있답니다."

올리버 부인은 펭귄북스 문고본이 진열된 책꽂이를 쳐다보았다. 그중 일부는 아동용 우비에 가려 보이지 않았다. 올리버 부인이 자신의 작품을 하나씩 설명했다.

"『두 번째 금붕어 사건』, 저건 꽤 괜찮은 작품이죠.『죽은 것은 고양이였다』에서는 제가 바람총(대통이나 나무통 속에 화살을 넣고 입으로 불어 쏘는 총—옮긴이)의 길이를 30센티미터라고 썼는데, 실제로는 180센티미터래요. 바람총이 그렇게 길다는 게 우습지 않나요? 아무튼 박물관에 근무한다는 어떤 사람이 제게 편지를 보내 와서 그 점을 지적하더군요. 가끔 저는 오류를 찾아내기 위해 책을 읽는 사람들도 있지 않을까 하는 생각을 하곤 해요. 나머지 한 권은 뭐죠? 아, 『신인 여배우의 죽음』, 저건 정말 끔찍한 졸작이에요. 저는 마취제 술포날이 물에 녹는다고 썼는데 실제로는 그렇지 않다더군요. 처음부터 끝까지 모든 게 엉망이었어요. 스벤 예르손이 영감을 얻기 전까지 여덟 명이나 죽었으니까요."

"그래도 모두 무척 인기 있는 작품들이죠. 아마 믿지 못하시겠지만, 사실 저는 저 작품들을 하나도 못 읽었답니다. 도무지 책 읽을 짬이 없거든요."

스위티맨 부인은 작가의 흥미로운 자기 비평에 아무런 감흥도 느끼지 않은 듯했다.

"이 마을에서도 살인 사건이 일어났다면서요. 안 그런가요?"

"맞아요. 지난 11월이었죠. 바로 이 근처에서 일어났지 뭐예요."

"제가 듣기로는 지금 여기에 그 사건을 조사하려고 탐정이 와 있다고 하던데요?"

"아, 롱 메도즈에 묵고 계신 작은 체구의 외국 신사 분 말씀이시군요? 어제 여기에도 왔었어요. 그리고……."

스위티맨 부인이 말을 멈췄다. 다른 손님이 우표를 사러 왔기 때문이다. 그녀는 부랴부랴 우편 업무 코너로 달려갔다.

"안녕하세요, 헨더슨 양? 오늘은 예년 이맘때에 비해 무척 따뜻

하죠?"

"그러네요."

올리버 부인은 키 큰 여자의 뒷모습을 뚫어지게 바라보았다. 그녀는 실리엄테리어 한 마리를 줄에 매어 데리고 있었다.

스위티맨 부인이 침울한 표정으로 말했다.

"과일나무 꽃들도 이제 곧 다 떨어지겠죠. 그건 그렇고 웨더비 부인께서는 잘 지내시나요?"

"요즘 들어서는 문밖 출입을 거의 안 하셨어요. 동풍이 심하게 불었잖아요."

"이번 주에 킬체스터에서 무척 재미있는 영화가 개봉되었대요. 헨더슨 양도 꼭 가 봐야죠?"

"실은 어젯밤에 갈까 했는데 그럴 수가 없었어요."

"다음 주에는 베티 그레이블(미국 출신의 댄서이자 가수 겸 영화배우—옮긴이)이 나오는 영화를 해요. 그런데 5실링짜리 우표가 다 떨어셨네요. 대신 2실링 6펜스짜리로 하실래요?"

젊은 여자가 우체국 밖으로 나가자 올리버 부인이 물었다.

"웨더비 부인은 환자인가 보죠?"

"그렇다고 하더라고요. 우리 같은 사람들은 앓아누울 시간도 없는데 말이에요."

스위티맨 부인이 비아냥거리는 투로 말했다.

"누가 아니래요. 저도 업워드 부인에게 그렇게 말했어요. 다리를 움직여 보려고 조금만 노력한다면 훨씬 더 좋아질 거라고요."

올리버 부인의 말에 우체국 여자는 상당히 흡족해하는 것 같았다.

"사실 업워드 부인은 마음만 먹으면 충분히 움직일 수 있대요. 저도 어디선가 들은 얘기예요."

"지금 상태가 그렇다는 거죠?"

올리버 부인은 그러한 소문의 근원지가 어딘지 생각해 보았다.

"혹시 그 집 가정부 재닛이 그러던가요?"

올리버 부인이 대강 넘겨짚어 물었다.

"재닛 그룸이 불평을 좀 하더라고요. 하지만 별로 이상할 것 없잖아요? 재닛도 젊은 나이가 아닌 데다 동풍이 불 때는 류머티즘이 지독하게 도지거든요. 하지만 상류 사회 사람들은 관절염에만 걸려도 휠체어 뭐다 하며 야단법석을 떨죠. 저라면 제 두 다리를 사용하지 않는 짓은 하지 않겠어요. 암, 그러고말고요. 그런데 요즘 사람들은 가벼운 동상에만 걸려도 의사에게 달려간다니까요. 국민 건강 보험 제도를 적극적으로 활용하려는 거죠. 건강 관련 사업이 너무 발달했어요. 자신의 몸 상태가 얼마나 나쁜지 고민해 봤자 이로울 게 하나도 없는데 말이에요."

"구구절절 맞는 말씀이에요."

올리버 부인이 맞장구를 쳐 주었다.

올리버 부인은 곧장 사과를 챙겨 들고 앞서 나간 디어드리 헨더슨을 쫓아갔다. 그녀를 찾는 건 어렵지 않았다. 늙고 뚱뚱한 실리엄 테리어가 한가로이 풀숲을 뒤지고 냄새를 맡으며 놀고 있었기 때문이다.

개들은 언제나 사람을 사귀기 위한 좋은 수단이 된다고 올리버 부인은 생각했다.

"어머, 귀엽기도 해라!"

올리버 부인이 과장되게 소리쳤다.

평범한 얼굴에 몸집이 큰 디어드리 헨더슨이 흡족한 표정으로 말했다.

"아주 매력덩어리죠. 안 그러니, 벤?"

벤이 고개를 쳐들고 소시지 같은 몸뚱이를 가볍게 흔들었다. 그러더니 이내 다시 코를 킁킁거리며 엉겅퀴 한 무더기의 냄새를 맡으며, 평소처럼 문제가 없는지 확인했다.

"싸우기도 하나요? 실리엄테리어는 자주 싸운다던데."

"네, 정말 대단한 싸움꾼이랍니다. 그래서 항상 목줄을 채우고 다니죠."

"그럴 거라고 생각했어요."

두 여자는 그렇게 개를 바라보며 서 있었다.

디어드리 헨더슨이 불쑥 말했다.

"혹시 아리아드네 올리버 부인 아니신가요? 맞죠?"

"그래요. 업워드 부인 댁에 묵고 있답니다."

"알고 있어요. 로빈한테 들었거든요. 제가 부인의 작품을 얼마나 좋아하는지 모르실 거예요."

올리버 부인은 독자의 칭찬에 항상 그렇듯 어쩔 줄 몰라 하며 얼굴을 붉혔다. 그러고는 침울한 목소리로 중얼거렸다.

"아, 기쁘네요."

"하지만 좋아하는 만큼 실컷 읽지는 못했답니다. 여기서는 타임스 북 클럽에 책을 신청해서 받아야 하는데, 저희 어머니께서 추리소설을 좋아하지 않으시거든요. 너무 예민하셔서 그런 책을 읽으면 밤에 잠을 못 주무신답니다. 하지만 저는 정말 좋아해요."

"그런데 이 마을에서 실제로 살인 사건이 일어났다면서요? 그게 어느 집이죠? 이 근처에 있는 작은 시골집 중 하나인가요?"

"저기 저 집이에요."

디어드리 헨더슨이 목이 멘 듯한 목소리로 말했다. 올리버 부인은 맥긴티 부인이 생전에 살았던 집 쪽으로 눈길을 돌렸다. 현관 앞 계단에서 키들 씨네의 꾀죄죄한 아이 둘이 고양이를 괴롭히며 놀고 있었다. 올리버 부인이 아이들을 혼내려고 다가가는 순간, 고양이가 발톱을 세워 악동들의 손아귀에서 빠져나갔다.

고양이 발톱에 심하게 할퀸 큰아이가 요란하게 울어 댔다.

"내 그럴 줄 알았어!"

올리버 부인이 중얼거리고는 디어드리 헨더슨에게 말했다.

"겉보기에는 살인 사건이 일어난 집 같지 않은데요?"

"그렇죠? 저도 그렇게 생각해요."

두 여자는 같은 생각을 한 듯 싶었다.

"늙은 파출부였다면서요? 누군가 그녀의 돈을 훔쳐갔고요?"

"같은 집에 사는 세입자였어요. 그녀가 마룻바닥 밑에 돈을 숨겨 두었거든요."

"그랬군요."

올리버 부인이 고개를 끄덕였다. 그때 디어드리 헨더슨이 뜬금없이 말했다.

"하지만 어쩌면 그가 범인이 아닌지도 몰라요. 지금 이 마을에 재미있는 외국인 남자가 와 있어요. 이름이 에르퀼 푸아로라던가……."

"에르퀼 푸아로요? 나도 잘 아는 사람인데."

"진짜 탐정인가요?"

"이런, 굉장히 유명한 분이에요. 무척 똑똑하기도 하고요."

"그럼 그가 범인이 아니라는 사실이 곧 밝혀지겠군요."

"누구 말이에요?"

"세입자 말이에요. 제임스 벤틀리. 저는 정말이지 그가 풀려나기를 바란답니다."

"그래요? 왜죠?"

"그가 범인이 아니기를 바라기 때문이죠. 전부터 죽 그랬어요."

열의를 띤 디어드리의 목소리에 올리버 부인이 호기심 어린 눈으로 그녀를 바라보았다.

"그 사람과 잘 아는 사이였나요?"

"아니, 그렇지는 않았어요. 하지만 언젠가 벤의 한쪽 발이 올가미에 걸렸을 때 같이 그걸 푼 적이 있어요. 그 후 우리는 대화를 조금 나누었……."

"그는 어떤 사람이었나요?"

"굉장히 외로운 사람이었어요. 어머니가 돌아가신 지 얼마 안 되었을 때였거든요. 그는 어머니를 무척 사랑했대요."

"당신도 당신 어머니를 무척 사랑하나요?"

올리버 부인이 날카롭게 물었다.

"네. 그래서 더욱 그 사람을 이해할 수 있었어요. 그러니까 그 사람의 기분이 어떨지 짐작할 수 있었다는 말이에요. 어머니와 저는 서로를 무척 아끼니까요."

"당신에게 의붓아버지가 있다는 말을 로빈한테 들은 것 같은데……."

디어드리가 쓸쓸한 표정으로 중얼거렸다.

"맞아요, 의붓아버지가 있죠."

올리버 부인은 은근슬쩍 말했다.

"아무래도 친아버지와는 다르겠죠. 혹시 친아버지를 기억하세요?"

"아니요, 제가 태어나기도 전에 돌아가셨대요. 저희 어머니는 제가 네 살 때 웨더비 씨와 결혼하셨어요. 전 정말 한시도 그를 미워하지 않은 적이 없어요. 그리고 어머니는……."

디어드리가 잠시 입을 다물었다가 다시 말했다.

"저희 어머니는 한평생 매우 애처롭게 사셨답니다. 동정이나 이해를 전혀 받지 못했죠. 의붓아버지는 감정이 완전히 메마른 사람이에요. 차갑고 무뚝뚝하죠."

올리버 부인이 고개를 끄덕이고는 중얼거렸다.

"듣고 보니 제임스 벤틀리라는 사람이 살인을 저질렀을 것 같지 않군요."

"저는 경찰이 그 사람을 체포하리라고는 생각지 못했어요. 진짜 범인은 그 주변을 돌아다니던 뜨내기라고 확신해요. 가끔씩 이 길을 따라 돌아다니는 무시무시한 뜨내기들이 있거든요. 그런 사람들 중 하나가 살인을 저지른 게 분명해요."

올리버 부인이 위로하는 투로 말했다.

"아마 에르퀼 푸아로 씨가 곧 진실을 밝혀낼 거예요."

"네, 아마도요."

디어드리 헨더슨이 불쑥 헌터스 클로즈 저택 대문으로 들어갔다.

올리버 부인은 그녀의 뒷모습을 바라보다가 핸드백에서 작은 수첩을 꺼내 이렇게 적었다. '디어드리 헨더슨은 범인이 아님.' 그녀는 '아님'이라는 단어 밑에 연필심이 부러질 정도로 힘주어 밑줄을 그었다.

III

언덕을 절반쯤 올라갔을 때, 올리버 부인은 위에서 내려오는 로빈 업워드와 마주쳤다. 로빈 옆에는 백금발 머리에 외모가 수려한 젊은 여인이 있었다.

로빈이 두 사람을 소개했다.

"이브, 이분은 유명한 작가 아리아드네 올리버 부인입니다. 어쩌면 그렇게 멋진 작품을 쓰실 수 있는지. 게다가 외모까지 이렇게 자애롭게 생기셨잖습니까? 안 그래요? 조금도 무시무시한 범죄 소설을 쓰실 분으로는 보이지 않죠. 그리고 이쪽은 이브 카펜터 부인입니다. 부군께서 우리 지역 차기 하원 의원이 되실 분이죠. 현 의원인 조지 카트라이트 경은 그야말로 멍청하고 불쌍한 노인네에 지나지 않아요. 문 뒤에 숨어 있다가 젊은 여자들만 보면 좋아서 달려드는 한심한 인간이죠."

이브 카펜터가 말했다.

"로빈, 그런 터무니없는 거짓말을 지어내면 안 돼요. 당을 불신하는 말이잖아요."

"내가 알 게 뭡니까? 어차피 난 그 당을 지지하지도 않아요. 나는 자유당원이라고요. 요즘 가입할 만한 유일한 정당이 바로 자유당이죠. 정말 작고 까다로운 데다 선출될 기회도 없지만 말입니다. 나는 원래 패배자들을 추앙하거든요."

로빈 업워드가 올리버 부인에게 말했다.

"이브가 오늘 저녁 파티에 우리를 초대하고 싶답니다. 부인을 위한 일종의 환영 파티예요. 부인 같은 유명 인사가 우리 마을에 오신 것을 알고 모두 잔뜩 들떠 있거든요. 차기 작품에 나오는 살인 사건은 브로디니를 배경으로 하시는 게 어떠신가요?"

이브 카펜터가 맞장구를 쳤다.

"맞아요! 꼭 그렇게 해 주세요, 올리버 부인."

"스벤 예르손이 이 마을에 오는 걸로 설정하는 건 간단하지 않습니까? 에르퀼 푸아로 씨처럼 서머헤이스 부부의 여관에 묵게 하는 거예요. 그렇지 않아도 우리는 지금 그 댁에 가는 길입니다. 제가 이브에게 에르퀼 푸아로 씨도 당신만큼이나 자기 분야에서 유명 인사라고 말했거든요. 그랬더니 이브가 어젯밤 그분에게 조금 무례하게 굴었다면서 푸아로 씨를 오늘 저녁 파티에 초대하고 싶답니다. 아무튼 진지하게 다시 말씀드리는데, 차기작에서는 브로디니에서 살인 사건이 일어나는 것으로 해 주세요. 우리 모두 크게 기대하고 있겠습니다."

"그래요, 올리버 부인. 정말 재미있을 거예요."

"누구를 살인자로 하고 누구를 희생양으로 할까요?"

로빈의 물음에 올리버 부인이 비꼬듯 말했다.

"지금 당신 집에서 일하는 가정부로 하면 어때요?"

"이런! 그건 너무 지루하잖아요. 제 생각에는 여기 있는 이브가 아주 그럴싸한 희생양이 될 수 있을 것 같습니다. 글쎄, 자신의 나일론 스타킹으로 목이 졸려 살해되는 건 어떠세요? 아니다, 그건 이미 써먹은 거죠."

그때 이브가 끼어들었다.

"내 생각에는 로빈 당신이 죽는 게 나을 것 같은데요? 전도유망한 젊은 희곡 작가가 작은 시골집에서 칼에 찔려 살해되다……."

"그러고 보니 아직 살인자를 결정하지 않았군요. 저희 어머니는 어떨까요? 발자국이 남지 않게 휠체어를 사용해 살인하는 겁니다. 정말 흥미진진할 것 같은데요."

"하지만 당신 어머니가 당신을 칼로 찌르려고 하겠어요, 로빈?"

로빈은 생각에 잠겼다.

"아마 그러시지는 않을 겁니다. 사실 저는 제 어머니가 이브 당신의 목을 조르는 장면을 생각했어요. 그 정도는 어머니도 꺼려하지 않을 테니까."

"하지만 나는 당신이 희생양이 되면 좋겠어요. 당신을 죽일 사람으로는 아마 디어드리 헨더슨이 어울리겠죠. 아무도 주목하지 않는 평범하고 내성적인 아가씨잖아요."

"좋았어! 아리아드네 씨, 부인의 차기작을 위한 전체적인 구성이 짜여졌습니다. 이제 부인께서 할 일은 몇 가지 가짜 단서를 만들어 덧붙이는 것뿐입니다. 물론 실제로 집필해야겠죠. 이런 젠장! 저 집 개들은 성질이 너무 사납다니까!"

세 사람이 롱 메도즈 대문으로 들어서는 순간, 아일랜드산 울프하운드 두 마리가 컹컹 짖으며 달려 나왔다.

뒤이어 모린 서머헤이스가 양동이를 들고 축사에서 나왔다.

"앉아, 플린! 이리 와, 코믹! 어서들 오세요! 마침 돼지우리를 청소하던 중이었어요."

"알고 있습니다. 여기까지 냄새가 나는군요. 돼지는 잘 큽니까?"

"웬걸요. 어제 그 녀석 때문에 얼마나 놀랐는지 몰라요. 꼼짝 않고 드러누워 아침도 안 먹으려고 하더라고요. 그래서 저하고 남편은 『돼지 사육법』에 나오는 온갖 질병에 대해 죄다 읽어 보고 밤새 걱정하느라 잠을 한숨도 못 잤답니다. 그런데 오늘 아침에 보니 녀석이 너무나 건강하고 활발한 거예요. 게다가 먹이를 갖고 나타난 남편에게 덥석 달려들어 남편이 그만 뒤로 나동그라졌지 뭐예요. 그 바람에 남편은 목욕을 새로 해야 했다니까요."
"두 내외분이 아주 흥미진진하게 사시는군요."
로빈이 말했다. 이어서 이브 카펜터가 나섰다.
"모린, 존과 함께 오늘 저녁 우리 집에 와서 가볍게 한잔 할래요?"
"저야 좋죠."
"올리버 부인을 위한 자리지만 지금 바로 그녀를 만나실 수 있어요. 이분이 바로 올리버 부인이에요, 모린."
"어머, 그게 정말이에요? 이보다 더한 영광이 어디 있겠어요. 부인과 로빈이 함께 연극을 준비하고 계신다면서요?"
로빈이 의기양양하게 말했다.
"아주 완벽하게 진행되고 있는 중이죠. 참, 아리아드네 씨! 오늘 아침 당신이 나간 뒤에 기막힌 아이디어가 떠올랐어요. 배우 선정에 관한 거예요."
"아, 그래요."
올리버 부인이 안도하는 목소리로 말했다.
"에릭 역에 딱 어울리는 배우를 알고 있어요. 세실 리치라고, 컬른퀘이에 있는 작은 레퍼토리 극장(전속 극단이 단기 공연으로 흥행을 노리는 극장 — 옮긴이)에서 공연하는 친구죠. 언제 한번 함께 가서 직접 공연을 보자고요."
이브가 모린에게 말했다.
"당신 집에 묵고 계신 손님도 함께 초대하고 싶은데……. 지금 안에 계신가요? 오늘 밤에 오시라고 직접 말씀드리려고요."

"우리가 갈 때 함께 모시고 가면 돼요."

모린이 쾌활하게 말했다.

"아니, 아무래도 내가 직접 말씀드리는 게 좋겠어요. 사실 어제 그분께 좀 무례하게 굴었거든요."

모린이 모호하게 말했다.

"어머, 저런! 지금 이 근처 어딘가에 계실 텐데……. 정원에 계실 것 같은……. 아니 저 빌어먹을 개들이! 코믹! 폴린! 그만두지 못해!"

롱 메도즈 안주인이 갑자기 양동이를 요란하게 내려놓고 연못 쪽으로 달려갔다. 연못에는 성난 오리들이 꽥꽥거리고 있었다.

13장

 가이 카펜터 집에서 열린 파티가 끝나갈 무렵, 올리버 부인이 술잔을 들고 에르퀼 푸아로에게 다가왔다. 조금 전까지만 해도 두 사람은 그들을 칭송하는 브로디니 주민들에게 둘러싸여 있어 이야기를 나눌 짬이 없었다. 이윽고 모두 웬만큼 술에 취해 분위기가 점점 더 무르익자, 친한 사람들끼리 삼삼오오 모여 그 지역에서 떠도는 추문에 대해 이야기를 나누기 시작했다. 그리하여 외지인들은 마침내 둘만의 대화를 나눌 시간을 갖게 되었다.
 "테라스로 나오세요."
 올리버 부인이 음모를 꾸미는 사람처럼 나지막이 속삭였다. 그러면서 푸아로의 손에 작은 쪽지 하나를 쥐어 주었다.
 두 사람은 프랑스식 창문을 통해 테라스로 나갔다. 푸아로가 쪽지를 펼쳐 읽었다.

"렌델……?"

그는 영문을 모르겠다는 표정으로 올리버 부인을 쳐다보았다. 그러자 올리버 부인이 힘차게 고개를 끄덕였다. 그 바람에 풍성한 잿빛 머리카락이 그녀의 얼굴 위로 쏟아졌다.

"그가 바로 범인이에요."

"왜 그렇게 생각하시죠?"

"직감이죠. 그런 사람이 바로 범죄형이거든요. 겉으로는 상냥하고 친절한 그런 사람 말이에요."

"그럴 수도 있겠군요. 그렇다면 범행 동기는 무엇이었을까요?"

푸아로는 납득하지 않는 투로 말했다.

"직업 윤리에 벗어난 행동을 했는데, 맥긴티 부인이 우연히 그 사실을 알게 된 거예요. 아무튼 이유야 무엇이든 간에 범인은 그 사람이 틀림없어요. 제가 다른 사람들도 모두 살펴봤지만 아무래도 그가 확실해요."

푸아로가 대답 대신 지나가는 말처럼 중얼거렸다.

"어젯밤 킬체스터 역에서 누군가 저를 밀쳐 철로에 떨어뜨리려 했지 뭡니까?"

"어머나! 어떻게 그런 일이! 당신을 죽이려고 했단 말인가요?"

"그랬을 거라는 확신이 듭니다."

"그런데 그 시각 렌델 씨는 왕진을 나갔어요. 제가 확인했다고요."

"맞습니다. 그는 왕진을 나갔죠."

"그렇다면 상황이 딱 들어맞네요."

올리버 부인이 득의만면한 표정을 짓자 푸아로가 말했다.

"꼭 그렇지는 않습니다. 카펜터 씨 부부도 어젯밤 킬체스터에 있다가 각자 따로 귀가했답니다. 렌델 부인 또한 저녁 내내 집에서 라디오를 듣고 있었을 수도 있지만, 그렇지 않았을 수도 있죠. 아무도 모르는 일이니까요. 또 헨더슨 양도 영화를 보러 킬체스터에 자주 간다더군요."

"어젯밤에는 가지 않았어요. 집에 있었다고요. 그녀한테 직접 들은 얘기예요."

푸아로가 타이르듯 말했다.

"남한테 들은 이야기를 모두 믿어서는 안 되죠. 가족끼리는 서로 단결하기 마련입니다. 반면 그 집의 외국인 하녀 프리다는 어젯밤에 극장에 갔어요. 그렇기 때문에 헌터스 클로즈 저택에 누가 남아 있었는지 그녀도 모르죠. 올리버 부인, 보시다시피 수사망을 좁혀 간다는 게 결코 쉬운 일이 아닙니다."

"어쩌면 제가 범인이 누군지 입증할 수 있을 것 같군요. 그 일이 일어난 게 몇 시였죠?"

"정확히 9시 35분이었습니다."

"그럼 어쨌든 래버넘스 사람들은 혐의가 없군요. 8시부터 10시 30분까지 로빈과 그의 어머니, 그리고 저까지 세 사람이 포커를 쳤으니까요."

"그러잖아도 로빈과 당신은 공동 작업을 하느라 집 안에 틀어박혀 있었을 거라고 생각했습니다."

"어머니가 덤불숲에 숨겨 둔 오토바이를 타든 말든 상관하지 않고 말이죠?"

올리버 부인이 그렇게 말하고 웃음을 터트렸다.

"아니에요. 그 어머니도 바로 우리 앞에 있었어요."

그러더니 갑자기 슬픈 생각이라도 떠오른 듯 심각하게 말했다.

"공동 작업이라는 말씀을 하시니 말이지만, 정말 모든 게 악몽 같아요. 크고 시커먼 콧수염을 배틀 경정의 얼굴에 붙여 놓고 그게 바로 당신이라고 한다면 기분이 어떠시겠어요?"

푸아로가 눈을 약간 깜빡였다.

"정말 악몽이겠군요!"

"그럼 이제 제가 얼마나 괴로운지 이해하시겠죠?"

"저도 괴롭기는 마찬가지입니다. 서머헤이스 부인의 요리 솜씨는 정말 말로 표현하기 힘들 정도죠. 전혀 요리라고 할 수 있는 수준이 아닙니다. 외풍도 심하고, 걸핏하면 찬바람이 쌩쌩 몰아치는 데다 징그러운 고양이에, 길다란 개털이 사방에서 날리고, 부러진 의자 다리에 생각만 해도 끔찍한 침대까지……."

푸아로는 눈을 감고 고통스러운 기억에 잠겼다.

"욕실에는 미지근한 물만 나오고, 계단에 깔린 카펫은 구멍이 숭숭 뚫려 있고, 커피는…… 그들이 커피랍시고 내오는 이상한 액체를 뭐라고 표현해야 할지 도저히 모르겠군요. 그건 그야말로 제 위장에 대한 모욕입니다."

"어쩜. 하지만 그녀가 괜찮은 여자라는 건 아시죠?"

"서머헤이스 부인 말입니까? 물론 매력적인 여자죠. 대단히 매력적이에요. 그래서 더 괴롭단 말입니다."

"저기 그 여자가 오네요."

올리버 부인이 가리키는 곳을 보니, 모린 서머헤이스가 그들을 향해 다가오고 있었다.

주근깨가 박힌 그녀의 얼굴은 얼큰하게 취기가 올라 있었다. 그녀는 술잔을 손에 든 채 두 사람에게 호의적인 미소를 지었다.

"제가 좀 취한 것 같아요. 오늘 술맛이 정말 좋네요. 전 이런 파티가 너무 좋아요. 브로디니에서는 이런 기회가 별로 없어요. 이게 다 유명 인사이신 두 분 덕택이에요. 저도 책을 쓸 수 있다면 좋을 텐데. 제 문제가 뭔가 하면요, 제대로 할 줄 아는 게 아무것도 없다는 거예요."

"당신은 현모양처이지 않습니까, 마담."

에르퀼 푸아로가 점잖게 말했다.

그 순간 모린이 두 눈을 휘둥그렇게 떴다. 주근깨 박힌 작은 얼굴에 담갈색 눈동자가 매력적이었다. 올리버 부인은 그녀의 나이가 궁금했다. 서른 살 남짓 되었을 거라는 생각이 들었다.

"제가 현모양처라고요? 글쎄요. 물론 남편과 아이들을 무척 사랑하죠. 하지만 그걸로 충분할까요?"

푸아로가 헛기침을 했다.

"마담, 제가 이런 말씀드린다고 나쁘게 생각지는 말아 주십시오. 남편을 진정으로 사랑하는 아내라면 남편의 배도 신경 쓸 겁니다.

사람의 배는 무척 중요하거든요."

모욕감을 느낀 듯 모린의 표정이 바뀌었다. 곧이어 그녀가 성난 목소리로 말했다.

"제 남편 존의 배는 아주 근사해요. 아랫배도 전혀 나오지 않았다고요. 홀쭉하단 말이에요."

"제 말은 뱃속에 무엇을 넣느냐에 신경 써야 한다는 겁니다."

"음, 제 요리 솜씨를 말씀하시는 거군요. 하지만 전 우리 삶에서 무엇을 먹느냐 하는 건 전혀 중요하지 않다고 생각해요."

푸아로의 입에서 나지막한 신음 소리가 흘러나왔다. 모린은 그에 아랑곳하지 않고 꿈꾸듯 말했다.

"무엇을 입느냐, 또 무엇을 하느냐 하는 것도 마찬가지예요. 다시 말해 우리 삶에서 물질적인 것은 조금도 중요하지 않아요."

모린은 잠시 동안 말이 없었다. 술에 취해 먼 곳을 바라보는 그녀의 눈동자가 몽롱하게 빛났다.

"며칠 전 어떤 여자가 신문에 투고를 했더군요. 정말 바보 같은 글이었어요. 어떻게 하는 게 최선인지 묻는 내용이었죠. 좋은 교육, 값비싼 옷, 안락한 환경 등 모든 것을 지원해 줄 수 있는 사람에게 자기 자식을 입양시키는 게 좋겠느냐, 아니면 아무것도 해줄 수 없지만 그냥 자기가 키우는 게 좋겠느냐 하는 것이었죠. 저는 그게 정말 멍청한 질문이라고 생각해요. 너무나 어처구니없는 질문이죠. 아이는 굶기지만 않으면 그걸로 충분하다고요."

모린은 크리스털이라도 되는 양 빈 술잔을 뚫어지게 응시했다.

그러다 다시 입을 열었다.

"저도 경험이 있어서 알아요. 제가 바로 입양된 아이였거든요. 어머니가 저를 떠나보냈고, 덕분에 저는 모든 보살핌과 지원을 받았어요. 하지만 내가 진정으로 필요한 아이가 아니었다는, 그래서 어머니가 나를 떠나보냈다는 사실은 제게 항상, 항상 아픈 기억으로 남았죠."

"아마 당신의 행복을 위해 어머니께서 희생하신 걸 겁니다."

푸아로의 말에 모린이 맑은 눈빛으로 그를 똑바로 바라보았다.

"저는 그렇게 생각하지 않아요. 그건 어디까지나 위로의 말일 뿐이에요. 그 말은 곧 아이 없이도 살아갈 수 있다는 뜻인데, 그것이 아이에게 상처가 되는 거죠. 저는 어떤 일이 있어도 아이들을 포기하지 않을 거예요. 세상에 그 어떤 좋은 기회가 있어도, 저는 아이들을 절대 떠나보내지 않을 거라고요."

"당신 말이 옳아요."

올리버 부인이 부드럽게 말했다.

"저도 공감합니다."

푸아로도 고개를 끄덕였다. 그러자 모린의 목소리가 밝아졌다.

"그럼 됐어요. 그런데 우리가 무슨 이야기를 하고 있었죠?"

"맞습니다. 무슨 이야기를 나누고 계셨던 겁니까?"

로빈이 테라스로 나와 그들 사이에 끼어들며 물었다.

"참, 입양에 대한 이야기였죠. 저는 입양이라는 게 싫어요. 당신은 어떤가요, 로빈?"

"글쎄요. 뭐 고아로 살게 하는 것보다는 훨씬 낫지 않을까요? 그건 그렇고 이제 그만 가 봐야 할 것 같은데요. 안 그렇습니까, 아리아드네 씨?"

파티에 참석한 손님들이 한꺼번에 자리를 비웠다. 의사인 렌델은 그들보다 앞서 급히 떠나야만 했다. 나머지 사람들은 함께 언덕을 내려오면서 연거푸 마신 칵테일의 취기에 젖어 유쾌하게 떠들어 댔다.

래버넘스에 다다르자 로빈이 모두 함께 자기 집에 들어가자고 고집을 부렸다.

"어머님께 파티에서 있었던 일을 말씀드려 주세요. 가엾게도 다리가 불편해서 파티에 가실 수 없었으니 혼자 몹시 적적하셨을 겁니다. 어머님은 소외되는 걸 무척 싫어하시죠."

사람들은 모두 흔쾌히 집 안으로 들어갔다. 업워드 부인은 그들을 보고 무척 기뻐했다.

"또 누가 왔니? 웨더비 씨 가족도 왔어?"

업워드 부인이 아들에게 물었다.

"아니요, 웨더비 부인의 건강이 썩 좋지 않대요. 늘 어두운 헨더슨 양이 자기 어머니만 두고 혼자 오려고 하겠어요?"

"그 아가씨는 정말이지 너무 안됐어요. 안 그런가요?"

쉴라 렌델이 말했다.

"제가 보기에는 거의 병적인 것 같더군요."

로빈이 말했다.

"모두 다 그 어머니 때문이에요. 어머니들 중에는 젊은 자식들을 거의 잡아먹으려 드는 사람들도 있다니까요, 안 그래요?"

말을 하던 모린이 갑자기 얼굴을 붉혔다. 업워드 부인의 약간 놀란 듯한 눈과 마주쳤기 때문이다.

"내가 너를 잡아먹으려고 하니, 로빈?"

업워드 부인이 물었다.

"어머님! 무슨 그런 말씀을 하세요?"

모린이 애매한 분위기를 무마하려고 급하게 말머리를 돌렸다. 모린은 자신이 키우는 아일랜드산 울프하운드에 대해 이야기를 꺼냈지만, 대화는 형식적인 것이 되어 버렸다.

업워드 부인이 단호하게 말했다.

"유전은 어쩔 수 없는 거예요. 개나 사람이나 마찬가지죠."

쉴라 렌델이 나지막이 중얼거렸다.

"그보다는 환경이 더 중요하다고 생각되는데요?"

업워드 부인은 그녀의 말을 일축했다.

"아니, 절대 그렇지 않아요. 환경은 껍데기 그 이상도, 이하도 아니에요. 어떤 혈통을 타고났느냐에 따라 인간의 성품이 결정된다고요."

에르퀼 푸아로는 벌겋게 달아오른 쉴라 렌델의 얼굴을 호기심 어린 눈으로 바라보았다. 그녀는 지나치게 흥분한 듯했다.

"하지만 그건 너무 잔인하잖아요. 불공평하다고요."

"인생은 원래 불공평한 거예요."

업워드 부인이 냉랭하게 말했다.

존 서머헤이스가 느릿느릿 늘어지는 말투로 끼어들었다.

"저도 업워드 부인과 같은 생각입니다. 혈통이 모든 걸 말해 준다고 할까요. 전 항상 그렇게 믿고 있습니다."

그러자 올리버 부인이 미심쩍다는 듯 물었다.

"모든 게 대물림된다는 뜻인가요? 3대 아니 4대에 걸쳐서?"

갑자기 모린 서머헤이스가 특유의 상냥하고 높은 톤으로 말했다.

"하지만 이런 말도 있잖아요. 수많은 사람들에게 자비를 베풀라!"

분위기는 또다시 애매모호해졌다. 심각한 화제가 슬며시 떠올랐기 때문인 듯했다.

그들은 분위기를 바꾸려고 푸아로에게 관심을 돌렸다.

"푸아로 씨, 맥긴티 부인 사건에 대해 좀 자세히 말씀해 주세요. 그 불쾌한 세입자가 범인이 아니라고 생각하시는 이유가 뭐죠?"

푸아로 대신 로빈이 말했다.

"아시다시피 그는 혼잣말을 자주 했습니다. 산책을 하면서도 계속 중얼거렸죠. 그와 종종 마주쳤는데, 정말이지 이상하더군요."

"푸아로 씨, 그가 범인이 아니라고 생각하시는 데는 분명 이유가 있을 것 아니에요? 말씀 좀 해보세요."

푸아로는 미소를 지으며 손가락으로 콧수염을 비비 꼬았다.

"그가 맥긴티 부인을 죽이지 않았다면, 누가 그랬을까요?"

"그러게요. 누가 그런 거예요?"

업워드 부인이 차갑게 말했다.

"더 이상 그분을 난처하게 만들지 말아요. 어쩌면 우리 중 한 사람을 의심하고 있을지도 모르니까."

"우리 중 한 사람이요? 맙소사!"

사람들이 술렁거리는 가운데 푸아로는 업워드 부인과 눈이 마주쳤다. 흥미로워하기보다는 도전적인 눈빛이었다.

"푸아로 씨가 우리 중 한 사람을 의심하고 있다니!"

로빈이 들뜬 목소리로 외쳤다. 그러고는 곧 거만한 척선 변호사처럼 행동했다.

"우선 모린, 당신은 그날 밤 어디 있었죠? 참, 그런데 그날이 정확히 몇 월 며칠이죠?"

"11월 22일입니다."

푸아로가 대답했다.

"아, 그렇군요. 모린, 당신은 11월 22일 밤 어디 있었죠?"

"맙소사! 내가 그걸 어떻게 기억하겠어요?"

"그렇게 오래전 일을 기억하는 사람이 있나요?"

렌델 부인이 한마디 거들었다. 로빈이 말했다.

"음, 나는 기억하고 있어요. 그날 밤 나는 방송국에 있었거든요. 콜포트에 가서 '현대 연극의 다양한 양상'에 관해 강연을 했어요. 골즈워디(1867~1933. 영국의 극작가 겸 소설가. 자유주의와 인도주의적 시각에서 사회 모순을 지적하고 그것을 개선해 나가기 위한 미래의 가능성을 제시했다 — 옮긴이)의 『은상자』(계층에 대한 차별이 법 집행에까지 영향을 미치고 있음을 고발한 희곡 작품 — 옮긴이)에 나오는 파출부에 대해 장황하게 설명했는데, 바로 그 다음 날 맥긴티 부인이 살해된 채 발견된 겁니다. 그래서 난 연극에 나오는 잡역부가 그녀와 비슷한 사람이었는지 궁금했어요."

쉴라 렌델이 맞장구를 쳤다.

"맞아요. 이제야 기억나는데, 그날 밤 로빈 당신이 어머니가 밤새 집에 혼자 계셔야 한다고 말했어요. 마침 재닛도 그날 밤에는 오지 않는다고요. 그래서 내가 업워드 부인의 말벗이 되어 드리려고 저녁 식사를 하고 여기 왔었죠. 안타깝게도 부인은 내가 왔다는 것도 모르셨지만요."

업워드 부인이 말했다.

"가만, 생각해 보자. 아, 맞아! 그랬었지. 나는 그때 두통 때문에 일찍 잠자리에 들었어요. 게다가 내 침실은 뒤뜰에 면해 있기 때문에 현관에서 나는 소리를 잘 못 들어요."

쉴라가 계속 말했다.

"그 다음 날 맥긴티 부인이 살해되었다는 소식을 듣고 생각했어요. '맙소사! 어젯밤 어둠 속에서 살인자가 내 앞을 스쳐 지나갔을지도 모르겠구나.'라고요. 처음에 우리 모두는 틀림없이 어느 뜨내기가 그 집에 침입했을 거라고 생각했거든요."

모린 서머헤이스가 말했다.

"음, 하지만 나는 여전히 그날 밤 내가 뭘 했는지 기억이 안 나네요. 하지만 그 다음 날 아침 일은 기억해요. 우리 집에 들른 빵집 아저씨가 그러더라고요. 맥긴티 부인께서 몹시 피곤한 모양이라고요. 그래서 나도 왜 그녀가 보통 때처럼 보이지 않나 싶었죠. 정말 소름 끼치는 일이에요. 그렇지 않나요?"

모린이 부르르 몸서리를 쳤다.

업워드 부인은 여전히 푸아로를 바라보고 있었다.

푸아로는 생각했다.

'업워드 부인은 상당히 똑똑한 여자야. 그런 한편 매몰차고 이기적이기도 하지. 무슨 일을 하든 불안해하거나 양심의 가책을 느낄 여자가 아니야……'

그때 누군가 재촉하듯 말했다.

"그래서 지금까지 어떤 단서라도 잡으셨나요, 푸아로 씨?"

쉴라 렌델의 목소리였다.

존 서머헤이스의 길고 칙칙한 얼굴이 환하게 빛났다.

"바로 그겁니다. 단서! 추리 소설에서 내가 가장 좋아하는 게 바로 단서죠. 단서라는 게 원래 탐정에게는 모든 것을 의미하지만, 독자들에게는 아무런 의미가 없어요. 독자들은 끝에 가서야 자신이 미처 알아채지 못한 것을 자책하게 되죠. 푸아로 씨, 우리에게 간단한 단서 하나만 귀띔해 주시죠?"

왁자지껄 웃음이 터지면서 모든 사람들의 시선이 푸아로에게 쏠렸다. 그들 모두에게 이번 사건은 흥미로운 게임이나 마찬가지인 듯했다.(어쩌면 그들 중 한 사람은 예외일 수도 있었다.) 하지만 살인 사건은 게임이 아니다. 살인 사건은 위험한 것이다. 당신은 결코 모르겠지만.

푸아로가 갑자기 퉁명스럽게 주머니에서 사진 네 장을 꺼냈다.

"단서를 원하신다고요? 부알라(여기 있습니다)!"
푸아로는 연극배우와 같은 몸짓으로 사진을 테이블 위에 휙 던졌다.
테이블 주위로 몰려든 사람들이 허리를 굽혀 사진을 들여다보며 제각기 탄성을 질렀다.
"이것 좀 봐."
"정말 촌스럽다."
"이 모자에 달린 장미 좀 보세요. 여기저기 장미 천지네."
"맙소사! 이 모자는 또 어떻고?"
"이 아이는 정말 불쾌하게 생겼는데?"
"그런데 이 사람들이 누구지?"
"옷차림이 다들 우스꽝스럽지 않아요?"
"그래도 저 여자는 한때 무척 미인이었겠군."
"그런데 이게 무슨 단서라는 거죠?"
"이 사람들이 누군데요?"
푸아로는 테이블 주위에 둘러선 사람들의 얼굴을 하나하나 찬찬히 뜯어보았다. 그는 바로 예상했던 것을 보았다.
"그들 중 아는 얼굴이 있습니까?"
"아는 얼굴이라니요?"
"그 사진 속의 얼굴들을 한 번이라도 본 기억이 있느냐는 말입니다. 아, 업워드 부인! 당신은 무언가 알고 있군요. 안 그렇습니까?"
업워드 부인이 머뭇거렸다.
"그, 그래요. 내 생각에는······."

"어느 사진입니까?"

업워드 부인이 집게손가락을 뻗어 가리킨 것은 안경을 낀 소녀 릴리 갬볼의 사진이었다.

"그 사진을 본 적이 있다는 말씀이시죠? 그게 언제입니까?"

"비교적 최근에……. 지금은…… 아니, 기억이 잘 안 나는군요. 하지만 그것과 똑같은 사진을 본 건 확실해요."

업워드 부인은 양 눈썹을 가운데로 모아 잔뜩 찌푸린 채 앉아 있었다.

그녀가 정신을 차렸을 즈음, 렌델 부인이 그녀에게 다가갔다.

"안녕히 계세요, 업워드 부인. 언제든 기분 내키실 때 저희 집에 오셔서 차를 같이 마시면 좋겠네요."

"고마워요. 로빈이 내 휠체어를 밀고 언덕을 올라가 주기만 한다면야……."

"당연히 해드리죠. 휠체어를 밀면서 제 근육이 얼마나 단단해졌는지 모른다니까요. 웨더비 씨 댁에 갔던 날 기억 안 나세요? 그날 땅이 몹시 질척거렸는데……."

"아!"

업워드 부인이 갑자기 소리쳤다.

"왜 그러세요, 어머님?"

"아니다. 하던 얘기나 계속하렴."

"그때도 어머님을 모시고 언덕 위를 올라가는데, 휠체어가 먼저 미끄러지는가 싶더니 저도 덩달아 쭉 미끄러지더라고요. 그 순간

다시는 집에 못 돌아가겠구나 싶었죠."

로빈의 말에 모두 유쾌하게 웃었다. 그러고는 한꺼번에 우르르 집을 나섰다.

언덕을 올라가면서 푸아로는 생각했다.

'술이란 확실히 혀가 풀리게 만든단 말이야. 그 사진들을 보여 준 게 잘한 일까, 아니면 바보 같은 짓이었을까? 그런 행동을 한 것도 술 탓일까?'

푸아로는 확신할 수 없었다. 그는 혼잣말로 중얼거리며 발길을 되돌렸다.

그는 대문을 밀치고 집 쪽으로 걸어갔다. 왼쪽으로 보이는 열린 창문 사이로 두 사람의 목소리가 들려왔다. 로빈과 올리버 부인의 목소리였다. 올리버 부인은 거의 말을 하지 않는 반면, 로빈은 엄청나게 많은 말을 쏟아 내고 있었다.

현관문을 열고 집 안으로 들어간 푸아로는 다시 오른쪽에 있는 문을 열고 들어갔다. 그곳은 몇 분 전에 그가 떠났던 방이었다. 벽난로 앞에 업워드 부인이 앉아 있었다. 표정이 조금 차가워 보였다. 그녀는 생각에 깊이 골몰해 있어 푸아로가 방에 들어온 것에 놀랄 것 같았다.

푸아로가 미안하다는 뜻으로 몇 차례 헛기침을 하자, 그녀가 깜짝 놀라면서 날카롭게 올려다보았다.

"아, 당신이군요. 놀랐잖아요."

"죄송합니다, 마담. 다른 사람인 줄 아셨습니까? 누구일 거라고 생각하셨죠?"

업워드 부인은 대답하는 대신 딴소리를 했다.

"뭐 두고 가신 거라도 있나요?"

"네, 제가 두고 간 것은 위험입니다."

"위험이라니요?"

"부인이 위험한 상황에 빠져 있다는 말입니다. 방금 전 부인께서 제가 보여 드린 사진 중 하나를 본 적이 있다고 하셨기 때문이죠."

"꼭 그렇다고는 할 수 없어요. 옛날 사진이란 게 원래 다 비슷비슷하게 마련이니까요."

"잘 들으십시오, 마담. 맥긴티 부인도 그 사진 중 하나를 본 적이 있습니다. 아니, 그렇다고 저는 믿습니다. 그리고 그 때문에 살해되었죠."

순간 업워드 부인의 눈동자가 반짝였다. 재미있어하는 기색이 역력했다.

"맥긴티 부인이 살해되었다. 어쩌다가? 나처럼 위험을 무릅쓰다가? 이게 당신이 하고 싶은 말인가요?"

"그렇습니다. 부인께서 알고 계시는 게 있다면, 그게 무엇이든 지금 제게 말씀해 주십시오. 그러면 훨씬 더 안전할 테니까요."

"이보세요, 푸아로 씨. 이건 그렇게 간단한 문제가 아니에요. 난 내가 알고 있는 걸 확신할 수 없어요. 그 무엇도 '사실'로 증명되지 않았으니까요. 모호한 옛 기억은 종잡을 수 없는 것이죠. '언제 어디서 어떻게'라는 구체적인 근거를 확보해야 해요. 내 말이 무슨 뜻인지 이해하시는지는 모르겠지만."

"하지만 제가 보기에 부인은 이미 근거를 확보하신 것 같은데요."

"무언가 더 있어요. 고려해야 할 것들이 더 있다고요. 내게 자꾸 채근해 봤자 소용없어요, 푸아로 씨. 나는 손쉽게 결정을 내리는 사람이 아니에요. 나름대로 생각이 있기 때문에 결정을 내리기까지 시간이 걸리죠. 그리고 일단 결정을 내리고 나면 곧바로 행동에 옮긴답니다. 하지만 아직까지는 준비가 안 되었어요."

"당신은 여러 가지 면에서 속을 알 수 없는 분이군요, 마담."

"어떤 지점에 다다를 때까지는 그렇죠. 아는 것이 곧 힘이니까요. 힘은 올바른 목적을 위해서만 사용되어야 해요. 이렇게 말해서 미안하지만, 푸아로 씨는 아직까지 우리 영국인들의 생활 방식을 제대로 이해하지 못하고 있어요."

"그 말씀은 곧 '당신은 빌어먹을 외국인일 뿐이다.'라는 뜻이군요."

업워드 부인이 가볍게 미소 지으며 말했다.

"난 그 정도로 무례하지는 않아요."

"제게 말씀하기 싫으시면 스펜스 경정님께 말씀하셔도 됩니다."

"맙소사! 푸아로 씨, 경찰은 안 돼요. 적어도 지금은요."

푸아로가 어깨를 으쓱했다.

"어쨌든 저는 이미 경고했습니다."

푸아로는 업워드 부인이 릴리 갬볼의 사진을 언제 어디서 보았는지 확실히 기억하고 있다고 확신했다.

14장

I

다음 날 아침, 에르퀼 푸아로가 혼잣말로 중얼거렸다.
"완연한 봄이군."
기이하게도 전날 밤에 쓸데없는 걱정을 했다는 생각이 들었다.
업워드 부인은 스스로를 지킬 수 있는 현명한 여자였다.
그럼에도 별난 방식으로 그녀는 푸아로의 호기심을 끌었다. 푸아로는 그녀의 태도를 조금도 이해할 수 없었다. 그것은 그녀가 바라는 바였다. 업워드 부인은 릴리 갬볼의 사진을 알아보았고, 혼자 행동하기로 결심했다.
이런 생각을 하면서 정원을 걷던 푸아로는 등 뒤에서 들려온 목소리에 소스라치게 놀랐다.

"푸아로 씨!"

렌델 부인이었다. 그녀는 조금 전부터 거기 와 있었는데, 걸음걸이가 너무 조용한 나머지 푸아로가 눈치를 못 챘던 것이다. 어제부터 푸아로의 마음은 몹시 불안했다.

"파르동, 마담(죄송합니다, 부인). 하지만 부인 때문에 깜짝 놀랐습니다."

렌델 부인이 형식적인 미소를 지었다. 푸아로는 쉴라 렌델이 자신보다 훨씬 더 불안해하고 있다는 것을 눈치 챘다. 떨리는 한쪽 눈꺼풀과 불안하게 맞잡은 두 손을 보면 알 수 있었다.

"제, 제가 선생님을 방해한 건 아닌지 모르겠네요. 바쁘신 것 같은데……."

"아닙니다. 바쁘지 않아요. 날씨가 너무 좋아서 봄 기운을 만끽하던 참입니다. 밖에 나오니 기분이 참 좋군요. 서머헤이스 부인의 집 안에 있으면 항상, 정말 쉴 새 없이 공기의 흐름이 느껴지거든요."

"공기의 흐름이라면……."

"흔히 외풍이라고 부르죠."

"아, 네. 집 안에서는 당연히 그럴 거예요."

"창문은 제대로 닫히지 않고, 방문은 수시로 벌컥벌컥 열리더군요."

"상당히 낡은 집이긴 하죠. 서머헤이스 씨 부부도 형편이 몹시 어려워 수리를 할 만한 여유가 없을 거예요. 저라면 그냥 팔아 버릴 텐데……. 물론 수백 년간 집안 대대로 내려온 유서 깊은 집이라는 건 알지만, 요즘 같은 세상에 단지 감상에 젖어 쓸데없이 고집을 피워서는 안 된다고 생각해요."

"맞습니다. 요즘 같은 세상에 감상적으로 행동하다니."

잠시 침묵이 흘렀다. 푸아로는 상대가 눈치채지 못하게 곁눈질로 불안에 떨고 있는 여자의 새하얀 손을 관찰했다. 그리고 상대가 먼저 용건을 꺼낼 때까지 기다렸다. 렌델 부인이 불쑥 입을 열었다.

"제 생각에……. 음, 그러니까…… 선생님께서 무언가를 조사할 때는 항상 어떤 이유가 있어서 그러시는 거겠죠?"

푸아로는 그 말의 의미를 생각해 보았다. 비록 상대의 얼굴을 똑바로 바라보지는 않았지만, 그는 상대가 자신을 열렬히 곁눈질 중이라는 것을 느낄 수 있었다.

푸아로가 심각하지 않은 듯한 투로 말했다.

"편의상 그런 게 필요할 수도 있죠."

"그래서 이곳에 온 이유를 설명하고, 또 이것저것 물어보고 그러는 건가요?"

"조사를 위한 하나의 방책으로 그럴 수는 있습니다."

"그럼 푸아로 씨께서는 이곳 브로디니에 왜 오신 거죠?"

푸아로는 약간 놀란 듯한 눈빛으로 그녀를 바라보았다.

"부인, 그건 이미 말씀드리지 않았습니까? 맥긴티 부인의 죽음에 대해 조사하기 위해서라고요."

렌델 부인이 날카롭게 말했다.

"그렇게 말씀하신 건 저도 알고 있어요. 하지만 우습지 않나요?"

푸아로는 눈썹을 추켜올렸다.

"그런가요?"

"물론이죠. 아무도 그 말을 믿지 않는다고요."

"그래도 믿으셔야 합니다. 이건 그저 단순명료한 사실이니까요."

그녀는 담청색 눈동자를 몇 번 깜박거리는가 싶더니 이내 눈길을 다른 곳으로 돌렸다.

"말씀해 주실 생각이 없으시군요."

"뭘 말입니까, 마담?"

렌델 부인이 또다시 말머리를 불쑥 돌렸다.

"제가 여쭤 보고 싶은 건…… 익명의 편지에 대해서예요."

그녀가 입을 다물자 푸아로가 격려하듯이 말했다.

"아, 그러시군요."

"그런 편지들은 언제나 거짓말투성이죠. 안 그런가요?"

"그럴 때도 있죠."

푸아로가 조심스럽게 말했다.

"흔히 그렇다니까요."

"글쎄, 실제로 그런지는 저도 잘 모르겠습니다만……."

그러자 쉴라 렌델이 흥분한 어조로 말했다.

"그런 편지를 보내는 것은 비겁하고 위험하고 치사한 짓이라고요."

"저도 그렇게 생각합니다."

"그럼 그런 편지에 적힌 내용을 믿지 않으시겠네요? 그렇죠?"

"그건 대답하기 어려운 질문입니다만……."

푸아로가 진지하게 말했다.

"저라면 믿지 않을 거예요. 그런 내용은 절대 믿지 않는다고요. 저는 선생님께서 무슨 일로 여기 오셨는지 알아요. 하지만 그건 사실이 아니에요. 정말이에요. 절대 사실이 아니라고요."

쉴라 렌델이 흥분해서 외치더니 획 돌아서서 가 버렸다.

에르퀼 푸아로는 그녀의 뒷모습을 바라보면서 흥미롭다는 듯이 눈썹을 추켜올렸다.

'음, 이게 뭐지? 내가 길을 잘못 들어선 걸까? 아니면 풀숲에 또 다른 색깔의 새가 숨어 있었나?'

푸아로는 몹시 혼란스러웠다.

렌델 부인은 푸아로가 브로디니에 온 이유가 맥긴티 부인의 죽음을 조사하기 위해서가 아니라 무언가 다른 이유가 있다고 생각했다. 그 말은 곧 맥긴티 부인에 대한 조사는 다른 무언가를 위한 구실에 불과하다는 뜻이었다.

렌델 부인은 정말 그렇게 생각하는 것일까? 아니면 조금 전 생각한 대로 그녀가 그를 오도하려는 것일까?

익명의 편지가 이번 일과 무슨 관련이 있는 것일까?

업워드 부인이 '최근에 보았다'고 말한 사진 속의 주인공이 바로 렌델 부인일까? 렌델 부인이 릴리 갬볼이란 말인가? 사회적으로 명예를 회복한 릴리 갬볼은 최근 에이레(아일랜드의 옛 이름 — 옮긴이)에 살고 있다는 소식이 들려왔다. 그렇다면 렌델이 그곳에서 그녀를 만나 결혼한 것일까? 그녀의 과거에 대해서는 아무것도 모른 채? 릴리 갬볼은 속기사 교육을 받았다고 했다. 속기사는 의사와 쉽게 어울릴 수 있었다.

푸아로는 머리를 세차게 흔들고 한숨을 내쉬었다.

충분히 가능성 있는 이야기였다. 하지만 확실한 것이어야 했다.

바람이 갑자기 쌀쌀해지는가 싶더니 태양이 구름 뒤로 모습을 감추었다.

푸아로는 밀려드는 한기에 몸을 떨면서 집 안으로 들어갔다.

그렇다. 확실한 것이어야 한다. 범행 도구를 찾을 수만 있다면…….
바로 그 순간 기묘하게도 확신이 들면서 푸아로의 눈에 '그것'이 들어왔다.

II

푸아로는 자신이 무의식적으로라도 왜 그것을 좀 더 일찍 알아차리지 못했는지 의아했다. 추측컨대 그것은 푸아로가 롱 메도즈 저택에 처음 도착했을 때부터 그 자리에 있었다.

그것은 창문가에 자리 잡은 지저분한 책장 위에 놓여 있었다.

'전에는 왜 눈에 띄지 않았을까?'

푸아로는 그것을 집어 들었다. 그러고는 무게를 가늠해 보기도 하고, 이리저리 꼼꼼히 살펴보기도 하고, 무언가를 내려칠 기세로 번쩍 들어올려 보기도 했다.

그때 늘 그렇듯 모린이 방문을 벌컥 열고 들어왔다. 개 두 마리도 따라 들어왔다. 모린이 밝고 친근한 목소리로 말했다.

"어머, 선생님. 설탕 분쇄기를 갖고 노시는 거예요?"

"이걸 설탕 분쇄기라고 부르나요?"

"네, 설탕 분쇄기라고도 하고 설탕 망치라고도 하죠. 사실 정확한 이름은 저도 잘 모르겠어요. 꽤 재미있게 생겼죠? 아이들 장난감처럼 머리 부분에 작은 새 한 마리가 앉아 있으니…….."

푸아로는 그것을 손바닥에 올려놓고 조심스럽게 이리저리 돌려 보았다. 황동으로 만든 그것은 장식이 화려하고, 날카로운 날이 달린 묵직한 자귀(나무를 다듬는 데 쓰는 연장. 도끼와 비슷하나 날의 방향이 도끼날과 직각을 이룬다 — 옮긴이) 모양이었다. 또한 담청색과 빨간색 돌이 여기저기 박혀 있고, 터키석 눈이 박힌 엉성한 모양의 새 한 마리가 머리 부분에 붙어 있었다.

"사람을 죽일 때 쓰는 도구로 딱이군요. 안 그런가요?"

모린이 장난스럽게 말하고는 푸아로에게서 그것을 빼앗아 진짜 살인이라도 하려는 듯 허공에 대고 힘차게 휘둘렀다.

"아주 간단할 것 같아요. 『왕의 목가(영국의 시인 앨프리드 테니슨이 아서 왕의 전설을 주제로 쓴 대표적인 장편 서사시 — 옮긴이)』에 이런 구절이 나오잖아요. '마크의 길이라고 그는 말했다. 그러고는 그의 머리를 둘로 쪼개 버렸다…….' 이 도구만 있다면 누군가의 머리를 둘로 쪼갤 수 있을 것 같은데요. 그런 생각 안 드세요?"

푸아로는 모린의 얼굴을 자세히 살펴보았다. 주근깨투성이인 그녀의 얼굴은 평온하고 유쾌해 보였다.

"언젠가 존에게 그런 말을 한 적이 있어요. 내가 그 사람이 정말

지겹고 넌더리가 난다 싶으면 어떻게 할지요. 이거야말로 아내들의 가장 훌륭한 벗이라니까요."

모린은 깔깔거리며 웃었다. 그러고는 설탕 망치를 내려놓고 문으로 걸어가면서 중얼거렸다.

"그런데 내가 이 방에 뭘 하러 왔더라? 또 까먹었네……. 아이, 짜증 나! 그냥 가야지. 냄비에서 끓고 있는 푸딩에 물을 더 부어야 하는지나 봐야겠다."

모린이 밖으로 나가기 직전, 푸아로가 그녀를 불러 세웠다.

"이건 인도에서 돌아올 때 갖고 오신 건가 보죠?"

"어머, 아니에요. 지난 크리스마스 때 비 앤드 비(B. and B.)에서 건진 거예요."

"비 앤드 비라니요?"

푸아로가 난감한 표정을 지었다.

"브링 앤드 바이(Bring and Buy). 그러니까 자기가 안 쓰는 물건을 갖다 주고, 대신 필요한 물건을 사오는 바자회 같은 거죠. 잘만 고르면 그럭저럭 괜찮은 물건을 건질 수 있어요. 하지만 정말 필요한 건 구하기 힘들죠. 제가 사 온 건 이것과 저기 있는 커피포트예요. 커피포트는 주둥이 모양이 마음에 들어 고른 거고, 망치는 작은 새가 귀여워서 골랐죠."

그녀가 가리킨 것은 구리로 만든 자그마한 커피포트였다. 곡선의 긴 주둥이가 푸아로의 눈에 무척 낯익었다.

"아마 바그다드에서 온 게 아닌가 싶어요. 확실하지는 않지만 왜

더비 씨네 사람들이 그렇게 말하더라고요. 어쩌면 페르시아산일 수도 있고요."

"그럼 저 커피포트가 원래는 웨더비 씨 댁에 있던 겁니까?"

"네, 그 집에 가면 온갖 고물들이 잔뜩 쌓여 있답니다. 그런데 이제 정말 가 봐야겠어요. 푸딩이 탈지도 모르거든요."

모린이 나가고 쾅 소리와 함께 문이 닫혔다. 푸아로는 설탕 망치를 다시 집어 들고 창가로 갔다.

밝은 햇살에 비춰 보니 날 부분이 아주, 아주 희미하게 변색되어 있었다.

푸아로는 고개를 끄덕였다. 그리고 잠시 망설이다가 설탕 망치를 들고 2층 자기 방으로 올라갔다. 푸아로는 그것을 상자에 조심스럽게 담고, 종이와 노끈으로 깔끔하게 포장한 다음 다시 아래층으로 내려와 집을 나섰다.

푸아로는 서머헤이스 가족 중 누구도 설탕 망치가 사라진 것을 눈치채지 못할 거라고 생각했다. 어차피 말끔하게 정돈된 집도 아니었으니까.

III

래버넘스에서는 공동 작업이 난관에 봉착해 있었다.

"하지만 전 정말이지 그를 채식주의자로 만드는 건 옳지 않다고 생각합니다. 너무 까다로워 보이는 데다 멋도 없잖아요."

로빈이 항의하듯 말했다.

올리버 부인 역시 고집스럽게 말했다.

"그 부분은 나도 어쩔 수 없어요. 그는 처음부터 채식주의자였단 말이에요. 당근과 순무를 가는 작은 기계까지 갖고 다니는걸요."

"하지만 아리아드네 씨, 도대체 왜 그렇게 까다로워야 하죠?"

올리버 부인이 벌컥 화를 냈다.

"내가 그걸 어떻게 알아요? 내가 왜 그런 혐오스러운 남자를 만들어 냈는지 나도 모른다고요. 아마 내가 미쳤었나 보죠! 핀란드에 대해 아무것도 모르면서 왜 하필 그를 핀란드인으로 설정했는지, 왜 채식주의자라고 했는지, 왜 그런 바보 같은 매너리즘에 빠진 인물을 만들었는지 나도 모르겠어요. 그냥 어쩌다 보니 그렇게 된 거예요. 그러니까 당신이 한번 만들어 보란 말이에요. 그리고 사람들이 그걸 좋아한다 싶으면 계속 그렇게 밀고 나가는 거예요. 그러다 보면 당신 자신이 어디쯤 와 있는지 깨닫기도 전에, 빌어먹을 스벤 예르손 같은 인간이 당신을 평생 따라다니고 있다는 것을 알게 될 거라고요. 심지어 사람들은 글과 말로 당신이 그를 얼마나 좋아하는지 떠들어 대겠죠. 흥, 그를 좋아한다고? 만약 내가 현실에서 풀만 먹어 비쩍 마르고 키만 껑충한 그런 남자를 만난다면, 지금껏 내가 고안해 낸 그 어떤 것보다 더 잔인한 수법으로 그를 죽이고 말 거예요."

로빈 업워드가 존경하는 듯한 눈빛으로 그녀를 바라보았다.

"그거 정말 기막힌 아이디어예요! 현실의 스벤 예르손을 작가인 당신이 살해한다……. 마지막 작품으로 쓰면 멋지겠는데요. 사후에 출판되는 것으로 하고요."

"말도 안 돼! 그 원고료는 어쩌고요? 살인 사건으로 벌어들이는 돈은 내가 살아 있을 때 받고 싶단 말이에요."

"아, 그러신가요? 저도 같은 생각입니다."

면박을 당한 희곡 작가가 방 안을 서성거렸다.

"잉그리드라는 인물은 점점 더 따분한 사람이 돼 가고 있어요. 지하실 장면 다음은…… 아, 지하실 장면은 정말 멋질 겁니다. 아무튼 그다음 장면이 용두사미가 되지 않으려면 어떻게 해야 좋을지 잘 모르겠어요."

올리버 부인은 잠자코 있었다. 장면 설정은 로빈 업워드의 몫이라고 생각했기 때문이다.

그러자 로빈이 불만스러운 눈빛으로 그녀를 쳐다보았다.

수시로 기분이 바뀌는 올리버 부인은 그날 아침에도 바람에 날린 것 같은 자신의 머리 모양이 영 마음에 들지 않았다. 그래서 브러시를 물에 적셔 숱 많은 회색 머리칼을 두피에 바싹 붙이듯이 빗어 넘겼다. 그러자 넓은 이마와 커다란 안경, 엄숙한 분위기가 더욱 두드러졌다. 로빈은 그녀를 볼 때마다 어린 시절 몹시 무서워했던 학교 선생님을 떠올렸다. 그 때문인지 점점 더 그녀를 편하게 대하기 어려웠고, 심지어 '아리아드네 씨'라고 부르는 것도 불편했다.

로빈이 초조한 표정으로 말했다.

"오늘은 아무래도 몸 상태가 별로예요. 어제 마신 술 때문인 것 같습니다. 일은 그만 접어 두고, 배우 선정에 대해 이야기해 보죠. 데니스 캘로리를 섭외할 수만 있다면 더할 나위 없겠죠. 하지만 그는 당분간 영화에 매여 있어서 시간을 낼 수 없다더군요. 그리고 잉그리드 역에는 진 벨루스가 잘 어울릴 것 같습니다. 게다가 본인도 그 역할을 하고 싶어 하니 잘됐지 뭡니까. 지난번에도 말씀드렸지만, 에릭 역으로는 제가 염두에 두고 있는 배우가 있습니다. 오늘 밤에 같이 소극장에 가서 직접 만나 보시는 게 어떠시겠어요? 그런 다음에 세실에게 그 역을 맡기는 게 어떨지 결정하자고요."

올리버 부인이 그 제안에 흔쾌히 동의하자 로빈이 전화를 걸러 나갔다.

잠시 후 그가 돌아와 말했다.

"됐어요. 약속을 잡아 두었습니다."

IV

아침의 화창한 날씨는 오래가지 않았다. 구름이 몰려들더니 금방이라도 비가 쏟아질 듯 어두컴컴해졌다. 빽빽한 덤불숲을 뚫고 헌터스 클로즈의 현관문 앞에 도착한 푸아로는 언덕 아래 움푹 팬 계곡 같은 곳에서는 살지 않겠다고 결심했다. 집 자체가 울창한 나무들로 가로막힌 데다, 벽에는 온통 담쟁이덩굴이 뒤덮여 있어서 보기만 해도 숨이 막혔다. 푸아로는 그런 집에 살려면 나무꾼들이 쓰는 도끼나 설탕 망치를 비치해 두어야 할 것 같다고 생각했다.

푸아로가 초인종을 울렸지만 아무런 응답이 없었다. 그는 또 한 번 초인종을 울렸다.

이윽고 문이 열리면서 나타난 사람은 디어드리 헨더슨이었다. 그녀는 푸아로를 보고 놀란 표정을 지었다.

"아, 선생님이시군요."

"잠시 들어가서 드릴 말씀이 있습니다만……."

"음, 그게 좀……. 아니, 어서 들어오세요."

그녀가 안내한 곳은 푸아로가 지난번에도 가 본 적이 있는 작고 어둠침침한 응접실이었다. 벽난로 위 선반에는 모린의 집에 있는 것과 같은 모양의 큼지막한 커피포트가 놓여 있었다. 갈고리처럼 휜 커다란 주둥이 탓인지 자그마한 서양풍 방이 동양풍의 험악한 분위기에 압도당한 듯했다.

디어드리가 미안한 듯한 목소리로 말했다.

"오늘은 집안 분위기가 상당히 안 좋아요. 하녀로 일하던 독일 여자가 오늘 떠나거든요. 우리 집에 온 지 겨우 한 달밖에 안 됐는데 말이에요. 이런 일을 시작한 것도 사실은 단지 영국에 오기 위해서였던 것 같아요. 자기 애인이 영국 사람이거든요. 그런데 이제 결혼하게 되자 곧바로 일을 그만두고 오늘 밤에 떠나겠다는 거예요."

푸아로가 혀를 끌끌 찼다.

"제멋대로 사는 아가씨군요."

"누가 아니래요? 정말 그렇다니까요. 의붓아버지도 그런 행동은 법에 어긋난다고 하시더라고요. 하지만 그게 불법이라고 해도, 지금 당장 일을 그만두고 결혼한다고 해도, 어쩔 수 없잖아요. 마침 옷가방 챙기는 걸 봤기에 망정이지, 하마터면 오늘 밤 떠난다는 사실조차 까맣게 모를 뻔했다니까요. 한마디 말도 없이 그냥 집을 나갈 셈이었던 거예요."

"저런! 나이에 비해 생각이 너무 없군요."

"그러게 말이에요. 저도 그건 도리가 아니라고 생각해요."

디어드리 헨더슨이 부루퉁한 표정으로 중얼거렸다. 그러고는 손등으로 이마를 문지르며 말했다.

"저도 이제 지쳤어요. 너무 피곤해요."

"그러시군요. 제가 보기에도 몹시 힘드신 것 같습니다."

푸아로가 다정하게 말했다. 디어드리는 마음이 조금 누그러진 듯했다.

"그런데 여기는 무슨 일로 오신 건가요, 푸아로 씨?"

"설탕 망치에 대해 여쭤 볼 게 있어서 왔습니다."

"설탕 망치요?"

디어드리는 영문을 모르겠다는 표정이었다.

"황동으로 만든 망치로, 새 장식이 달려 있고, 빨간색과 담청색 돌이 박힌 것 말입니다."

푸아로가 제법 상세하게 설명했다.

"아, 그거요? 알아요."

그녀의 목소리에는 흥미나 감흥이 전혀 없었다.

"그 망치가 이 댁에서 나온 거라고 하던데요?"

"네, 맞아요. 어머니가 바그다드 시장에서 구입하신 건데, 목사관에서 열린 바자회에 여러 가지 물건들과 함께 내놓은 거예요."

"말씀하신 바자회가 브링 앤드 바이였나요?"

"네. 이 지역에서는 바자회가 자주 열리죠. 사람들의 지갑을 열기는 쉽지 않지만, 보통 집 안을 뒤져 보면 안 쓰는 물건들이 한두 가지 있게 마련이니까요."

"그렇다면 설탕 망치가 크리스마스 전까지는 이 댁에 있었겠군요. 크리스마스 때 브링 앤드 바이에 내놓으셨으니까요. 맞습니까?"

그러자 디어드리가 얼굴을 일그러뜨렸다.

"크리스마스 브링 앤드 바이가 아니에요. 그걸 내놓은 건 그 전이었어요. 아마 추수 축제 때였을 거예요."

"추수 축제라……. 그게 언제죠? 10월, 아니면 9월?"

"9월 말이에요."

작은 방 안은 무척 조용했다. 푸아로와 디어드리 헨더슨은 말없이 서로의 얼굴을 바라보았다. 디어드리는 평온하고 무심해 보였다. 푸아로는 아무런 감정이 드러나지 않은 텅 빈 벽 같은 여자의 얼굴 뒤에 무엇이 숨겨져 있을지 곰곰이 추측해 보았다. 아무것도 없는 것 같았다. 어쩌면 그녀의 말대로 그저 피곤할 뿐인지도 몰랐다.

푸아로가 조용하면서도 재촉하는 투로 말했다.

"추수 축제 때가 확실합니까? 크리스마스 때가 아니고요?"

"확실해요."

여자의 두 눈은 한 치의 흔들림 없이 또랑또랑 빛났다.

에르퀼 푸아로는 기다렸다. 계속 기다렸다…….

그가 기대하는 답은 끝내 나오지 않았다.

마침내 푸아로가 정중하게 말했다.

"시간을 더 빼앗을 수 없군요, 마드무아젤."

디어드리는 현관문까지 푸아로를 배웅했다.

푸아로는 다시금 진입로를 따라 걸어 내려갔다. 두 여자에게서 얻어 낸 진술은 완전히 달랐고, 일치할 가능성이 전혀 없어 보였다.

누구의 말이 맞는 것일까? 모린 서머헤이스? 디어드리 헨더슨?

설탕 망치가 푸아로가 생각하는 용도로 사용되었다면, 그것이 팔린 시점은 굉장히 중요한 단서가 된다. 추수 축제는 9월 말이고 추수 축제와 크리스마스 사이인 11월 22일에 맥긴티 부인이 살해되었다. 그 시기에 설탕 망치를 갖고 있었던 사람은 누구일까?

푸아로는 우체국으로 향했다. 스위티맨 부인은 언제나 푸아로를 호의적으로 대했고, 최대한 협조하려고 했다. 그녀는 두 바자회에 모두 참석했다고 말했다. 괜찮은 물건을 저렴한 가격에 구입할 수 있기 때문에 바자회에 곧잘 참석한다는 것이었다. 그녀는 또한 바자회에서 미리 도착한 물건들을 정리하기도 했다. 하지만 사람들은 대부분 팔 물건을 당일에 직접 가져오지, 미리 물건만 보내지는 않는다고 했다.

도끼와 비슷하게 생기고, 색색의 돌과 작은 새 장식이 있는 황동 망치? 그녀는 정확히 기억해낼 수 없었다. 바자회에는 물건이 너무 많아 정신이 없었고, 어떤 물건들은 진열대에 올려놓자마자 팔리기도 했다. 그래도 그녀는 아마도 비슷한 걸 떠올렸다. 가격은 5실링쯤 되었고, 구리로 만든 커피포트와 함께 있었다. 하지만 커피포트는 바닥에 구멍이 나 있어서 오로지 장식용으로만 쓸 수밖에 없었다. 그러나 정확히 언제인지는 기억나지 않았다. 꽤 오래전이었다. 크리스마스였을 수도 있었고, 혹은 그 전일 수도 있었다. 스위티맨 부인은 그것을 특별히 눈여겨보지는 않았다…….

스위티맨 부인은 푸아로가 내민 소포를 받아 들었다.

"등기로요? 네."

그녀가 주소를 옮겨 적은 뒤 영수증을 내밀 때, 푸아로는 그녀의 명민하게 생긴 검은 눈동자가 호기심으로 반짝이는 것을 눈치 챘다.

에르퀼 푸아로는 천천히 언덕길을 걸어 올라가면서 깊은 생각에 잠겼다.

두 여자 중에 모린 서머헤이스는 명랑하지만 주의가 산만하고 꼼꼼하지 못한 편이므로 그녀의 말이 틀릴 가능성이 더 컸다. 추수 축제나 크리스마스나 그녀에게는 매한가지일 터였다.

디어드리 헨더슨은 매사에 느리고 서툴지만, 시간이나 날짜 관념은 훨씬 더 정확한 것 같았다.

그렇지만 한 가지 지겨운 의문점이 여전히 남아 있었다.

푸아로가 그토록 많은 질문을 했는데도, 디어드리는 왜 '무엇 때문에 그런 것을 알고 싶어 하느냐'라고 되묻지 않았을까? 보통 사람이라면 자연스럽게 그런 의문을 갖기 마련이었다.

그러나 디어드리 헨더슨은 묻지 않았다.

15장

I

"선생님을 찾는 전화가 왔었어요."

푸아로가 집에 들어섰을 때 모린이 부엌에서 나오면서 말했다.

"저를 찾는 전화요? 누구라고 하던가요?"

푸아로는 조금 놀랐다.

"그건 저도 모르겠어요. 하지만 제 배급 통장에 그쪽 전화번호를 적어 두었어요."

"고맙습니다, 마담."

푸아로는 식당에 있는 책상으로 다가갔다. 각종 서류들이 너저분하게 널려 있는 가운데에서 전화기 가까이에 놓인 배급 통장을 발견했다. 통장 한쪽에 '킬체스터 350'이라고 적혀 있었다.

푸아로는 수화기를 들고 그 번호를 돌렸다.

수화기 건너편에서 여자의 목소리가 들렸다.

"브리더 앤드 스커틀입니다."

푸아로는 재빨리 상황을 파악했다.

"모드 윌리엄스 양과 통화하고 싶습니다."

잠시 뒤 나지막한 목소리가 들려왔다.

"전화 바꿨습니다."

"에르퀼 푸아로입니다. 전화하신 것 같은데……."

"네, 맞아요. 제가 했어요. 며칠 전에 문의하신 부동산 건 때문에요……."

"부동산이오?"

푸아로는 잠시 당황했다. 그러나 곧 모드 옆에 다른 사람이 있다는 것을 눈치챘다. 아마 조금 전 롱 메도즈로 전화를 걸었을 때는 사무실에 아무도 없었을 것이다.

"무슨 말씀이지 알겠습니다. 제임스 벤틀리와 맥긴티 부인 사건 때문에 그러시는군요."

"맞아요. 저희가 고객님을 위해 해 드릴 일이라도 있을까요?"

"저를 돕고 싶다는 거군요. 지금은 통화하기 곤란하시죠?"

"그렇습니다."

"알겠습니다. 제 말 잘 들으세요. 당신은 정말로 제임스 벤틀리를 돕고 싶은 겁니까?"

"네."

"그럼 지금 다니는 직장을 그만둘 용의도 있나요?"

모드 윌리엄스는 한 치의 망설임도 없이 대답했다.

"네."

"그럼 남의 집 가정부로 일할 생각도 있습니까? 그다지 호감 가는 사람들이 아닐 텐데요……?"

"네."

"당장 일을 그만둘 수 있나요? 예를 들어 내일까지?"

"물론이죠, 푸아로 씨. 가능합니다."

"제가 무슨 말을 하는지 정말 이해하고 있는 건가요? 남의 집에 입주 가정부로 취직하라는 겁니다. 요리는 할 수 있나요?"

푸아로는 상대의 목소리에서 어렴풋하게나마 즐거워하는 낌새를 읽을 수 있었다.

"아주 잘합니다."

"봉 디외(이럴 수가)! 아주 드문 재주를 갖고 계시군요! 자, 제 말 잘 들으세요. 지금 당장 킬체스터로 가겠습니다. 지난번에 만났던 카페에서 점심시간에 봅시다."

"네, 그러죠."

푸아로는 수화기를 내려놓았다.

'아주 괜찮은 아가씨군. 눈치도 빠르고, 상대의 마음이 어떤지도 잘 알고 말이야. 게다가 요리까지 잘한다니…….'

푸아로는 돼지 사육에 관한 책 밑에서 어렵사리 지역 전화번호부를 끄집어내 웨더비 씨 집 전화번호를 찾아냈다.

전화를 받은 사람은 웨더비 부인이었다.

"알로(여보세요)? 알로? 저는 푸아로라고 합니다. 저를 기억하실지……?"

"글쎄요……."

"에르퀼 푸아로입니다."

"아, 기억하고말고요. 몰라 뵈서 죄송해요. 오늘은 집에 안 좋은 일이 좀 있어서……."

"바로 그 일 때문에 전화 드린 겁니다. 댁에 곤란한 일이 생겼다는 걸 알고 안타까워하던 참이었습니다."

"외국 여자들은 배은망덕하기 짝이 없죠. 월급도 넉넉히 주고 모든 배려를 해 줬는데……. 정말이지 은혜를 모르는 사람들은 경멸스럽다니까요."

"물론이에요. 공감합니다. 정말 몹쓸 사람들이죠. 그래서 제가 이렇게 급히 전화를 드린 겁니다. 제가 해결해 드리려고요. 우연한 기회에 입주 가정부 자리를 찾고 있는 아가씨를 알게 되었답니다. 경력이 그다지 많지 않은 게 흠이긴 합니다만……."

"어머나! 요즘에 경력 같은 건 중요하지 않아요. 요리는 할 줄 아나요? 많은 가정부들이 요리를 안 하려고 들어서……."

"물론입니다. 요리를 아주 잘한다더군요. 그럼 제가 댁에 그 아가씨를 보내 드릴까요? 일단 시험 삼아 일을 시켜 보시는 게 어떨까 해서 말입니다. 이름은 모드 윌리엄스라고 합니다."

"제발 그렇게 해 주세요, 푸아로 씨. 정말 친절하시네요. 아예 없는 것보다는 누구라도 한 사람 있는 게 낫겠죠. 제 남편이 워낙 까다로워서, 집안일이 제대로 돌아가지 않으면 우리 디어드리에게 몹시 짜증을 낸답니다. 남자들은 요즘 사람 구하기가 얼마나 힘든지 모른다니까요. 저도……."

갑자기 목소리가 끊어졌다. 웨더비 부인이 방에 들어온 누군가에게 말을 하고 있는 것 같았다. 송화구를 손으로 막긴 했지만, 푸아로는 그녀의 말소리를 어렴풋이 알아들을 수 있었다.

"그 쪼그만 탐정 노인인데 프리다를 대신해서 일할 사람을 소개해 준다는구나. 아니, 외국인이 아니라 영국 사람이란다. 하늘이 도우셨지! 정말 친절한 양반인 것 같다. 나에게 신경을 많이 써 주는구나. 오, 애야! 반대할 생각은 마라. 그게 뭐가 중요하니? 로저가 얼마나 괴팍한지 너도 잘 알잖아. 정말 고마운 일 아니니? 그 여자도 그다지 별난 사람일 것 같지 않고."

이야기를 끝내고 웨더비 부인이 무척 상냥하게 말했다.

"고마운 마음을 어떻게 표현해야 할지 모르겠네요, 푸아로 씨. 정말 고맙습니다."

푸아로는 수화기를 내려놓고 손목시계를 확인했다. 그러고는 곧장 부엌으로 가서 말했다.

"마담, 점심은 나가서 먹어야겠습니다. 지금 킬체스터에 가 봐야 하거든요."

"어머, 정말 다행이에요. 푸딩을 제시간에 만들지 못하게 돼서 걱정했거든요. 물기가 하나도 없이 다 증발해 버렸지 뭐예요. 하지만 괜찮아요. 밑 부분만 살짝 눌어붙은 거니까요. 맛이 너무 없으면 작년 여름에 만들어 둔 산딸기 병조림을 딸 생각이었어요. 윗부분에 곰팡이가 살짝 피긴 했지만, 그 정도는 괜찮다고 하더라고요. 오히려 건강에 좋을 거예요. 따지고 보면 그게 바로 페니실린이잖아요."

롱 메도즈를 나서면서 푸아로는 눌어붙은 푸딩과 페니실린에 가까운 산딸기 병조림을 먹지 않게 된 것을 기뻐했다. 모린 서머헤이스가 급히 만든 요리를 먹느니 블루캣 카페에서 마카로니와 커스터드를 곁들인 자두를 먹는 편이 훨씬 나았다.

II

래버넘스에서는 가벼운 충돌이 일어나고 있었다.
"로빈, 넌 희곡을 쓰는 동안에는 머릿속에 다른 기억들을 모두 지워 버리는 것 같구나."
로빈은 잘못을 깊이 뉘우쳤다.
"어머님, 정말 죄송해요. 오늘 밤에 재닛이 비번이라는 걸 까맣게 잊고 있었어요."
"그건 하나도 중요하지 않아."
업워드 부인이 냉랭하게 말했다.
"아니, 당연히 중요하죠. 제가 당장 극장에 전화를 걸어 내일 밤에 가겠다고 말할게요."
"그런 짓은 하지 마라. 오늘 가겠다고 약속했으니 그냥 가란 말이다."

"하지만 어머님······."

"얘기 끝났다."

"제가 재닛에게 다른 날 쉬면 안 되냐고 말해 볼까요?"

"그건 안 된다. 재닛도 자기 계획이 틀어지는 걸 싫어해."

"아니에요. 제가 부탁하면 기꺼이 들어줄 거예요. 제가 그녀에게······."

"그런 짓은 하지 마라, 로빈. 제발 재닛을 불편하게 하지 말란 말이다. 그리고 이 얘기는 이제 그만하자. 나는 다른 사람의 즐거움을 망치는 성가신 노인네가 되고 싶지 않구나."

"어머님, 그래도······."

"됐다. 너는 가서 네 생활을 즐기렴. 나도 말벗이 되어 달라고 청할 만한 사람이 있으니까."

"그게 누군데요?"

"비밀이야. 이제 그만 떠들고 가거라, 로빈."

업워드 부인이 특유의 장난기 어린 어조로 말했다.

"그럼 제가 쉴라 렌델에게 전화해서······."

"필요하면 내가 알아서 할 테니 관둬라. 괜찮다니까. 나가기 전에 커피나 준비해서 스위치만 켜면 되게 퍼컬레이터(커피 끓이는 기구—옮긴이)를 내 옆에 두면 좋겠구나. 참, 손님이 올지도 모르니 컵 하나 더 꺼내 놓고."

16장

 블루캣 카페에서 점심 식사를 하면서 푸아로는 모드 윌리엄스에게 몇 가지 자신의 생각을 간단하게 설명했다.
 "이제 당신이 무엇을 찾아내야 하는지 알겠죠?"
 모드 윌리엄스가 고개를 끄덕였다.
 "회시는 잘 정리했습니까?"
 모드가 갑자기 웃음을 터트렸다.
 "이모가 위독하다고 둘러댔죠, 뭐! 제가 제 앞으로 전보까지 보냈다니까요."
 "잘했군요. 한 가지 더 말해 둘 것이 있습니다. 지금 그 마을 어딘가에서 살인자가 활개 치며 돌아다니고 있어요. 그러니 결코 안전하다고는 할 수 없습니다."
 "제게 경고하시는 건가요?"

"그렇습니다."

"제 몸 하나쯤은 스스로 지킬 수 있어요."

"그 말은 '명사들의 유언집'에 실어야 할 것 같군요."

여자가 또다시 크게 웃음을 터트렸다. 진심으로 재미있어하는 웃음이었다. 주변 테이블에 앉아 있던 한두 사람이 고개를 돌려 그녀를 흘끔 바라보았다.

푸아로는 모드 윌리엄스를 주의 깊게 관찰했다. 강인하고 자신감에 찬 젊은 여자. 활력과 사기가 철철 넘치는 이 여자가 위험한 일에 기꺼이 뛰어들려 한다. 왜일까? 푸아로는 다시금 머릿속에 제임스 벤틀리를 떠올렸다. 부드럽다 못해 풀 죽은 목소리, 모든 것을 포기한 듯한 태도······. 세상이란 정말 알 수 없고 그런 만큼 흥미로운 것이다.

"그 일을 맡아 달라고 먼저 부탁한 건 바로 선생님이시잖아요? 그런데 왜 갑자기 사기 떨어뜨리는 그런 말씀을 하시는 거죠?"

"누군가에게 임무를 부여할 때는 관련된 모든 사항을 정확하게 말해 둘 필요가 있기 때문입니다."

"저는 제가 위험에 처해 있다고 생각지 않아요."

모드가 확신에 찬 목소리로 말했다.

"저 역시 지금은 그렇다고 생각지 않습니다. 그런데 브로디니에 당신을 알고 있는 사람은 없습니까?"

모드가 잠시 생각에 잠겼다가 말했다.

"네, 아마 그럴 거예요."

"그곳에 가 본 적은 있나요?"

"한두 번쯤요. 물론 회사 일로 갔었죠. 최근에 간 건 딱 한 번인데 5개월쯤 전이었어요."

"거기서 누구를 만났죠? 누구에게 갔었냐는 말입니다."

"어떤 노부인을 만나러 갔었어요. 카스테어 부인인가 카리슬 부인인가……. 정확한 이름은 기억나지 않네요. 아무튼 그분이 이 근처에 작은 집 한 채를 사려고 했어요. 그래서 제가 몇 가지 서류와 문의한 자료, 부동산 감정인 보고서 등을 챙겨서 그분을 만나러 갔어요. 그분도 지금 선생님께서 묵고 계시는 여관에 머물렀어요."

"롱 메도즈 말입니까?"

"맞아요. 개가 많고 그다지 편해 보이지 않는 집이었죠."

푸아로가 고개를 끄덕였다.

"그럼 서머헤이스 부인이나 서머헤이스 소령도 봤습니까?"

"서머헤이스 부인은 본 것 같아요. 그녀가 저를 2층 방으로 안내했거든요. 제가 만날 노부인은 자리에 누워 있었어요."

"서머헤이스 부인이 당신을 기억할까요?"

"그렇지는 않을 거예요. 설령 기억한다고 해도 그게 뭐 중요한가요? 요즘 사람들은 수시로 직업을 바꾸잖아요. 하지만 그때 그녀는 제 얼굴을 제대로 보지 않았던 것 같아요. 그런 여자들은 대부분 그렇거든요."

모드 윌리엄스가 약간 비아냥거리는 투로 말했다.

"또 다른 사람은 없습니까?"

모드가 어색하게 대답했다.

"음, 벤틀리 씨를 만나기도 했죠."

"벤틀리 씨를 만났다고요? 우연히 만난 건가요?"

모드는 의자에 앉은 채 몸을 약간 비틀었다.

"아니, 사실은 제가 그에게 미리 엽서를 보냈어요. 그날 브로디니에 간다고 말이에요. 더 솔직히 말씀드리면, 그때 만날 수 있냐고 물었죠. 그런데 그 주변에는 갈 만한 곳이 없더라고요. 동네가 너무 작아서 카페나 극장 같은 게 하나도 없었죠. 그래서 결국 버스 정류장에서 잠깐 얘기를 나누었답니다. 킬체스터로 돌아갈 버스를 기다리면서요."

"맥긴티 부인이 죽기 전이었겠군요."

"그럼요. 하지만 아주 오래전은 아니었어요. 그 일이 있고 겨우 며칠 뒤에 사건이 온 신문에 떠들썩하게 실렸거든요."

"벤틀리 씨가 자기 집주인에 대해 무슨 이야기라도 했습니까?"

"아니요."

"브로디니에서 이야기를 나눈 사람은 또 없었나요?"

"음, 로빈 업워드 씨를 잠깐 만났어요. 라디오에서 그의 강연을 들은 적이 있거든요. 그런데 마침 그 사람이 자기 집에서 나오는 거예요. 사진으로 봤기 때문에 얼굴을 바로 알아볼 수 있었죠. 그래서 그에게 달려가 사인을 부탁했어요."

"해 주던가요?"

"그럼요. 아주 친절하게 해 주던걸요. 제가 그날 수첩을 안 가져가서 대신 갖고 있던 종이 한 장을 내밀었어요. 그런데도 거리낌 없이 자기 만년필을 꺼내 사인을 해 주었죠."

"브로디니 주민들 가운데 얼굴을 아는 사람이 또 있습니까?"

"물론 카펜터 씨 부부는 알죠. 킬체스터에 자주 오니까요. 자동차도 근사하고, 그 부인이 입는 옷도 얼마나 예쁜지……. 그 부인은 한 달 전쯤에 바자회도 주최했어요. 사람들이 그러는데 카펜터 씨가 이 지역 차기 하원 의원이 될 거라더군요."

푸아로가 고개를 끄덕이며 주머니에 항상 지니고 다니는 봉투 하나를 꺼냈다. 그리고 봉투에 든 사진 네 장을 테이블 위에 펼쳐놓았다.

"이 중에 눈에 익은 얼굴이……. 왜 그러십니까?"

"스커틀 씨예요. 방금 밖으로 나갔어요. 제가 선생님과 함께 있는 걸 못 봤어야 하는데……. 좀 이상하게 생각할 게 뻔하잖아요. 아시겠지만 요즘 선생님은 사람들 입에 자주 오르내리고 있어요. 파리에서 오셨다느니, 수리타이나 뭐 그런 비슷한 곳에서 오셨다느니……."

"저는 벨기에 사람이지 프랑스 사람이 아닙니다. 뭐 그게 중요한 건 아니지만 말입니다."

"그런데 이 사진들은 다 뭐죠? 꽤 오래된 사진이네요, 그렇죠?"

모드 윌리엄스가 몸을 숙여 사진을 자세히 들여다보았다.

"가장 오래된 건 30년 전 것입니다."

"옛날 옷들은 아주 우스꽝스러워요. 여자들이 하나같이 다 바보 같거든요."

"이 중 하나라도 본 것이 있습니까?"

"아는 여자가 있느냐는 말인가요, 아니면 사진을 본 적이 있느냐는 말인가요?"

"어느 쪽이든 상관없습니다."

"이 사진은 본 적 있는 것 같아요."

모드가 손가락으로 가리킨 것은 종 모양의 모자를 쓴 재니스 코틀런드의 사진이었다.

"신문에서 본 듯한데, 언제인지는 기억 안 나요. 그 아이도 약간 낯이 익네요. 하지만 정확히 언제인지는 정말 기억이 안 나요. 얼마 전에 본 것도 같고."

"이 사진들은 모두 맥긴티 부인이 살해되기 전 일요일자 《선데이 코밋》에 실린 겁니다."

모드 윌리엄스가 날카로운 눈빛으로 푸아로를 바라보았다.

"그럼 이 사진이 이번 사건과 관련 있다는 건가요? 그래서 제게 그런 일을……."

모드 윌리엄스는 말을 채 끝맺지 못했다.

"그렇습니다. 그래서 그런 겁니다."

에르퀼 푸아로가 또다시 주머니에서 무언가를 꺼내 테이블에 놓았다. 《선데이 코밋》에서 오려 낸 기사였다.

"한번 읽어 보시죠."

모드 윌리엄스가 찬찬히 기사를 읽었다. 그녀의 밝은 금발이 얇은 신문 위로 쏟아졌다.

잠시 후 그녀가 고개를 들었다.

"그래서 이 사람들이 이번 사건과 관련되어 있다는 건가요? 이 기사를 읽고 무언가 영감을 얻으신 거예요?"

"바로 그겁니다."

"하지만 저는 지금도 이해가……."

그녀는 말을 멈추고 생각에 잠겼다. 푸아로도 침묵을 지켰다. 자신의 추리가 아무리 흡족하더라도 그는 언제나 다른 사람의 생각을 들을 준비가 되어 있었다.

"그러니까 이 사람들 중 누군가가 브로디니에 살고 있다고 생각하시는 거죠?"

"그럴 것 같습니다. 안 그런가요?"

"물론 그럴 수도 있겠죠. 사람은 어디에든 살 수 있으니까……."

모드 윌리엄스는 억지웃음을 짓고 있는 에바 케인의 얼굴을 손가락으로 쓸며 말했다.

"이 여자는 지금쯤 꽤 늙었겠군요. 업워드 부인과 비슷한 나이겠네요."

"그쯤 되었을 겁니다."

"제 생각에는…… 업워드 부인 같은 여자라면 그녀에게 앙심을 품고 있는 사람들이 틀림없이 몇 명쯤은 될 거예요."

푸아로가 천천히 말했다.

"그렇게 볼 수도 있겠군요. 그래요. 그렇게 볼 수도 있을 겁니다. 그런데 혹시 크레이그 사건을 기억하십니까?"

"그걸 기억 못 하는 사람이 어디 있겠어요? 마담 투소(유명인들을 밀랍 인형으로 만들어 전시하는 영국 런던의 박물관 — 옮긴이)에도 입성할 만한 인물이잖아요. 사건 당시 저는 어린 꼬마였지만, 지금까지도 신문에서 걸핏하면 그의 이름을 들먹이면서 다른 사건과 비교하고요. 아마 영원히 사람들의 뇌리 속에서 잊히지 않을 사건일 거예요. 그렇게 생각하지 않으세요?"

푸아로는 날카로운 시선으로 그녀를 바라보았다.

모드 윌리엄스의 목소리가 왜 갑자기 빈정거리는 투로 바뀌었는지 의아했다.

17장

올리버 부인은 어쩔 줄 몰라 하며 좁아터진 분장실 한쪽 구석에 몸을 숨기려고 안간힘을 썼다. 그러나 그럴수록 오히려 풍만한 몸집이 더욱 눈에 띌 뿐이었다. 활기 넘치는 젊은 남자들이 그녀 주변에 빙 둘러서서 열심히 무대 화장을 지웠다. 이따금씩 그녀에게 미지근한 맥주를 권하는 사람도 있었다.

업워드 부인은 가라앉았던 기분이 완전히 되살아났는지 로빈과 올리버 부인의 외출을 흔쾌히 재촉했다. 로빈은 집을 나서기 전에 어머니가 불편하지 않도록 모든 것을 세심하게 준비해 두었다. 심지어 자동차에 올라탄 뒤에도 몇 번이나 다시 집에 뛰어 들어가 모든 것이 제대로 준비되어 있는지 확인했다.

마지막으로 집에 들어갔다 나오는 길에 로빈이 이를 드러내고 씩 웃으며 말했다.

"어머님이 방금 어딘가에 전화를 거셨는데, 누구한테 걸었는지는 끝내 말씀 안 해 주시더라고요. 짓궂은 노인 양반 같으니……. 하지만 말씀 안 해 주셔도 알 것 같아요."

"나도 알아요."

올리버 부인이 말했다.

"누군데요?"

"에르퀼 푸아로."

"저도 그렇게 생각했어요. 아마 푸아로 씨에게 이것저것 물어보고 싶은 게 많은가 봅니다. 어머니는 사소한 비밀을 혼자 간직하고 싶어 하시는 것 같아요. 그건 그렇고 이제 오늘 밤 연극에 대해 이야기해 볼까요? 연극을 보신 다음 세실 리치라는 배우를 어떻게 생각하시는지, 에릭 역에 어울릴 것 같은지 솔직하게 말씀해 주셔야 합니다. 아주 중요한 문제니까요."

말할 것도 없이 세실 리치는 올리버 부인이 생각하는 에릭 역할에 전혀 어울리지 않았다. 그보다 더 안 어울리는 사람을 찾기 힘들 정도였다. 연극 자체는 괜찮았다. 하지만 연극이 끝난 뒤 가진 이른바 '뒤풀이'는 늘 그렇듯 그녀에게 혹독한 시련의 시간이었다.

로빈은 물론 자기 분야인 만큼 그 시간을 충분히 즐기는 듯했다. 그는 세실을(아니, 적어도 올리버 부인이 세실일 거라고 생각하는 사람을) 쫓아다니면서 쉴 새 없이 지껄여 댔다. 올리버 부인은 세실이라는 배우가 마음에 들지 않았다. 차라리 자신에게 친절하게 말을 거는 마이클이라는 사람이 훨씬 더 마음에 들었다. 적어도 마이클은 그녀가 일일이 반응해 주기를 기대하지는 않았다. 그러기는커녕 오히려 독백을 더 즐기는 것 같았다. 피터라는 배우가 가끔씩 대화에 끼어들기도 했지만, 전반적으로 마이클 혼자 가슴속에 맺힌 한을 푸는 자리가 되었다.

"로빈은 마음이 너무 약해서 탈입니다. 우리가 오래전부터 그에게 여기 와서 연극을 봐 달라고 졸랐거든요. 하지만 로빈은 그 독한 여자의 치마폭에 싸여 헤어나지 못 하고 있어요. 안 그런가요? 비위를 맞추느라 정신이 없죠. 하지만 로빈은 정말 재능 있는 친구예요. 그렇게 생각지 않으십니까? 그야말로 재능이 넘치죠. 그런 친구가 모계주의의 제단에 바쳐지는 희생양이 되어서는 안 된단 말입니다. 여자들은 너무 무서워요. 그녀가 가엾은 알렉스 로스코프에게 어떻게 했는지 아십니까? 거의 1년 동안 그에게 푹 빠져 지냈는데, 어쩌다 그가 러시아에서 망명 온 귀족 출신이 아니라는 사실을 알게 된 겁니다. 물론 알렉스가 이야기를 지나치게 꾸며 낸 건 사실이에요. 하지만 아주 재미있는 이야기였죠. 우리 모두는 처음부터 거짓말이라는 걸 알고 있었어요. 어쨌든 그게 뭐 그리 중요하죠? 알렉스가 런던 빈민가의 양복장이 아들이라는 걸 알게 되자, 그 여자는 가차 없이 그를 차 버리더군요. 세상에, 어떻게 그럴 수가 있습니까? 저는 그런 속물들을 경멸해요. 알렉스도 그 여자와 헤어진 게 천만다행이라고 했어요. 그의 말로는 그 여자가 때때로 몹시 무섭게 느껴졌다더라고요. 정신이 좀 이상한 것 같다고도 말했어요. 특히 일단 화가 나면……. 아, 로빈, 우리는 지금 자네의 훌륭한 모친에 대해 이야기하고 있었어. 오늘 이 자리에 함께 오시지 못한 게 몹시 서운하군. 아무튼 올리버 부인을 만나 뵙게 돼서 정말 영광입니다. 살인 사건 이야기를 어쩌면 그렇게 맛깔나게 만들어 내시는지……."

낮은 톤의 목소리를 가진 늙수그레한 남자가 올리버 부인의 손을 덥석 잡았다. 뜨겁고 끈적끈적한 손이었다. 남자가 몹시 침울한 투로 말했다.

"어떻게 감사의 말씀을 드려야 할지 모르겠습니다. 당신은 저에게 생명의 은인이십니다. 당신 책 덕분에 죽을 고비를 몇 번이나 넘겼는지 몰라요."

얼마 후 그들 모두 밤공기가 상쾌한 극장 밖으로 나왔다. 곧장 '포니스 헤드'라는 술집으로 우르르 몰려가 술을 더 마시며 연극에 대해 이야기를 나누었다.

이윽고 올리버 부인과 로빈은 차를 타고 집으로 향했다. 완전히 기진맥진한 올리버 부인은 의자 등받이 깊숙이 기대고 눈을 감았다. 반면 로빈은 여전히 쉴 새 없이 떠들어 댔다.

"그것도 좋은 아이디어라고 생각하시죠? 안 그렇습니까?"

로빈이 마침내 말을 끝맺었다.

"네? 뭐라고요?"

올리버 부인이 갑자기 눈을 번쩍 뜨며 되물었다.

그녀는 잠시 그리운 집을 꿈꾸고 있었다. 이국적인 새와 나무들이 그려진 벽, 소나무로 만든 책상, 그녀의 타자기, 블랙커피, 곳곳에 놓인 사과……. 그 얼마나 거룩하고 고독한 행복이란 말인가. 작가가 자신만의 비밀스러운 성채로부터 벗어난 것은 치명적인 실수였다. 본래 작가들이란 수줍음 많고 사교성 없는 인간들로서, 스스로 친구를 개발하여 그들과 교류하면서 자신의 부족한 사회성을 벌충하는 법이었다.

"몹시 피곤하신가 봅니다."

로빈이 걱정스러운 표정을 지었다.

"괜찮아요. 사실 난 사람들과 어울리는 데 익숙지 않답니다."

"저는 사람들과 어울리는 걸 무척 좋아하는데, 아리아드네 씨는 안 그러신가 보죠?"

로빈이 밝게 웃었다.

"아니, 난 별로예요."

올리버 부인이 잘라 말했다.

"하지만 그런 걸 즐길 필요도 있습니다. 부인의 작품에 나오는 인물들을 좀 보세요."

"그건 경우가 다르죠. 나는 사람들보다 나무가 훨씬 더 멋지다고 생각해요. 훨씬 편안하고요."

"저는 사람들이 필요해요. 사람들은 저에게 자극을 주거든요."

로빈으로서는 당연한 말이었다.

집 앞에서 로빈이 차를 세우고 말했다.

"먼저 들어가세요. 저는 주차하고 들어가겠습니다."

올리버 부인이 언제나 그렇듯 힘겹게 차에서 빠져나와 천천히 마당으로 걸어 들어갔다.

"문은 열려 있을 겁니다."

로빈이 그녀의 등 뒤에서 소리쳤다.

현관문은 잠겨 있지 않았다. 올리버 부인은 문을 밀고 안으로 들어갔다. 불이 켜져 있지 않아 집 안이 온통 캄캄했다. 손님 입장에서 보면, 주인이 참으로 무심하다는 생각이 들었다. 혹시 전기를 아끼려고 그런 것일까? 부자들 가운데 알뜰한 사람들이 많으니까…….

복도에서 향기가 풍겼다. 이국적이고 고급스러운 향이었다. 올리버 부인은 잠시 자신이 엉뚱한 집에 들어온 건 아닌지 의아했다. 그녀는 곧 전기 스위치를 찾아 불을 켰다.

밝은 빛이 천장이 낮고 참나무 들보가 놓인 사각형의 복도를 비추었다. 응접실로 들어가는 문이 조금 열려 있었고 그 틈으로 발과 다리가 보였다. 업워드 부인이 아직 잠자리에 들지 않은 모양이었다. 휠체어에 앉은 채 그대로 잠이 든 게 틀림없었다. 불도 켜지 않은 것으로 보아 꽤 오랜 시간 잠들어 있었던 게 분명했다.

올리버 부인은 응접실 문으로 다가가 전기 스위치를 올렸다.

"저희 돌아왔……."

올리버 부인은 인사를 하려다 그만 입을 다물고 말았다.

그녀는 목으로 손을 감쌌다. 비명을 지르고 싶었지만 목이 콱 막혔다.

그저 속삭이듯 가느다란 소리만 나올 뿐이었다.

"로, 로…… 빈! 로…… 비인!"

잠시 후 로빈이 휘파람을 불며 마당으로 걸어 들어오는 소리가 들렸다. 올리버 부인이 재빨리 뒤돌아서서 현관으로 달려 나갔다.

"들어오지 말아요! 들어오지 말라고요! 당신 어머니가…… 어머니가…… 죽었어요. 아무래도 살해된 것 같아요……."

18장

I

"꽤 깔끔한 솜씨군."

스펜스 경정이 말했다.

촌부 같은 불그레한 얼굴에 분노가 가득 서려 있었다. 스펜스는 심각한 표정으로 자신의 말에 귀 기울이고 있는 푸아로를 바라보았다.

"수법이 깔끔하면서도 잔인해요. 교살입니다. 실크 스카프로 목을 졸랐어요. 사건 당일 피살자가 두르고 있던 스카프입니다. 그대로 목을 휘감아 양끝을 엇걸은 다음 힘껏 잡아당긴 거죠. 깔끔하고, 빠르면서도 효과적인 방법입니다. 인도의 자객들이 즐겨 쓰던 수법이에요. 당하는 사람은 몸부림을 치거나 비명을 지를 수도 없죠. 경동맥을 압박하니까요."

"특별한 지식이 있어야 합니까?"

"그럴 수도 있지만 꼭 그런 건 아닙니다. 일단 죽여야겠다고 마음먹으면 관련 자료를 섭렵할 수도 있겠죠. 하지만 실행하는 데 별다른 어려움은 없어요. 특히 희생자가 상대에 대해 전혀 의심을 품고 있지 않은 상황에서는 더 간단하죠. 업워드 부인도 그런 경우입니다."

푸아로가 고개를 끄덕였다.

"그러니까 면식범의 소행이라는 거군요."

"그렇습니다. 두 사람이 함께 커피를 마셨어요. 피살자 앞에 놓인 찻잔 외에 또 하나가 더 있었으니까요. 그 찻잔의 지문은 세심하게 지웠지만, 립스틱은 지문보다 지우기가 까다롭죠. 이 찻잔에도 립스틱 자국이 희미하게 남아 있습니다."

"그렇다면 범인이 여자란 말입니까?"

"여자라고 예상되지 않으십니까?"

"아, 그렇습니다. 그래, 그렇게 보이니까……."

스펜스가 말을 이었다.

"업워드 부인은 그 사진 중 하나를 본 적이 있다고 했죠? 릴리 갬볼의 사진을요. 그렇다면 이번 사건이 맥긴티 부인 사건과 관련된 것이겠군요?"

"그렇소. 맥긴티 부인 사건과 관련된 것입니다."

푸아로는 업워드 부인이 흥미로운 표정으로 이렇게 말하는 모습을 떠올렸다.

'맥긴티 부인이 살해되었다. 어쩌다가? 나처럼 위험을 무릅쓰

다가?'

스펜스가 말했다.

"업워드 부인으로서는 좋은 기회를 잡았다고 생각했던 거죠. 아들이 올리버 부인과 함께 극장에 가고 없었으니까요. 피살자가 범인에게 전화를 걸어 자기 집에 놀러 오라고 말했던 것 같습니다. 그렇게 생각지 않으세요? 피살자는 탐정 놀이를 하고 있었던 겁니다."

푸아로가 한숨을 내쉬었다.

"저도 비슷한 생각을 했습니다. 업워드 부인은 호기심이 많은 여자였습니다. 자신이 알고 있는 것을 누설하지 않으면서 더 많은 것을 알고 싶었겠죠. 하지만 자신의 행동이 위험을 자초하리라고는 전혀 생각지 못했던 겁니다. 많은 사람들이 살인을 일종의 게임으로 생각하고 있어요. 하지만 살인은 결코 게임이 아닙니다. 업워드 부인에게도 말해 주었지만 들으려 하지 않더군요."

"그랬을 겁니다. 결국 우리 예상이 들어맞았어요. 로빈이 올리버 부인과 집을 나서기 직전 다시 들어와 보니 어머니가 막 누군가와 통화를 끝내더랍니다. 통화한 상대가 누구인지는 말해 주지 않았고요. 혼자서만 은밀히 행동하려던 거죠. 로빈과 올리버 부인은 통화할 사람이 푸아로 씨 당신일 거라고 생각했다죠?"

"그게 나였으면 얼마나 좋았겠습니까. 업워드 부인이 누구에게 전화를 걸었을지 전혀 짚이시는 것이 없습니까?"

"글쎄요. 아시다시피 이 지역 전화는 모두 자동이라서 말입니다."

"가정부한테서도 아무런 단서를 얻지 못했습니까?"

"네. 재닛 그룸은 그날 밤 10시 30분쯤에 집에 돌아왔다고 합니다. 뒷문 열쇠를 갖고 있어서 들어오자마자 곧장 부엌 쪽에 있는 자기 방으로 들어가 그대로 잠들었다더군요. 집 안에 불이 모두 꺼져 있는 걸 보고는 업워드 부인이 이미 잠자리에 들었고, 다른 사람들은 아직 안 돌아왔겠거니 생각했답니다. 재닛 그룸은 본래 남의 일에 관심이 없는 데다 성격이 좀 별난 여자예요. 그러다 보니 집 안에서 무슨 일이 일어나는지 거의 신경을 안 쓰는 편입니다. 일은 제대로 안 하면서 불평만 많은 여자인 것 같습니다."
"그럼 그 집에서 오래 있었던 게 아닌가 보죠?"
"업워드 부인 집에서 일한 지 겨우 2년밖에 안 되었답니다."
잠시 후 경관이 문 뒤에서 고개를 내밀고 말했다.
"젊은 여자 분이 경정님을 뵙고 싶다는데요. 경정님이 꼭 아셔야 할 일이 있답니다. 간밤의 사건과 관련해서요."
"간밤의 사건과 관련해서? 어서 들여보내게."
여자는 디어드리 헨더슨이었다. 그녀의 얼굴은 창백하고 몹시 긴장한 듯했다. 그녀는 늘 그렇듯 무척 어색해했다.
"아무래도 선생님을 찾아뵙는 게 좋겠다는 생각이 들어서요. 혹시 제가 방해가 되는 건 아닌지······."
디어드리가 변명조로 덧붙였다.
"천만에요. 괜찮습니다, 헨더슨 양."
스펜스가 자리에서 일어나 의자를 권했다. 디어드리는 불량한 여학생처럼 의자에 털썩 주저앉았다.

스펜스가 능숙하게 대화를 이끌었다.

"어젯밤 사건과 관련해서 하실 말씀이 있다고요? 업워드 부인과 관련된 것입니까?"

"네, 그래요. 부인이 살해되었다는 게 정말 사실인가요? 아니죠? 우체부와 빵집 주인에게 소식을 전해 듣기는 했지만……. 어머니도 사실일 리 없다고……."

"안타깝지만 어머니 말씀이 틀리셨습니다. 업워드 부인이 살해된 것은 분명한 사실입니다. 자, 이제 말씀해 보시죠."

디어드리가 고개를 끄덕였다.

"알겠어요. 사실은 제가 거기 있었어요."

스펜스의 태도가 슬그머니 변했다. 겉으로는 더욱 친절한 것 같았지만 그 기저에는 공무원다운 엄격함이 서려 있었다.

"아가씨가 거기 있었단 말이죠? 래버넘스에요. 몇 시였습니까?"

"정확히는 모르겠어요. 8시 30분에서 9시 사이쯤, 아마 9시에 가까운 시간이었을 거예요. 저녁 식사를 마친 뒤였으니까요. 사실은 부인이 전화를 걸어 왔어요."

"업워드 부인이 아가씨한테 전화를 걸었단 말입니까?"

"네. 로빈과 올리버 부인이 컬른퀘이에 있는 극장에 가게 되어서 자기 혼자 집을 지켜야 하니, 와서 커피나 같이 마시자고 하더군요."

"그래서 그 집에 갔습니까?"

"네."

"함께 커피를 마셨나요?"

디어드리가 고개를 저었다.

"그건 아니에요. 도착해서 현관문을 두드렸지만 아무 대답이 없었어요. 그래서 문을 열고 안으로 들어갔죠. 집 안이 굉장히 어두웠어요. 복도에서 보니 응접실도 불이 꺼져 있더라고요. 저는 몹시 난감했어요. '업워드 부인!' 하고 두어 차례 불러 봤지만 여전히 아무 대답이 없더군요. 그래서 뭔가 착오가 있었나 보다고 생각했어요."

"어떤 착오를 말씀하시는 겁니까?"

"업워드 부인이 그냥 아들과 함께 극장에 갔는지도 모른다고요."

"아가씨한테 말도 안 하고요?"

"그 점이 좀 이상하다 싶었어요."

"다른 가능성은 생각해 보지 않았습니까?"

"어쩌면 프리다가 처음부터 잘못 전달했을 수도 있다는 생각도 들었어요. 프리다는 가끔 그런 실수를 하거든요. 외국인이니까요. 게다가 어젯밤 그녀는 우리 집을 떠날 생각에 잔뜩 흥분해 있었어요."

"그래서 그 다음에 어떻게 하셨습니까, 헨더슨 양?"

"그냥 나왔어요."

"곧장 집으로 돌아갔나요?"

"네. 아니, 그 전에 잠시 산책을 했어요. 날씨가 좋았거든요."

스펜스는 한동안 말없이 디어드리의 얼굴을 바라보았다. 푸아로는 스펜스의 시선이 디어드리의 입술에 고정되어 있는 걸 알아챘다.

잠시 후 정신을 차린 스펜스가 힘있게 말했다.

"감사합니다, 헨더슨 양. 이렇게 찾아와 말씀해 주신 건 아주 잘한 일입니다. 그 점 대단히 고맙게 생각합니다."

그는 자리에서 일어나 디어드리와 악수를 했다.

"말씀드려야 한다고 생각했어요. 어머니는 반대하셨지만요."

"그래요?"

"하지만 저는 말씀드리는 게 좋겠다고 생각했어요."

"잘 생각하신 겁니다."

디어드리를 문밖까지 배웅하고 돌아온 스펜스는 자리에 앉자마자 손가락으로 테이블을 두드리며 푸아로를 바라보았다.

스펜스가 말했다.

"립스틱을 바르지 않았더군요. 혹시 오늘 아침에만 그런 건 아닐까요?"

"아니, 오늘 아침뿐만이 아닙니다. 디어드리 양은 늘 립스틱을 바르지 않아요."

"그거 참 이상하군요. 요즘 세상에 그런 여자가 있다니."

"그녀는 꽤 특이한 아가씨인 것 같더군요. 나이와 어울리지 않는 구석이 많은 편이죠."

"향수도 안 뿌린 것 같더군요. 올리버 부인의 말에 따르면 어젯밤 사건 현장에서 확실히 향수 냄새가 났다던데……. 그것도 아주 값비싼 향수 냄새였다고요. 로빈 업워드에게 확인해 보니 업워드 부인이 사용하는 향수는 아니라더군요."

"저 아가씨는 분명 향수도 사용하지 않을 겁니다."

"제 생각도 그렇습니다. 헨더슨 양은 뭐랄까, 구식 여학교의 하키

팀 주장 같은 인상이에요. 나이는 서른 살쯤 되었을 텐데 말이죠."

"그쯤 되었을 겁니다."

"여자로서 성장이 멈춘 건 아닐까요?"

푸아로는 잠시 생각해 본 뒤 그렇게 단순한 문제는 아니라고 말했다.

스펜스가 얼굴을 찌푸렸다.

"이렇게 되면 앞뒤 상황이 들어맞지 않아요. 립스틱도 안 바르고 향수도 안 뿌리는 아가씨니……. 게다가 헨더슨 양에게는 아주 멀쩡한 어머니가 있잖습니까? 릴리 갬볼의 어머니는 그녀가 아홉 살 때 카디프(영국 웨일즈 남단에 있는 도시 — 옮긴이)에서 술을 마시고 싸움이 붙었다가 사망했답니다. 그러니 헨더슨 양이 릴리 갬볼일 가능성은 없을 것 같은데……. 하지만 업워드 부인이 어젯밤 그녀에게 전화를 걸었다고 하니, 그 점도 이상하지 않습니까? 일이 착착 진행되지 않는군요."

스펜스는 코를 문질렀다.

"의학적 증거는 안 나왔습니까?"

"별로 도움될 만한 건 없습니다. 검시관들의 공통적인 소견은 피살자의 사망 시각이 9시 30분 무렵이라는 겁니다."

"그럼 디어드리 헨더슨이 래버넘스에 갔을 때 이미 죽어 있었을 가능성도 있군요?"

"헨더슨 양의 말이 사실이라면 그렇겠죠. 진실을 말했든 그렇지 않든 그녀는 생각이 깊은 여자예요. 어머니가 우리를 만나러 가는 것을 반대했다고 하지 않습니까? 특별한 이유라도 있을까요?"

푸아로가 잠시 생각에 잠겼다.

"특별한 이유는 없을 겁니다. 어머니들은 대개 그러니까. 당신도 아시겠지만 웨더비 부인은 무엇이든 불쾌한 것은 일단 피하고 보는 사람입니다."

스펜스는 한숨을 내쉬었다.

"이 시점에서 정리하자면, 우선 디어드리 헨더슨은 확실히 현장에 갔었습니다. 어쩌면 그녀가 도착하기 전에 누군가 또 다른 사람이 와 있었을 수도 있고요. 그 사람은 여자예요. 립스틱과 값비싼 향수를 쓰는 여자."

푸아로가 조심스럽게 중얼거렸다.

"혹시 탐문 조사를 벌일 생각이……?"

스펜스가 불쑥 말했다.

"조사는 벌써 시작되었습니다. 단지 지금으로서는 신중을 기할 뿐입니다. 사람들에게 경종을 울리고 싶지는 않으니까요. 이브 카펜터는 지난밤에 무엇을 했을까요? 또 쉴라 렌델은 뭘 하고 있었을까요? 아마 십중팔구 집에 있었을 겁니다. 카펜터 씨가 정치 집회에 참석했다는 사실은 확인되었고요."

푸아로가 신중하게 말했다.

"이브라……. 이름도 유행이 있게 마련이죠. 안 그렇습니까? 요즘에 에바라는 이름은 거의 찾아보기 힘든 것 같습니다. 이미 한물간 이름이 되었죠. 하지만 이브라는 이름은 인기가 많습니다."

"그녀라면 값비싼 향수를 쓸 능력이 되죠."

스펜스가 나름대로 추리를 했다. 그는 곧 한숨을 내쉬었다.

"그녀의 배경에 대해 더 자세히 조사해 봐야 할 것 같습니다. 전쟁 과부가 되기는 상당히 쉽죠. 어디선가 애처로운 얼굴로 나타나 젊고 용감한 공군의 죽음을 애도하기만 하면 되니까요. 그런 여자에게 전후 사정을 꼬치꼬치 캐묻는 사람은 아무도 없을 겁니다."

스펜스가 화제를 바꾸었다.

"그런데 지난번에 보내 주신 그 설탕 망치인가 하는 것 말입니다. 푸아로 씨께서 제대로 맞히셨더군요. 확인 결과 맥긴티 부인 사건에 사용된 범행 도구가 맞답니다. 시신에 난 상처와 정확히 맞아떨어진다고 검시관이 말하더군요. 게다가 혈흔도 발견되었습니다. 물론 범인이 씻어 내기는 했지만, 요즘에는 극소량의 혈액도 시약에 반응한다는 사실을 몰랐겠죠. 확실히 사람의 피였습니다. 이렇게 되면 또다시 웨더비 씨 부부와 헨더슨 양이 이번 사건과 연관되는 거죠. 안 그렇습니까?"

"하지만 디어드리 헨더슨은 그 설탕 망치를 추수 축제 기념 바자회에 내놓았다고 분명히 말했습니다."

"서머헤이스 부인은 크리스마스 때였다고 확언하지 않았나요?"

푸아로가 우울하게 말했다.

"서머헤이스 부인은 확실한 걸 기대할 수 없는 사람입니다. 물론 밝은 성격은 매력적이지만, 매사에 어떤 질서나 방법 같은 걸 전혀 찾아볼 수 없습니다. 하지만 이것만은 분명히 말할 수 있어요. 제가 롱 메도즈에 살면서 지켜본 결과, 그 집의 모든 문과 창문은 항상 열려 있다는 것 말입니다. 따라서 누군가 그 집에 들어와 무언가를 집어 갔다가 나중에 제자리에 갖다 놓는다고 해도, 주인 내외는 결코 알아차리지 못할 겁니다. 만에 하나 그들이 설탕 망치가 없어진 걸 알게 되었다고 해도, 서머헤이스 부인은 남편이 토끼 고기를 자르거나 장작을 쪼개는 데 쓰려고 가져갔을 거라고 생각할 거죠. 반면 서머헤이스 소령은 아내가 개 먹이를 다지는 데 쓰려고 가져갔다고 생각하겠죠. 다시 말해 그 집에서는 용도에 맞는 도구를 찾아 쓰는 법이 없습니다. 무조건 손에 잡히는 대로 아무 거나 사용했다가, 다 쓰고 나면 또 아무 데나 내버려 두는 식이죠. 그러니까 무언가 제대로 기억하는 게 하나도 없을 수밖에. 저 같으면 그런 생활이 너무 불안할 겁니다. 하지만 그들은 아무렇지도 않은 것 같더군요."

스펜스가 한숨을 내쉬었다.

"아무튼 이번 사건으로 잘된 일이 하나 있습니다. 사건이 완전히 해결되기 전까지 제임스 벤틀리의 형 집행을 무기한 연기하기로 했습니다. 내무부에 편지를 보냈거든요. 그 결과 우리가 그토록 원하던 것을 얻었습니다. 바로 시간이죠."

"아무래도 제임스 벤틀리를 다시 만나 봐야 할 것 같습니다. 단서가 좀 더 많이 확보되었으니 말입니다."

II

그동안 제임스 벤틀리는 조금 달라져 있었다. 살이 약간 더 빠졌고, 두 손은 전보다 더 불안하게 움직였다. 그 점을 제외하고 그는 여전히 말이 없고 절망적인 모습이었다.

에르퀼 푸아로가 조심스럽게 설명했다. 몇 가지 새로운 증거가 발견되어 경찰이 사건을 다시 수사하고 있다고. 그러므로 아직 희망이 있다고…….

그러나 제임스 벤틀리는 희망이라는 말을 듣고도 무덤덤했다.

"다 소용없는 짓입니다. 더 이상 뭘 찾아낼 수 있겠어요?"

"당신 친구들이 무척 애를 쓰고 있습니다."

"제 친구들이라니요? 저는 친구가 없어요."

벤틀리가 이해할 수 없다는 듯 어깨를 으쓱했다.

"그렇게 말해선 안 됩니다. 당신에게는 최소한 친구가 둘은 있어요."

"둘이라고요? 그들이 대체 누군지 궁금하군요."

그러나 말투는 진심으로 알고 싶어 하는 것 같지 않았다. 그저 믿을 수 없다는 투였다.

"우선 스펜스 경정이 있고……."

"스펜스? 스펜스? 나한테 불리한 수사를 한 그 경찰 말입니까? 기가 막혀 웃음이 나올 지경이군요."

"웃을 일이 아닙니다. 당신에게는 다행이죠. 스펜스는 매우 똑똑하고 양심적인 경찰관입니다. 그는 자신이 잡아들인 사람이 진짜 범인인지 확실하게 증명하기를 바라고 있죠."

"그런 것 같기는 하더군요."

"그런데 이번 경우는 이상하게도 그런 확신이 안 든다더군요. 그렇기 때문에 그가 당신 친구라는 겁니다."

"세상에 별난 친구도 다 있군요."

에르퀼 푸아로는 잠시 말없이 기다렸다. 제임스 벤틀리도 분명 인간적인 면모를 갖고 있을 터였다. 그에게도 보통 사람들이 가지기 마련인 호기심이 아예 없지는 않을 거라고 생각했다.

푸아로의 생각이 맞았다.

"그럼 나머지 한 친구는 누굽니까?"

"모드 윌리엄스입니다."

벤틀리는 곧바로 반응을 보이지 않았다.

"모드 윌리엄스요? 그게 누구죠?"

"브리더 앤드 스커틀 부동산 사무소에서 일했던 여자입니다."

"아, 그 윌리엄스 양……."

"프레시제멍(그렇습니다). 바로 그 윌리엄스 양입니다."

"하지만 그녀가 저와 무슨 상관이죠?"

에르퀼 푸아로는 제임스 벤틀리의 태도에 너무 화가 난 나머지 차라리 그가 맥긴티 부인을 살해한 진짜 범인이라고 믿고 싶을 때가 있었다. 그러나 안타깝게도 벤틀리가 화를 돋울수록 점점 더 스펜스의 예상이 옳다는 생각이 들었다. 벤틀리가 누군가를 살해하는 장면이 도저히 머릿속에 그려지지 않았던 것이다. 푸아로는 제임스 벤틀리의 태도와 성격으로 미루어 살인이 그에게 아무런 이득을 가져다 주지 않는다는 확신이 들었다. 스펜스의 주장대로 잘난 척 하는 것이 살인자들의 공통된 특징이라면, 벤틀리는 분명 살인자일 리 없었다.

푸아로가 감정을 억누르고 말했다.

"윌리엄스 양은 이번 사건에 관심이 많습니다. 그녀는 당신이 결백하다고 믿고 있습니다."

"그 여자가 뭘 안다고 그런 말을 하는지 모르겠군요?"

"그녀는 당신을 잘 알고 있습니다."

제임스 벤틀리가 눈을 껌벅거리더니 볼멘소리로 말했다.

"어떤 면에서는 그럴 수도 있겠죠. 하지만 어쨌든 저를 잘 아는 건 아니에요."

"두 사람은 같은 회사에서 일하지 않았습니까. 아닙니까? 가끔 식사도 같이 했고."

"그야 뭐……. 그래요, 한두 번 같이 먹었습니다. 블루캣 카페에서요. 바로 길 건너에 있으니 편하잖아요."

"그녀와 산책을 한 적은 없습니까?"

"솔직히 한 번 있었습니다. 그냥 언덕을 같이 걸어 올라갔었죠."

에르퀼 푸아로는 결국 폭발하고 말았다.

"마 푸아(이거야, 원)! 내가 지금 당신한테 죄를 자백받으려는 줄 아십니까? 예쁜 아가씨와 사귀는 건 자연스러운 일 아닙니까? 즐거운 일 아니냔 말입니다. 그런 걸 스스로 즐길 줄 모르는 겁니까?"

"왜 그래야만 하는지 모르겠군요."

"당신 나이에는 여자와 사귀는 게 자연스러운 일이고, 또 마땅히 그래야 하는 겁니다."

"저는 여자들에 대해 잘 모릅니다."

"사 스 부아(당연하지)! 당신은 그 점을 부끄럽게 생각해야 합니다. 괜히 점잔 떨지 말란 말입니다. 당신은 윌리엄스 양을 알고 있습니다. 함께 일하고, 이야기도 나누고, 가끔씩 함께 식사도 했죠. 게다가 한 번은 산책도 같이 했고요. 그런데도 내가 그녀에 대해 말을 꺼냈을 때, 당신은 그녀의 이름조차 기억 못 하고 있으니!"

제임스 벤틀리의 얼굴이 벌겋게 달아올랐다.

"음, 아시다시피 저는 지금까지 여자와 사귀어 본 적이 한 번도 없습니다. 게다가 윌리엄스 양은 딱히 요조숙녀라고 할 만한 여자는 아니잖아요. 안 그렇습니까? 물론 매우 멋진 여자죠. 하지만 그뿐이에요. 그러다 보니 돌아가신 어머니가 보셨다면 분명 품위 없는 여자라고 말씀하셨을 거라는 생각이 들더군요."

"중요한 건 당신이 그녀를 어떻게 생각하는가 하는 겁니다."

제임스 벤틀리가 다시금 얼굴을 붉혔다.

"머리 모양도 그렇고 옷 입는 것도 그렇고……. 물론 어머니가 보수적이기는 하셨지만……."

푸아로가 상대의 말을 잘랐다.

"하지만 당신은 윌리엄스 양에 대해…… 뭐랄까, 호감을 가지고 있지 않았습니까?"

벤틀리가 느릿느릿 말했다.

"그녀는 늘 친절하게 대해 주었어요. 그렇지만 정말이지 제 마음을 전혀 이해하지 못하더라고요. 어머니가 다섯 살 때 돌아가셨다더군요."

"아무튼 결국 당신은 직장을 잃었고, 새 직장을 구하지 못했습니다. 그 후 윌리엄스 양이 브로디니에서 당신을 한 번 만났다던데, 내 말이 맞습니까?"

제임스 벤틀리는 지친 듯 보였다.

"네, 네, 맞아요. 그녀가 회사 일로 브로디니에 오게 되었다고 엽서를 보내 왔더군요. 한 번 만날 수 있겠냐고요. 저는 그녀가 왜 그랬는지 모르겠어요. 제가 그녀를 잘 아는 것도 아닌데 말이에요."

"어쨌든 두 사람은 만났잖습니까?"

"네. 무례하게 굴고 싶지 않았거든요."

"그래서 그녀와 함께 극장이나 식당에 갔나요?"

제임스 벤틀리는 모욕이라도 당한 듯한 표정을 지었다.

"무슨 그런 말씀을! 아니에요. 그냥 정류장에서 그녀가 버스를 기다리는 동안 잠시 이야기를 나누었을 뿐입니다."

"이런! 가엾은 아가씨가 무척이나 기뻐했겠군요."

벤틀리가 날카롭게 쏘아붙였다.

"제게는 돈이 한 푼도 없었단 말입니다. 그 점을 아셔야죠. 저는 정말 빈털터리였다고요."

"물론 그건 알고 있습니다. 그런데 그 일이 있고 불과 며칠 뒤에 맥긴티 부인이 살해되었죠. 안 그렇습니까?"

제임스 벤틀리가 고개를 끄덕이다가 느닷없이 말했다.

"맞아요! 그날이 월요일이었어요. 맥긴티 부인이 살해된 건 수요일이었고요."

"벤틀리 씨, 이제 좀 다른 질문을 하겠습니다. 맥긴티 부인이《선데이 코밋》을 구독했습니까?"

"네, 그랬죠."

"당신도 그 신문을 읽어 본 적이 있습니까?"

"가끔 그녀가 권하기는 했지만, 썩 내키지 않았어요. 돌아가신 어머니가 그런 유의 신문을 싫어하셨거든요."

"그러니까 당신은 사건이 발생한 그 주에 나온《선데이 코밋》을 읽지 않았다는 겁니까?"

"그렇습니다."

"혹시 맥긴티 부인이 그 신문에 대해 어떤 말을 하지 않았습니까? 신문 기사 내용에 대해서라거나."

제임스 벤틀리가 돌연 말했다.

"아, 맞아요. 그런 얘기를 했습니다. 당시에 그녀는 그 신문에 푹 빠져 있었어요!"

"오, 그랬군요! 맥긴티 부인이《선데이 코밋》에 푹 빠져 있었군요. 그래서 그녀가 무슨 말을 했습니까? 잘 생각해 보세요. 이건 아주 중요한 문제니까요."

"자세한 건 기억나지 않습니다. 예전에 일어난 어떤 살인 사건에 관한 얘기였는데……. 크레이그라고 했던 것 같기도 하고, 그게 아닌 것 같기도 하고……. 아무튼 그녀 말로는 그 사건과 관련된 누군가가 지금 브로디니에 살고 있다고 했어요. 그 일로 몹시 흥분해 있었죠. 그 일이 그녀에게 왜 그렇게 중요한지 이해할 수 없더군요."

"그 사람이 누구라는 말도 했습니까? 브로디니에 산다는……?"

제임스 벤틀리가 모호하게 말했다.

"아들이 희곡 작가라는 그 여자였던 것 같아요."

"맥긴티 부인이 그 여자 이름을 언급하던가요?"

"아니요. 그건 저도…… 너무 오래전 일이라……."

"잘 좀 생각해 보세요. 다시 자유의 몸이 되고 싶지 않습니까?"

"자유의 몸이라고요?"

벤틀리가 놀란 듯이 되물었다.

"그렇습니다. 자유."

"음, 예, 그런 것 같습니다."

"그럼 생각해 보란 말입니다. 맥긴티 부인이 뭐라고 말했는지."

"글쎄요……. '그 여자는 잘난 척하고 자부심이 강한 것 같지만, 알고 보면 그다지 잘난 것도 없는 여자'라는 식으로 말했던 것 같아요. 그리고 '사진을 보면 그 여자와 같은 사람이라는 생각이 전혀 안 들 거다.'라고 말했어요. 물론 사진이 아주 오래된 것이기는 했지만요."

"그런데 당신은 왜 맥긴티 부인이 지칭한 사람이 업워드 부인일 거라고 확신했던 겁니까?"

"저도 잘 모르겠어요……. 그냥 느낌이 그랬습니다. 그녀가 업워드 부인에 대해 이야기하는구나 싶었죠. 그런 생각이 들자 흥미가 떨어져 제대로 듣지 않았어요. 그리고 그 후에……. 아니, 지금 생각해 보니, 그때 맥긴티 부인이 누구를 두고 이야기한 건지 정말 모르겠습니다. 아시다시피 그녀는 워낙 말이 많았으니까요."

푸아로가 깊은 한숨을 내쉬었다.

"저는 맥긴티 부인이 지칭한 사람이 업워드 부인이었다고 생각지 않습니다. 누군가 다른 사람이죠. 만약 당신이 교수형을 당한다면 그건 당신이 상대의 말에 제대로 귀 기울이지 않았기 때문일 겁니다. 그렇게 되면 너무 어처구니없지 않겠습니까? 자, 잘 생각해 보십시오. 맥긴티 부인이 자기가 일하러 다니는 집이나 그 안주인들에 대해 이야기를 많이 하지 않았습니까?"

"네, 그런 편이었어요. 하지만 그런 건 저한테 물어보셔도 소용없을 겁니다. 푸아로 씨 당신은 당시에 제가 제 자신의 삶에 대해 생각하느라 여념이 없었다는 점을 지나치시는 것 같군요. 그때 저는 매우 불안한 상태였다고요."

"그래도 지금만큼 불안한 상태는 아니었을 테지요. 다시 한 번 묻겠습니다. 맥긴티 부인이 카펜터 부인, 그때는 셀커크 부인이었지, 아무튼 그 부인이나 렌델 부인에 대해 이야기한 적은 없습니까?"

"카펜터라면 언덕 꼭대기의 새 집에 사는 남자 말입니까? 좋은 차도 있고요? 그 사람은 당시에 셀커크 부인과 약혼한 상태였죠. 맥긴티 부인은 셀커크 부인을 몹시 싫어했어요. 왜 그랬는지는 저도 모르지만요. 항상 그녀를 '벼락출세한 여자'라고 표현했죠. 무슨 뜻으로 그런 말을 했는지는 몰라도요."

"그럼 렌델 씨 부부에 대해서는 뭐라고 했나요?"

"그 사람은 의사 아닌가요? 그들에 대해서는 특별히 들은 기억이 없어요."

"웨더비 씨 가족에 대해서는요?"

"그건 확실하게 기억하고 있어요. 그 댁 부인에 대해서는 '수다스럽고 변덕이 심해서 도저히 못 참겠다.'고 말했어요. '남편에 대해 좋은지 싫은지 일언반구도 하지 않는 여자'라고 하더군요."

벤틀리는 잠시 입을 다물었다가 다시 말했다.

"그녀 말로는 무척 불행한 가족이라고 했어요."

에르퀼 푸아로가 갑자기 고개를 번쩍 들었다. 한순간 제임스 벤틀리의 목소리에서 이전까지 한 번도 들어 보지 못한 무언가를 느꼈기 때문이다. 그는 기억나는 대로 무작정 읊어 대는 것이 아니었다. 아주 짧은 순간이었지만 그의 마음이 특유의 그 무심함에서 벗어나 있었다. 제임스 벤틀리는 헌터스 클로즈에 대해, 그 집 사람들의 삶에 대해, 그들이 행복한지 아닌지에 대해 고민했다. 제임스 벤틀리가 객관적으로 생각을 하고 있었던 것이다.

푸아로가 부드럽게 말했다.

"그 집 사람들과 알고 지냈나 보군요? 그 부인, 아니면 남편? 아니면 그 집 딸과 잘 아는 사이였습니까?"

"잘 아는 사이는 아니었습니다. 그저 그 집 개를 구해 준 적이 있어요. 실리엄테리어인데 올가미에 걸려 꼼짝 못 하고 있었죠. 딸 혼자서는 혼자 올가미를 못 풀길래 제가 도와줬어요."

벤틀리의 말투가 또다시 변했다.

"제가 그녀를 도와줬다고요."

그 말에 희미하게나마 자부심 같은 것이 배어 있었다.

푸아로는 올리버 부인이 디어드리 헨더슨과 나눈 대화 내용을 기억하고 있었다.

푸아로가 온화하게 말했다.

"그럼 그녀와 이야기도 나누었겠군요?"

"네, 어머니가 많이 편찮으시다고 말했어요. 그녀는 자기 어머니를 무척 사랑하는 것 같았어요."

"그래서 당신도 당신 어머니에 대해 이야기했습니까?"

"네."

제임스 벤틀리가 짧게 대답했다.

푸아로는 아무 말도 하지 않고 상대가 이야기할 때까지 기다렸다. 마침내 벤틀리가 입을 열었다.

"인생이란 무척 잔인한 겁니다. 무척 불공평하기도 하고요. 결코 영원히 행복할 수 없을 것 같은 사람들도 있으니까요."

"그럴 수도 있겠지."

"저는 지금까지 그녀가 행복한 삶을 살았다고 생각하지 않습니다. 웨더비 양 말이에요."

"헨더슨 양입니다."

"아, 맞습니다. 지금 아버지는 의붓아버지라더군요."

"디어드리 헨더슨. 슬픔에 빠진 디어드리…….(아일랜드 극작가 존 밀링턴 싱(1871~1909)이 아일랜드의 유명한 신화와 전설을 바탕으로 쓴 희곡 제목—옮긴이) 무척 아름다운 이름이죠. 하지만 아가씨의 외모는 그다지 아름답지 않더군요. 안 그런가요?"

그 순간 제임스의 얼굴이 벌겋게 달아올랐다. 그가 천천히 혼잣말처럼 중얼거렸다.

"제가 보기에는 상당히 아름답던데……."

19장

"너는 무조건 내 말만 들으면 돼."

스위티맨 부인이 말했다.

에드나는 언제나 그렇듯 코를 킁킁거렸다. 그녀는 한참 전부터 스위티맨 부인의 잔소리를 듣고 있었다. 두 사람의 대화는 진전될 가망 없이 계속 제자리만 맴돌고 있었다. 스위티맨 부인은 똑같은 말을 수없이 되풀이했다. 표현을 조금씩 바꾸긴 했지만 그다지 큰 차이는 없었다. 만성 비염에 시달리는 에드나는 계속 코를 킁킁대다가 가끔씩 엉엉 울음을 터트렸다. 그녀가 하는 말이라고는 딱 두 마디뿐이었다. 하나는 "그럴 순 없어요!"였고, 다른 하나는 "아버지가 저를 가만두지 않을 거예요."였다.

스위티맨 부인이 말했다.

"그건 어디까지나 그럴지도 모른다는 추측일 뿐이잖아. 하지만 살인 사건이 일어난 것도 사실이고, 네가 무언가를 본 것도 사실이야. 그 두 가지 사실에서 벗어날 수는 없다고."

에드나는 여전히 코만 킁킁댈 뿐이었다.

"그러니까 네가 반드시 해야 할 일은……."

스위티맨 부인이 갑자기 말을 멈추었다. 웨더비 부인이 뜨개질바늘과 털실을 사려고 우체국으로 들어섰기 때문이었다.

"한동안 통 뵐 수가 없었네요, 부인."

스위티맨 부인이 밝게 인사를 건넸다.

웨더비 부인이 깊은 한숨을 내쉬었다.

"그랬죠. 요즘 몸이 굉장히 안 좋았거든요. 아시겠지만 계속 누워 있어야 하는 처지이다 보니……."

"그런데 마침내 가정부를 구하셨다면서요? 이렇게 밝은 색 실을 쓰시려면 바늘은 어두운 색으로 하시는 게 좋을 거예요."

"그래요. 보기와 달리 일을 아주 잘하는 아가씨예요. 요리 솜씨도 괜찮고요. 하지만 행동거지와 외모는 정말 기가 막힐 지경이랍니다. 물들인 머리칼에다 전혀 어울리지 않는 꽉 끼는 윗옷을 입더라니까요."

"아, 그렇군요. 요즘 젊은 아가씨들은 제대로 훈련이 안 되어 있죠. 저희 어머니는 열세 살에 가정부 일을 시작하셨는데 그때부터 매일 아침 4시 45분에 일어나셨대요. 그 일을 그만두셨을 무렵에는 어머니 아래로 하녀들이 세 명이나 있었다더라고요. 물론 어머니가 그들을 훈련시켰고요. 하지만 요즘에는 그런 체계가 아예 없죠. 젊은 사람들은 실질적인 실습 대신 학교 교육이란 걸 받잖아요. 에드나처럼 말이에요."

두 여자가 동시에 에드나를 바라보았다. 에드나는 우체국 계산대에 기대 서서 코를 쿵쿵거리며 멍한 표정으로 박하사탕을 빨아먹고 있었다. 교육을 받은 사람의 표본으로라면, 그녀는 현대 교육에 그 어떤 신뢰도 가져다 주지 못하고 있었다.

"그나저나 업워드 부인 사건은 정말 끔찍하지 뭐예요. 안 그런가요?"

다양한 색깔의 바늘들을 살펴보고 있는 웨더비 부인을 향해 스위티맨 부인이 자연스럽게 말했다.

"생각만 해도 소름 끼쳐요. 나한테는 아예 얘기도 잘 안 해 주려고 하더군요. 그러다 결국 사연을 듣게 되었을 때, 심장이 얼마나 무섭게 뛰던지……. 내가 워낙 예민한 편이라서요."

"우리 모두에게 충격적인 일이었죠. 그러니 아들인 젊은 업워드 씨는 얼마나 놀랐겠어요. 의사가 와서 진정제를 주사 놓기 전까지 그 소설 쓰시는 여자 분이 꼭 끌어안고 있었다더라고요. 지금 업워드 씨는 돈을 내고 롱 메도즈에서 지낸대요. 자기 집에서는 도저히 있을 수가 없어서요. 그럴 만도 하죠. 가정부 재닛 그룸은 자기 조카 딸 집으로 가 버렸고, 경찰이 집 열쇠를 갖고 있다더군요. 추리 소설을 쓰는 여자 분은 런던으로 돌아가셨대요. 하지만 심리 때 다시 올 거래요."

스위티맨 부인은 이 모든 정보를 맛깔나게 전해 주었다. 그녀는 자신이 많은 정보를 갖고 있다는 데에 자부심을 느끼고 있었다. 웨더비 부인 또한 마을에서 일어나는 이야기를 듣고 싶어서 일부러 뜨개질바늘을 사러 온 터였다. 그녀는 원하는 것을 얻었다고 생각한 듯 물건 값을 치르면서 말했다.

"정말 화가 난다니까요. 온 동네가 위험 지대로 변해 버렸잖아요. 어딘가에 미치광이가 있는 게 분명해요. 그날 밤 내 딸도 밖에 나갔었는데, 그 미치광이에게 당했을 수도, 아니 어쩌면 살해되었을 수도 있다고 생각하면……."

웨더비 부인이 갑자기 두 눈을 꼭 감더니 발을 조금 휘청거렸다. 스위티맨 부인은 흥미롭게 그녀를 지켜보았다. 그러나 조금도 놀라지 않았다. 잠시 후 웨더비 부인이 다시 눈을 뜨고 사뭇 위엄 있게 말했다.

"이 동네에도 경찰이 순찰을 돌아야 해요. 젊은 사람들은 해가 떨어진 뒤에 절대로 집 밖을 나가서는 안 되고, 집집마다 모든 문을 잠그고 빗장까지 걸어 둬야만 해요. 당신도 알겠지만 저기 롱 메도즈의 서머헤이스 부인은 결코 문을 잠그는 법이 없더군요. 심지어 밤에도 그냥 열어 두더라고요. 뒷문과 응접실 창문도 항상 열어 놓아서, 개와 고양이들이 들락날락하게 내버려 두더군요. 내가 보기에는 미친 짓이라고 생각되지만, 그 안주인 말로는 지금까지 항상 그래 왔기 때문에 도둑이 들어오려고 마음만 먹었다면 언제든 들어왔을 거라고 하더군요."

"어차피 그 집에는 도둑이 들어와 봤자 가져갈 만한 것도 없을 거예요."

스위티맨 부인이 말했다.

웨더비 부인은 슬픈 표정으로 고개를 젓고는 물건을 챙겨 자리를 떠났다.

스위티맨 부인과 에드나는 하던 이야기를 계속했다.

"네가 아무리 많이 아는 척해 봤자 소용없어. 옳은 건 옳은 거고 살인은 살인이야. 그러니 진실을 밝혀서 악마를 벌해야 해. 내가 말하려는 건 바로 그거라고."

"아버지가 저를 가만두지 않으실 거란 말이에요. 확실해요."

에드나가 징징거리며 말했다.

"그럼 내가 네 아버지께 말씀드릴게."

"그럴 순 없어요!"

"업워드 부인이 살해됐어. 그런데 넌 경찰이 모르는 무언가를 알고 있어. 너는 우체국 직원이야. 안 그래? 정부를 위해 일하는 공무원이라고! 그러니 네 의무를 다해야 해. 당장 버트 헤일링을 찾아가서……."

에드나가 또다시 울음을 터트렸다.

"버트는 안 돼요. 제가 어떻게 그 사람을 찾아가요? 그럼 온 마을에 소문이 쫙 퍼질 텐데……."

스위티맨 부인도 우물쭈물했다.

"그럼 그 외국인 신사분에게……."

"외국인은 싫어요! 외국인은 안 된다고요!"

"그래, 그건 네 말이 맞다."

그때 우체국 밖에서 요란한 브레이크 소리와 함께 자동차 한 대가 멈춰 섰다. 스위티맨 부인의 얼굴이 환해졌다.

"서머헤이스 소령님이시다. 맞아. 저분한테 모든 사실을 털어놓으면 어떻게 해야 할지 적당한 조언을 해 주실 거야."

"그럴 수는 없는데……."

에드나가 말끝을 흐렸다.

존 서머헤이스가 묵직한 상자 세 개를 안고 비틀거리며 우체국 안으로 들어왔다.

그가 활기찬 목소리로 인사를 건넸다.

"안녕하십니까, 스위티맨 부인. 중량이 초과되지 않아야 할 텐데요."

스위티맨 부인은 능숙하게 소포를 접수했다. 서머헤이스가 우표에 침을 묻히고 있을 때 그녀가 말했다.

"죄송하지만 조언을 구하고 싶은 일이 있는데요……."

"네, 말씀하십시오."

"이 마을 토박이시니까 어떻게 해야 할지 가장 잘 아실 거라고 믿어요."

서머헤이스 소령이 고개를 끄덕였다. 그는 영국 마을에 봉건 시대 정신이 여전히 남아 있는 것을 항상 의아하게 생각했다. 브로디니 주민들은 개인적으로 그를 거의 알지 못했다. 하지만 그의 아버지와 할아버지를 비롯한 그 윗세대가 대대로 롱 메도즈에 살았다는 이유만으로, 사람들은 중요한 일이 생겼을 때 그에게 조언과 지침을 구하는 것을 당연하게 생각했다.

"여기 이 에드나한테 문제가 생겼어요."

에드나는 여전히 코만 킁킁댔다.

존 서머헤이스가 의아한 눈길로 에드나를 바라보았다. 그처럼 호감이 안 가게 생긴 아가씨는 생전 처음이었다. 에드나는 마치 가죽을 벗긴 토끼 같았다. 게다가 약간 모자라 보이기까지 했다. 물론 그녀가 일을 하는 데 있어서 '골칫덩이'로 분류된 건 아니었다. 그 문제에 관해서는 스위티맨 부인도 그에게 조언을 구하지는 않을 터였다.

서머헤이스가 다정하게 물었다.

"그래, 어떤 문제죠?"

"살인 사건에 관한 거예요. 사건이 일어난 날 밤, 에드나가 무언가를 봤대요."

그때까지 줄곧 에드나에게 고정되어 있던 서머헤이스의 시선이 순간적으로 스위티맨 부인에게 옮겨 갔다. 그러다 곧 에드나에게 돌아왔다.

"뭘 보았죠, 에드나?"

에드나는 훌쩍훌쩍 울기 시작했다. 보다 못한 스위티맨 부인이 대신 나섰다.

"물론 우리 같은 사람들은 이런저런 이야기를 많이 듣게 되죠. 그중에 헛소문인 것도 있고 사실인 것도 있어요. 하지만 그날 밤 한 여자가 업워드 부인과 커피를 마신 건 분명하다고 하더군요. 그게 정말인가요?"

"그런 걸로 알고 있습니다."

"그럴 줄 알았어요. 버트 헤일링한테 들은 얘기니까 사실이라고 생각했죠."

버트 헤일링은 서머헤이스도 잘 아는 그 지역 경찰관으로, 말투가 느릿느릿하고 자부심이 강한 사내였다.

"그랬군요."

"하지만 경찰에서도 그 여자가 누구인지는 아직 모르죠? 안 그런가요? 그런데 에드나가 그 여자를 봤대요."

존 서머헤이스가 에드나를 쳐다보았다. 그가 휘파람이라도 불 것처럼 입술을 동그랗게 오무리더니 말했다.

"에드나, 정말 그 여자를 봤습니까? 그 집에 들어갈 때였나요, 나올 때였나요?"

"들어갈 때였어요."

에드나가 드디어 입을 열었다. 자신의 이야기가 중요하다는 것을 어렴풋이 깨달은 것 같았다.

"저는 바로 길 건너편 나무 아래에 서 있었어요. 길이 꺾어지는 지점이라 유난히 깜깜해서 그 여자는 저를 못 봤을 거예요. 하지만 전 그녀를 봤어요. 그녀는 대문 안으로 들어가 현관문 앞에 잠시 서 있었어요. 그리고 얼마 후 집 안으로 들어가더라고요."

존 서머헤이스가 미간을 폈다.

"별것 아닙니다. 그건 헨더슨 양이에요. 경찰에서도 이미 알고 있는 사실이죠. 헨더슨 양이 직접 경찰에게 말했답니다."

에드나가 세차게 고개를 저으며 말했다.

"그건 헨더슨 양이 아니었어요."

"아니었다고요? 그럼 누구였습니까?"

"저도 몰라요. 얼굴은 못 봤으니까요. 제게 등을 보인 채 마당으로 걸어 들어가 현관 앞에 서 있었어요. 하지만 어쨌든 헨더슨 양은 아니었어요."

"얼굴도 못 봤으면서 어떻게 헨더슨 양이 아니라고 확신하죠?"

"머리카락이 금발이었거든요. 헨더슨 양은 흑발이잖아요."

존 서머헤이스는 여전히 못 믿겠다는 표정이었다.

"칠흑같이 어두운 밤에 다른 사람의 머리 색깔을 알아보기는 힘들죠."

"그렇지만 전 알아봤다니까요. 현관 등이 켜져 있었거든요. 아마 로빈과 소설가 여자분이 함께 극장에 가서 돌아오지 않았기 때문에 일부러 켜 두었겠죠. 그런데 그 여자가 바로 그 등 아래 서 있었어요. 어두운색 코트에 모자는 쓰지 않았어요. 그래서 머리카락이 더욱 밝게 빛났죠. 제가 분명히 봤다니까요."

서머헤이스는 휘파람을 불었다. 그의 눈빛이 진지하게 빛났다.

"그때가 몇 시였습니까?"

에드나가 코를 킁킁거리더니 대답했다.

"확실히는 모르겠어요."

"대강은 알 수 있잖아."

스위티맨 부인이 말했다.

"아마 9시가 안 되었을 거예요. 그랬다면 교회 종소리를 들었을 테니까요. 하지만 8시 30분은 넘은 시각이었어요."

"그러니까 8시 30분에서 9시 사이라는 거죠? 그 여자가 얼마나 오랫동안 그 집에 있었습니까?"

"그건 저도 몰라요. 거기 계속 있지는 않았거든요. 무슨 소리가 들려온 것도 아니었어요. 신음이나 비명 같은 건 전혀 듣지 못했다고요."

에드나가 기분 나쁜 듯한 투로 말했다.

범행 수법으로 보아 집 안에서 신음이나 비명이 났을 리도 없었다. 존 서머헤이스는 그것을 알고 있었다. 그가 진지하게 말했다.

"이제 남은 일은 딱 한 가지뿐입니다. 경찰에 이 사실을 알려야 해요."

그 말이 떨어지자 에드나가 코를 훌쩍거리며 울기 시작했다.

"아버지가 가만두지 않을 거예요. 진짜라니까요."

그녀가 징징거리면서 말했다.

에드나는 애원하는 눈빛으로 스위티맨 부인을 쳐다보고는 창고로 뛰어 들어가 버렸다. 이제부터는 스위티맨 부인이 에드나를 대신할 차례였다.

그녀는 의아한 표정으로 바라보는 서머헤이스에게 말했다.

"제가 말씀드리죠. 보시다시피 에드나는 좀 바보스러운 아가씨예요. 그런데 저 아이의 아버지는 몹시 엄격하시죠. 아니, 단순히 엄격한 것 이상일지도 모르겠어요. 하지만 요즘 세상에 어떻게 하는 게 최선인지 딱 부러지게 말하기는 힘들잖아요. 아무튼 컬래번에 사는 멋진 청년이 한 명 있는데, 에드나가 그 청년과 꾸준히 사귀어 왔어요. 에드나의 아버지도 무척 흡족해했고요. 그런데 레그라는 그 청년은 행동이 좀 굼뜬 편이었나 봐요. 서머헤이스 씨도 요즘 아가씨들이 어떤지 아시잖아요. 결국 에드나가 얼마 전부터 찰리 매스터스와 만나기 시작했어요."

"매스터스요? 콜 농장에서 일하는 사람 말입니까?"

"맞아요. 농장 근로자죠. 게다가 애가 둘이나 딸린 유부남이고요. 그러면서도 항상 여자만 보면 정신을 못 차리죠. 아주 몹쓸 인간이에요. 에드나가 자꾸 생각 없이 행동하자, 아버지가 더 만나지 말라고 엄명을 내리셨대요. 당연한 거죠. 아무튼 그렇게 해서 그날 밤 에드나는 원래 컬래번에서 레그와 영화를 보기로 되어 있었어요. 적어도 아버지에게는 그렇게 말씀드렸대요. 그런데 사실은 매스터스를 만나러 간 거예요. 둘만의 약속 장소인 길모퉁이 나무 아래에서 그 남자를 기다렸대요. 하지만 남자가 오지 않았어요. 아마 마누라한테 붙잡혀 집에서 아예 못 나왔거나, 아니면 다른 여자 뒤꽁무니를 따라다니고 있었겠죠. 아무튼 남자는 오지 않았고, 기다리다 지친 에드나는 결국 포기하고 말았어요. 그러니 에드나로서는 그날 밤 그곳에서 뭘 하고 있었는지 말하기가 곤란하지 않겠어요? 예정대로라면 컬래번으로 가는 버스 안에 있어야 할 텐데 말이에요."

존 서머헤이스가 고개를 끄덕였다. 한편으로는 그처럼 못생긴 에드나에게 두 남자로부터 동시에 관심을 끌 만한 매력이 있을까 하는 엉뚱한 의문이 들었다. 서머헤이스는 그런 생각을 애써 억누르면서 실질적인 문제에 몰입했다.

"에드나로서는 이 문제를 버트에게 털어놓고 싶지 않겠군요."
서머헤이스가 눈치 빠르게 말했다.
"바로 그거예요."
"하지만 경찰이 반드시 알아야 할 일이기도 합니다."
"저도 에드나에게 그렇게 말했어요."
"경찰은 이 복잡한 상황을 상당히 능숙하게 처리할 겁니다. 에드나가 굳이 공식적인 증인으로 나서지 않아도 될지도 모르죠. 에드나가 진술한 내용을 경찰에서는 비밀에 부칠 겁니다. 제가 스펜스 경정에게 전화를 걸어서 이쪽으로 와 달라고 할 수도 있고……. 아니 그보다는 제가 에드나를 차에 태워 킬체스터로 데리고 가는 게 낫겠군요. 경찰서로 가서 처리하면, 이 마을 사람들은 이번 일에 대해 아무것도 모르고 넘어갈 수 있을 테니 말입니다. 우선 제가 경찰서에 전화를 걸어 우리가 가겠다고 말하겠습니다."
결국 서머헤이스가 짤막하게 전화 통화를 한 뒤 코를 킁킁거리는 에드나는 외투를 단단히 여미고 스위티맨 부인의 격려를 받으며 서머헤이스의 스테이션왜건에 올라탔다. 서머헤이스는 빠른 속도로 킬체스터를 향해 차를 몰았다.

20장

 킬체스터에 있는 스펜스 경정의 사무실 안에서 에르퀼 푸아로는 의자 깊숙이 등을 기댄 채 눈을 감고 두 손을 앞으로 모아 손가락 끝을 톡톡 마주치고 있었다.
 경정은 몇 가지 보고를 받은 뒤 경사에게 지시 사항을 전달하고 맞은편에 앉아 있는 신사를 보았다.
 "영감이 떠오르십니까, 푸아로 씨?"
 "지금 생각 중입니다. 지난 일을 돌이켜 보고 있습니다."
 "참, 진작 여쭤 본다는 게 잊어버렸네요. 지난번 제임스 벤틀리를 만났을 때 뭐 얻은 건 없었습니까?"
 푸아로가 고개를 저으며 얼굴을 찌푸렸다.
 그 역시 제임스 벤틀리에 대해 생각하던 참이었다.
 푸아로는 생각할수록 화가 났다. 단지 강직한 경찰관에 대한 우정과 존경심에서 아무런 대가 없이 사건을 떠맡았는데, 정작 그가 구명해야 할 희생양에게는 인간적인 매력이라고는 눈곱만큼도 없었다. 곤경에 처한 사람이 순수하고 사랑스러운 젊은 여성이거나, 정직하고 올곧은 청년이라면 좀 다를 것이다. 최근 영국 명시 선집을 많이 읽은 푸아로의 표현대로 '머리는 차갑지만 영혼은 자유로운' 그런 청년이라면 충분히 매력적일 것이다. 그러나 제임스 벤틀리는 실제로 그런 병이 있는지는 모르지만, 자기 자신 외에 다른 사람에 대해서는 전혀 생각하지 않는 병을 앓고 있는, 철저히 자기 중심적인 인간이었다. 그는 자신의 목숨을 구하려고 애쓰는 사람들에게 고마워하기는커녕 관심조차 기울이지 않았다.

푸아로는 벤틀리 자신도 그다지 신경 쓰는 것 같지 않으니 그냥 형을 집행하는 게 나을지도 모른다는 생각마저…….

아니다. 그렇게 되어서는 안 됐다.

그때 스펜스의 목소리를 듣고 푸아로는 상념에서 빠져나왔다.

"그와의 면담은…… 글쎄 면담이라고 할 수 있을지는 모르겠지만, 아무튼 이상하리만큼 얻은 게 없었습니다. 벤틀리가 기억하고 있었다면 좋았을 사항 중 그가 기억한 것은 단 하나도 없었습니다. 그의 기억은 너무 모호하고 확실하지도 않아서 추론의 근거가 전혀 될 수 없었습니다. 하지만 어쨌거나 맥긴티 부인이 《선데이 코밋》에 열광했다는 건 분명한 사실인 것 같더군요. 그녀는 벤틀리에게 그 기사에 대해 이야기하면서 브로디니에 살고 있는 누군가가 이 사건과 연관되어 있다는 말까지 했다고 합니다."

"이 사건이라는 게 어떤 사건입니까?"

스펜스가 날카롭게 물었다.

"그건 벤틀리도 확실히 모르고 있었습니다. 상당히 의심스럽다는 투로 크레이그 사건이었던 것 같다고 말했는데……. 그렇지만 크레이그 사건이 그가 들어 본 유일한 살인 사건일 수도 있죠. 아니면 그가 기억하는 유일한 사건일 수도 있고. 그런데 맥긴티 부인이 말한 '누군가'는 여자가 틀림없는 것 같습니다. 벤틀리가 그녀의 말을 그대로 인용했으니까. '알고 보면 그다지 잘난 것도 없는 여자'라고 했다더군요."

"'잘난 것'이라니요?"

"메 위(그렇습니다). 무언가를 암시하는 단어 아닙니까?"

푸아로가 고개를 끄덕였다.

"하지만 그 잘난 여자가 누구인지 알 수 없지 않습니까?"

"벤틀리는 업워드 부인을 지목하더군요. 하지만 특별한 이유가 있어서 그녀를 지목한 건 아닌 것 같았습니다."

스펜스가 고개를 저었다.

"아마 그녀는 자부심 강한 여장부 스타일일 겁니다. 그런 만큼 당연히 눈에 띄겠죠. 하지만 업워드 부인은 이미 죽었으니 아니에요. 그녀는 맥긴티 부인과 똑같은 이유로 살해되었죠. 바로 사진을 알아봤다는 이유로요."

푸아로가 슬프게 중얼거렸다.

"내가 그렇게 경고했건만……."

스펜스가 애타는 목소리로 중얼거렸다.

"릴리 갬볼! 나이로 따지면 릴리 갬볼일 가능성이 있는 사람은 렌델 부인과 카펜터 부인이죠. 헨더슨 양은 예외예요. 그녀에게는 확실한 과거가 있으니까요."

"다른 여자들은 그렇지 않습니까?"

스펜스가 한숨쉬었다.

"요즘 세상이 어떻게 돌아가는지 아시지 않습니까? 전쟁이 모든 것을 뒤흔들어 놓았어요. 릴리 갬볼이 죄를 짓고 들어간 소년원 기록도 폭격으로 인해 모두 없어졌습니다. 사람들은 또 어떤가요? 현재로서는 사람들의 과거를 조사하는 것이 세상에서 가장 어려운 일일 겁니다. 브로디니만 해도 그래요. 브로디니에서 과거가 확실한 사람은 서머헤이스 가족과 가이 카펜터뿐입니다. 서머헤이스 일가는 그 마을에서 300년 동안 대대로 살아왔고, 가이 카펜터는 카펜터 공업사의 공동 소유주이죠. 나머지는 모두 뭐라고 표현해야 할까요? 흘러들어 온 뜨내기? 렌델 씨는 의료인 협회에 등록되어 있으니까, 그가 어디서 수련받았으며 어디서 진료했는지는 확인할 수 있죠. 하지만 그의 집안에 대해서는 여전히 알 길이 없습니다. 그의 아내는 더블린 근처 출신이고요. 그리고 이브 셀커크는 가이 카펜터와 결혼하기 전에 젊고 예쁜 전쟁 과부였습니다. 하지만 젊고 예쁜 전쟁 과부는 누구든 마음만 먹으면 될 수 있는 겁니다. 이번에는 웨더비 가족을 살펴볼까요? 그들은 전 세계 이곳저곳을 돌아다닌 것 같습니다. 왜 그랬을까요? 특별한 이유라도 있었을까요? 웨더비 씨가 은행에서 공금을 횡령했을까요? 아니면 스캔들을 일으켰을까요? 물론 저도 사람들의 과거를 전혀 캐낼 수 없다고 생각지는 않습니다. 할 수는 있습니다. 다만 시간이 많이 걸리죠. 본인들도 결코 협조하려 들지 않을 테고요."

"그들에게 숨기고 싶은 무언가가 있기 때문이겠죠. 하지만 그것이 반드시 살인이라고 할 수는 없다는 생각이 드는군요."

"물론 그렇습니다. 사소한 범법 행위를 했을 수도 있고, 비천한 집안 출신일 수도 있고, 평범하고 흔한 스캔들일 수도 있습니다. 하지만 그게 무엇이든, 본인들은 그동안 그것을 숨기기 위해 각고의 노력을 해왔을 겁니다. 그렇기 때문에 밝혀내기가 더 힘든 거죠."

"하지만 전혀 불가능한 것도 아니죠."

"물론 그렇죠. 단지 시간이 걸릴 뿐입니다. 앞서 말했듯이 릴리 갬볼이 브로디니에 있다면, 이브 카펜터나 쉴라 렌델 둘 중 한 사람일 겁니다. 그동안 그들을 신문해 보았습니다. 물론 말로는 의례적인 거라고 했죠. 둘 다 집에 혼자 있었다더군요. 카펜터 부인은 눈을 동그랗게 뜨고 순진한 척했고, 렌델 부인은 조금 신경질적인 반응을 보였습니다. 하지만 그녀는 원래 신경질적인 여자이니까, 그것을 판단 근거로 삼을 수는 없겠죠."

"맞는 말입니다. 그녀는 신경질적인 편이죠."

푸아로는 생각에 잠겼다. 그는 렌델 부인이 롱 메도즈의 정원으로 찾아왔을 때를 떠올렸다. 그녀는 익명의 편지를 받은 터였다. 아니, 그녀 스스로 그렇게 말했다. 푸아로는 당시에도 그랬지만 이번에도 그 말이 무슨 의미인지 궁금했다.

스펜스가 계속해서 말했다.

"우리는 신중해져야 합니다. 만약 그들 중 한 사람이 과거에 어떤 죄를 지었다 해도, 나머지 한 사람은 결백할 수 있으니까요."

"게다가 가이 카펜터는 장차 하원 의원이 될 사람이고, 이 지역에서 유명 인사이기도 하죠."

"그가 살인을 저질렀거나 동조했다면 결코 그의 미래에 이롭지 않을 겁니다."

스펜스가 사뭇 진지하게 말했다.

"그건 저도 알고 있습니다. 하지만 확실한 근거가 있어야 하지 않겠습니까?"

"맞습니다. 어쨌거나 범인이 둘 중 하나라는 데는 동의하십니까?"

푸아로가 한숨을 내쉬었다.

"아니, 그렇다고는 말 못 하겠습니다. 다른 가능성도 있으니 말입니다."

"이를테면요?"

푸아로는 잠시 말이 없었더니 갑자기 전혀 다른 투로 물었다.

"사람들은 왜 사진을 간직할까요?"

"네? 그걸 어떻게 알겠습니까? 왜 사람들은 온갖 것들을 간직할까요? 잡동사니 쓰레기 같은 것들을 말입니다. 그저 그 자리에 있으니까 그런 거 아니겠습니까?"

"어느 정도는 그 말에 동의합니다. 어떤 사람들은 물건들을 잘 간직하기도 하지만 소용없다 싶으면 무조건 갖다 버리는 사람도 있죠. 그건 성격의 문제입니다. 하지만 지금 저는 특별히 사진에 대해 말하는 겁니다. 사람들은 특히 사진을 왜 간직하는 걸까요?"

"앞서 말씀드린 대로 그건 그들이 사진을 갖다 버리지 않았기 때문이 아닐까요? 아니면 그 사진들이 무언가를 떠올리게 하거나……."

푸아로가 상대의 말을 가로챘다.

"바로 그겁니다. 그 사진들이 무언가를 떠올리게 한다. 다시 생각해 봅시다. 왜? 왜 여자들은 젊은 시절의 사진을 간직할까요? 그 첫 번째 이유는 근본적으로 허영심 때문입니다. 자신도 한때는 예쁜 소녀였고, 그렇기 때문에 그 시절 사진을 간직하면서 자신이 얼마나 예뻤는지 확인하려는 거죠. 거울을 들여다보면 기분이 나쁘지만, 사진은 자신에게 위안을 주거든요. 어쩌면 친구에게 이렇게 말할 수도 있을 겁니다. '내가 열여덟 살 때는 이랬어…….' 그러면서 한숨을 쉬겠죠. 어떻습니까? 제 말에 동의하십니까?"

"네, 그럴 수도 있겠군요."

"그게 첫 번째 이유이고, 두 번째 이유는 감상을 하기 위해서입니다."

"같은 얘기 아닙니까?"

"아니, 전혀 다릅니다. 감상은 자기 사진뿐만 아니라 다른 사람의 사진까지 간직하게 만들죠. 예를 들어 시집 간 딸의 사진 같은 거 말입니다. 그 딸이 아직 아기였을 때 벽난로 앞 깔개에 앉혀 놓고 찍은……."

"저도 그런 사진을 본 적이 있어요."

스펜스가 이를 드러내고 씩 웃었다.

"그런 거예요. 가끔은 사진의 주인공이 난감해질 때도 있지만, 엄마들은 대체로 그런 걸 좋아하지요. 그리고 자녀들은 주로 자기 어머니 사진을 간직하는 경우가 많습니다. 특히 어머니가 젊어서 죽었을 경우 더욱 그렇죠. '저게 어머니의 소녀 때 모습이야.' 하면서 어머니를 추억하는 겁니다."

"무슨 말씀을 하시려는 건지 이제 슬슬 감이 오는군요."

"그 밖에 세 번째 이유도 있을 수 있습니다. 허영심도, 감상도, 사랑도 아닌 증오 때문일 수 있죠. 어떻게 생각하십니까?"

"증오요?"

"그렇습니다. 복수심을 불태우기 위해서라고 할까요? 누군가 당신에게 해를 입혔다면, 당신은 그 사람의 사진을 간직하면서 그때의 일을 되새길 수도 있습니다. 그럴 것 같지 않습니까?"

"하지만 이번 경우에는 해당되지 않는 것 같습니다."

"과연 그럴까요?"

"대체 무슨 생각을 하시는 겁니까?"

푸아로가 혼잣말처럼 말했다.

"신문에 보도된 내용은 정확하지 않을 때가 종종 있게 마련이죠. 《선데이 코밋》에는 에바 케인이 크레이그의 집 보모 겸 가정교사였다고 나와 있습니다. 그런데 그게 사실일까요?"

"네, 사실입니다. 하지만 우리는 지금 우리가 찾는 사람이 릴리 갬볼이라는 가정하에 수사를 진행하고 있잖습니까?"

푸아로가 갑자기 자리에서 벌떡 일어났다. 그러고는 스펜스를 향해 위엄 있게 집게손가락을 흔들었다.

"스펜스 경정님. 릴리 갬볼의 사진을 좀 보세요. 그 아이는 전혀 예쁘지 않습니다. 아니, 솔직히 말하면 비뚤배뚤한 치아에다 두꺼운 안경까지 써서 정말 추하다 싶을 만큼 못생겼습니다. 그렇다면 우리가 말한 첫 번째 이유로는 그 사진을 간직할 사람이 아무도 없을 겁니다. 세상에 그 어떤 여자도 허영심을 충족할 목적으로 저런 사진을 간직하지는 않을 테니 말입니다. 이브 카펜터나 쉴라 렌델은 둘 다 비교적 예쁜 편이고, 특히 이브 카펜터는 대단히 아름다운 외모를 가졌습니다. 아무튼 그 두 여자에게 저런 사진이 있다면, 그들은 누가 볼세라 재빨리 사진을 찢어 버렸을 겁니다."

"음, 일리 있는 말씀입니다."

"따라서 첫 번째 이유는 해당 사항이 없습니다. 이제 두 번째 이유인 감상에 대해 생각해 봅시다. 그 시절에 릴리 갬볼을 사랑해 주는 사람이 있었습니까? 릴리 갬볼의 모든 면을 고려해 볼 때, 그녀는 누구의 사랑도 받지 못했습니다. 릴리는 아무도 원치 않는, 아무도 사랑하지 않는 아이였어요. 그 아이를 가장 좋아했던 사람은 바로 고모였는데, 그 고모는 육류용 칼에 찔려 죽었죠. 그러므로 감상하기 위해 이 사진을 간직할 리 없습니다. 그럼 복수심은? 그녀는 또한 누군가로부터 미움을 받지도 않았습니다. 죽은 고모는 남편도, 가까운 친구도 없는 외로운 여인이었어요. 그렇기 때문에 그 아이를 불쌍하게 생각하기는 해도 특별히 증오할 만한 사람은 없었습니다."

"잠깐만요, 푸아로 씨. 그 말씀은 곧 아무도 그 사진을 간직하지 않았을 거란 뜻인가요?"

"바로 그겁니다. 그게 내가 고심 끝에 내린 결론입니다."

"하지만 누군가는 분명 그 사진을 간직하고 있었을 겁니다. 업워드 부인이 본 적 있다고 했으니까요."

"정말 그랬을까요?"

"이런! 그렇게 말한 사람이 바로 푸아로 씨 당신이잖습니까? 그녀가 그렇게 말했다고요."

"그랬죠. 그녀는 분명 그렇게 말했습니다. 하지만 죽은 업워드 부인은 어떤 면에서 매우 비밀스러운 여자였어요. 일을 자기만의 방식으로 처리하려고 했죠. 내가 사진들을 보여 줬을 때, 그녀는 그중 하나를 알아보았습니다. 그런데 어떤 이유에서인지는 몰라도 그녀는 그 사실을 자신만의 비밀로 간직하고 싶었던 겁니다. 다시 말해 업워드 부인은 자기가 생각해 낸 방식으로 어떤 일을 처리하기로 했던 거죠. 그래서 재빨리 머리를 굴려 일부러 엉뚱한 사진을 지목했습니다. 그렇게 함으로써 자기가 알고 있는 사실을 혼자만 간직하게 되었고."

"그렇지만 왜 그랬을까요?"

"혼자 해결하고 싶었기 때문입니다."

"협박 편지를 보내 금품을 뜯어내려는 건 아니었을 텐데요? 아시다시피 그녀는 노스컨트리 사 창업주의 미망인으로 어마어마한 부자거든요."
 "아, 물론 그런 건 아니었습니다. 그보다는 훨씬 더 인간적인 이유에서였을 겁니다. 그녀는 문제가 된 사람을 무척 좋아했고, 그래서 그들의 비밀이 세상에 알려지는 것을 원하지 않았습니다. 하지만 호기심은 여전히 남아 있었죠. 그녀는 그 사람을 만나 이야기를 나눌 생각이었습니다. 그 사람이 맥긴티 부인의 죽음과 관련이 있는지 나름대로 판단하고 싶었던 거죠. 제가 추론한 것은 대강 이렇습니다."
 "그럼 나머지 사진 세 장은 아무 상관 없는 건가요?"
 "그렇습니다. 업워드 부인은 기회가 닿는 대로 문제가 된 그 사람을 따로 만날 생각이었는데, 마침내 그 기회가 찾아온 겁니다. 그녀의 아들과 올리버 부인이 컬른퀘이의 극장에 가기로 한 날 말입니다."
 "그래서 그녀는 디어드리 헨더슨에게 전화를 걸었다……. 그렇다면 디어드리 헨더슨이 그 사진과 관련이 있다는 말이군요. 그 어머니도 함께요."
 스펜스는 우울한 표정으로 푸아로를 바라보며 고개를 저었다.
 "푸아로 씨, 당신은 정말 상황을 어렵게 만드시는군요……."

21장

웨더비 부인은 우체국에서 나와 집으로 걸어갔다. 그녀의 걸음걸이는 환자라는 소문과 달리 놀랄 만큼 재빠르고 기운찼다.

그러나 현관문을 들어서는 순간 웨더비 부인은 힘없이 발을 질질 끌면서 응접실로 들어가 소파에 털썩 주저앉았다.

그녀는 꼼짝 않고 손만 뻗어 초인종을 울렸다.

아무도 나타나지 않았다. 화가 난 웨더비 부인은 초인종을 손가락으로 누른 채 한동안 그대로 있었다.

잠시 뒤 모드 윌리엄스가 나타났다. 꽃무늬 작업복 차림에 손에는 먼지떨이를 쥐고 있었다.

"부르셨어요, 부인?"

"초인종을 두 번이나 울렸어. 초인종을 울리는 건 당장 오라는 뜻이라는 거 몰라? 난 지금 몸이 몹시 안 좋단 말이야."

"죄송합니다, 부인. 제가 2층에 있었거든요."

"그런 줄 알았어. 내 방에 있었겠지. 소리가 다 들렸어. 내 서랍을 열었다 닫았다 하더군. 도대체 왜 그런 짓을 하는 거지? 내 물건을 몰래 훔쳐보는 건 네 일이 아닐 텐데?"

"몰래 훔쳐보다니요? 저는 그저 부인께서 늘어놓고 나가신 물건을 깔끔하게 정리하느라 그랬던 것뿐이에요."

"말도 안 되는 소리! 너 같은 부류의 인간들은 원래 여기저기 기웃거리기를 좋아하지. 그냥 두고 보지 않겠어. 하지만 지금은 너무 기운이 없어. 디어드리는 집에 있나?"

"개를 데리고 산책 나가셨어요."

"못된 것 같으니! 내가 찾을 거란 걸 뻔히 알면서 집을 비우다니……. 아무튼 가서 우유에 달걀을 깨뜨려 넣고 브랜디를 조금 섞어서 가져와. 브랜디는 부엌 찬장에 있어."

"달걀은 내일 아침에 드실 걸로 세 개밖에 안 남았는데요."

"그럼 누구 한 사람이 못 먹는 거지, 뭐. 어서 서두르지 않고 뭐 해? 그렇게 멍청하게 서서 내 얼굴만 바라보고 있지 말란 말이야. 그리고 화장이 너무 진한 것 아닌가? 집안일을 하는 데는 안 어울려."

그때 현관에서 개 짖는 소리가 들리더니, 디어드리가 실리엄테리어와 함께 응접실로 들어왔다. 그리고 모드는 밖으로 나갔다.

디어드리가 숨을 고르며 말했다.

"어머니 목소리를 들었어요. 모드에게 무슨 말씀을 하신 거예요?"

"별일 아니다."

"얼굴이 완전히 우거지상이던데요."

"자기 본분이 뭔지 일러 줬을 뿐이야. 너무 건방지게 굴어서."

"오, 어머니! 꼭 그렇게 하셔야 했어요? 요즘에 사람 구하기가 얼마나 힘든데요. 게다가 모드는 요리도 잘하잖아요."

"그 여자가 내 앞에서 거만하게 굴든 말든 그건 중요하지 않다는 거냐? 그래, 알았다. 어차피 나는 너와 함께 살 날이 얼마 남지 않았으니까……."

웨더비 부인이 눈을 뒤룩뒤룩 굴리며 갑자기 숨을 가쁘게 몰아쉬었다. 그녀가 힘겹게 중얼거렸다.

"아무래도 너무 많이 걸은 것 같구나."

"어머니, 밖에 나가시면 안 된다고 했잖아요. 왜 말씀도 안 하고 나가신 거예요?"

"바람을 쐬는 게 건강에 좋을 것 같아서 그랬다. 집 안에만 있으니 갑갑해서. 하지만 아무렴 어떠니. 어차피 다른 사람들에게 폐만 끼칠 거라면 더 이상 살고 싶은 마음도 없어."

"어머니가 무슨 폐를 끼친다고 그러세요? 어머니가 돌아가시면 저도 죽을 거예요."

"너는 정말 착한 아이야. 하지만 내가 너를 얼마나 힘들고 지치게 하는지 나도 잘 안단다."

"아니에요. 절대 그렇지 않아요."

디어드리가 진심 어린 목소리로 말했다.

웨더비 부인이 깊은 한숨을 내쉬고는 두 눈을 감은 채 중얼거렸다.

"말할 기운조차 없구나. 그냥 가만히 누워 있어야 할 것 같다."

"모드에게 에그 노그를 빨리 준비해 오라고 할게요."

디어드리가 급히 자리에서 일어났다. 그런데 서두르다 그만 팔꿈치로 테이블을 건드렸고, 그 바람에 황동 신상이 요란한 소리와 함께 바닥에 굴러 떨어지고 말았다.

"덤벙대기는……."

웨더비 부인이 얼굴을 찌푸리며 중얼거렸다.

그때 문이 열리면서 웨더비가 들어왔다. 그는 문가에 우뚝 섰다. 웨더비 부인이 눈을 번쩍 뜨면서 말했다.

"로저, 당신이야?"

"대체 왜 이리 시끄러운 거야? 도무지 이 집 안에서는 조용히 앉아 책을 읽을 수가 없다니까."

"디어드리 때문이야. 개를 데리고 들어왔거든."

웨더비가 허리를 굽혀 바닥에 떨어진 흉물스러운 황동 신상을 들었다.

"디어드리는 나이도 먹을 만큼 먹었는데, 아직도 걸핏하면 물건을 떨어뜨리고 다니니……."

"그저 조심성이 조금 없어서 그래."

"그 나이에 조심성이 없다는 게 이상한 거 아닌가? 그리고 저 개가 짖지 못하게 할 수는 없는 거야?"

"내가 디어드리에게 말할게, 여보."

"이 집에서 계속 살려면 우리 부부가 원하는 게 뭔지 충분히 고려해서 제 집처럼 행동하지 말아야 하는 거 아닌가?"

"디어드리가 이 집에서 나가기를 바란다는 말 같네."

웨더비 부인이 샐쭉한 표정으로 중얼거렸다. 그녀는 반쯤 감은 눈으로 남편을 쳐다보았다.

"아니, 그런 뜻은 아니야. 그건 아니야. 당연히 이 집은 그 아이 집이기도 하지. 나는 그저 디어드리가 좀 더 눈치껏 조신하게 행동했으면 해서 그래. 그런데 당신은 밖에 나갔다 온 거야, 이디스?"

"응, 우체국에 좀 다녀왔어."

"불쌍한 업워드 부인과 관련해서 새로운 소식은 없던가?"

"경찰에서도 범인이 누군지 아직 모르고 있대."

"그 사람들도 뾰족한 수가 없겠지. 그런데 살해 동기가 뭘까? 그녀의 유산은 누가 받게 되지?"

"아마 아들일걸."

"그래, 그렇겠군. 그렇다면 더더욱 뜨내기 부랑자들 중 한 놈의 소행일 가능성이 크겠군. 디어드리에게도 항상 현관문이 잠겼는지 확인하라고 일러두는 게 좋겠어. 해 질 무렵부터는 누가 찾아와도 문을 완전히 열지 말고 체인을 건 채로 내다보라고 하고. 요즘 부랑자들은 전에 없이 대담하고 야만적이라더군."

"그런데 업워드 부인 집에서 없어진 물건은 하나도 없는 것 같던데?"

"거참 이상하군."

"맥긴티 부인의 경우와는 다르더라고."

"맥긴티 부인? 아, 그 파출부? 그런데 그 여자와 업워드 부인과 무슨 상관이 있지?"

"맥긴티 부인이 업워드 부인 집에서도 일을 했었지."

"어리석은 소리 그만해, 이디스!"

웨더비 부인은 다시 눈을 감았다. 웨더비가 방에서 나가자 그녀는 혼자 빙그레 웃었다.

잠시 후 눈을 뜬 웨더비 부인은 쟁반을 손에 든 채 자신을 내려다보고 서 있는 모드 윌리엄스를 보고는 소스라치게 놀랐다.

"말씀하신 에그 노그예요, 부인."

크고 또렷한 목소리가 고요한 집 안에 쩌렁쩌렁 울려퍼졌다.

웨더비 부인은 그녀를 올려다보면서 알 수 없는 불안감을 느꼈다.

모드는 키가 무척 크고 자세 또한 당당하고 꼿꼿했다. 그런 그녀가 자신을 굽어보고 서 있는 것을 보니 갑자기 '저승사자'란 말이 생각났다. 웨더비 부인은 왜 그런 단어가 머릿속에 떠올랐는지 알 수 없었다.

웨더비 부인은 한쪽 팔꿈치를 짚고 몸을 조금 일으켜 에그 노그 잔을 건네받았다.

"고마워, 모드."

모드는 이내 뒤돌아서서 밖으로 나갔다.

웨더비 부인은 여전히 알 수 없는 불안감에서 벗어날 수 없었다.

22장

I

에르퀼 푸아로는 빌린 자동차를 몰고 다시 브로디니로 향했다.

생각을 너무 많이 해서인지 몹시 피곤했다. 생각은 언제나 그를 지치게 했다. 그런데 그렇게 힘들게 생각해 보았지만 결과는 썩 만족스럽지 못했다. 직물의 무늬는 실을 가닥가닥 엮어서 만드는 것인데, 지금 푸아로는 여러 가닥의 실을 쥐고 있을 뿐, 그것들을 엮으면 어떤 무늬가 될지 모르고 있었다.

어쨌든 모든 재료가 눈앞에 있는 것은 분명했다. 중요한 것은 바로 그것이었다. 모든 재료가 눈앞에 있다. 단지 미묘한, 단색의 실한 가닥이 전체적인 무늬를 인지하는 데 방해가 되었다.

킬체스터에서 막 벗어났을 즈음, 푸아로는 반대 방향에서 달려오는 서머헤이스의 스테이션왜건과 마주쳤다. 운전대를 잡은 서머헤이스 소령 외에 또 한 사람이 타고 있었다. 그러나 푸아로는 그들의 얼굴을 제대로 보지 못했다. 여전히 깊은 상념에 잠겨 있었기 때문이다.

롱 메도즈로 돌아온 푸아로는 곧장 응접실로 들어갔다. 그 방에서 가장 편안한 의자에는 시금치가 가득 담긴 소쿠리가 놓여 있었다. 푸아로는 소쿠리를 치우고 의자에 털썩 주저앉았다. 머리 위로 타자기 두드리는 소리가 희미하게 들려왔다. 로빈 업워드가 열심히 희곡을 쓰는 중이었다. 그는 이미 세 편의 각색본을 찢어 버렸다고 푸아로에게 말했다. 지금과 같은 상황에서 집중이 잘될 리 없었다.

로빈은 어머니의 죽음을 진심으로 슬퍼하는지도 모른다. 그러나 자기중심적인 본성은 여전히 남아 있었다. 그는 엄숙하게 말했다.

"어머님도 제가 작품 활동을 계속하기를 바라실 겁니다."

에르퀼 푸아로는 많은 사람들이 그런 식의 말을 하는 것을 들었다. 하지만 마치 죽은 사람이 바라는 것이 무엇인지 다 알고 있다는 듯이 말하는 것은 지극히 편의주의적인 생각이었다. 유가족들은 망자의 바람에 대해 조금도 의심을 품지 않는데, 그 바람이라는 것은 대부분 자신의 의향과 일치하게 마련이었다.

그러나 이번 경우에는 로빈의 말이 맞을지도 몰랐다. 생전에 업워드 부인은 아들의 작품을 무척 신뢰했고, 아들을 지나치리만큼 자랑스러워했기 때문이었다.

푸아로는 등을 기대고 눈을 감았다. 그리고 업워드 부인이 실제로 어떤 사람이었는지 생각해 보았다. 그는 언젠가 어느 경찰관이 내뱉은 말을 떠올렸다.

"우리는 그를 따로 떼어 놓고 어떻게 움직이는지 살펴볼 생각입니다."

업워드 부인은 어떻게 움직였을까?

바로 그때 요란한 소리가 나면서 모린 서머헤이스가 응접실로 들어왔다. 그녀의 머리칼은 어지럽게 흩날리고 있었다.

"존에게 무슨 일이라도 생긴 건지 도무지 알 수가 없네요. 특별히 주문받은 상품을 부치러 우체국에 갔는데, 평소 같으면 이미 한 시간 전에 돌아왔어야 하는데 말이에요. 당장 부서진 닭장 문을 고쳐야 하는데……."

푸아로는 이럴 때 진정한 신사라면 자신이 닭장 문을 고쳐 주겠다고 당당하게 나섰을 거라는 생각이 들었다. 그러나 그는 잠자코 있었다. 두 가지 살인 사건과 업워드 부인의 성격에 대해 계속 생각하고 싶었던 것이다.

모린이 계속 투덜거렸다.

"게다가 농림부에 제출할 서류도 어디에 뒀는지 도무지 모르겠네요. 구석구석 다 찾아봤는데……."

"시금치는 소파 위에 있습니다."

푸아로가 도움이 될까 싶어 말해 주었다.

그러나 모린은 시금치는 안중에도 없었다.

"지난주에 받은 서류인데 제가 분명 어딘가에 뒀어요. 존의 스웨터를 꿰맬 때 그랬던 것 같은데…….”

모린은 책상으로 다가가 서랍을 뒤지기 시작했다. 서랍에 들어 있던 것들이 우르르 바닥에 쏟아졌다. 푸아로는 그녀의 모습을 지켜보고 있기가 괴로웠다.

갑자기 모린이 의기양양하게 외쳤다.

"찾았다."

그녀는 무척 기뻐하며 곧장 뛰어나갔다.

푸아로는 깊은 한숨을 내쉰 다음 생각에 몰두했다.

순서에 따라 세밀하게 생각을 정리하면…….

푸아로는 얼굴을 찌푸렸다. 책상 아래 바닥에 온갖 잡다한 물건들이 너저분하게 널려 있는 것을 보니 도무지 생각을 정리할 수 없었다. 물건을 꼭 이런 식으로 찾아야 하나?

순서와 방법. 중요한 건 바로 그것이었다. 순서와 방법.

의자를 옆으로 돌려 앉아 보았지만 너저분한 방바닥이 여전히 눈에 들어왔다. 바느질 용구, 양말 뭉치, 편지들, 뜨개실, 잡지, 봉랍, 사진, 스웨터…….

푸아로는 더 참을 수 없었다.

결국 그는 자리에서 일어나 책상 쪽으로 다가갔다. 그리고 빠르고 능숙하게 바닥에 널린 물건들을 서랍 속에 정리해 넣었다.

첫 번째 서랍에는 스웨터, 양말, 뜨개실. 두 번째 서랍에는 봉랍, 사진, 편지들.

그때 전화벨이 울렸다.

날카로운 벨 소리에 푸아로는 벌떡 일어섰다.
그는 전화기 앞으로 가서 수화기를 들었다.
"알로(여보세요), 알로, 알로."
수화기 너머에서 들려오는 목소리는 스펜스 경정이었다.
"아, 푸아로 씨군요. 직접 전화를 받으시다니 잘됐습니다."
스펜스의 목소리가 꽤 낯설게 들렸다. 조금 전만 해도 근심에 찬 목소리였는데, 어느새 자신감에 넘쳐 있었다. 자책을 하면서도 은근히 기뻐하는 기색이었다.
"그동안 엉뚱한 사진을 갖고 고민했던 제 자신이 너무 어리석었다는 생각이 드는군요. 새로운 증거를 잡았습니다. 브로디니의 우체국에서 근무하는 아가씨 말입니다. 서머헤이스 소령이 방금 전 그 아가씨를 데리고 여기 왔습니다. 사건 당일 밤 그 아가씨가 피살자의 집 건너편에 서 있었는데, 어떤 여자가 집 안으로 들어가는 것을 본 것 같아요. 8시 30분에서 9시 사이에요. 그런데 디어드리 헨더슨은 아니었답니다. 머리가 금발이었다는군요. 그렇다면 처음에 예상이 들어맞는 거죠. 분명 이브 카펜터와 쉴라 렌델 둘 중 하나라는 건데……. 이제 남은 문제는 그 둘 중 누구냐는 겁니다."
푸아로는 무슨 말을 하려다 그만두었다. 그리고 조심스럽고 신중하게 수화기를 내려놓았다.
그는 전화기 앞에 그대로 선 채 멍하니 앞을 바라보았다.
전화벨이 다시 울렸다.
"알로, 알로, 알로."

"푸아로 씨와 통화할 수 있을까요?"

"제가 에르퀼 푸아로입니다만."

"그런 줄 알았어요. 모드 윌리엄스예요. 15분 뒤에 우체국에서 뵙고 싶은데요?"

"그러죠."

푸아로는 수화기를 내려놓았다.

그는 자신의 발을 내려다보았다. 신발을 갈아 신어야 하나? 발이 조금 아프기는 했다. 뭐, 이 정도쯤이야……

푸아로는 의연하게 모자를 눌러 쓰고 집을 나섰다.

언덕을 내려가는 길에 그는 스펜스 경정의 부하와 마주쳤다. 경사는 래버넘스에서 막 나오는 참이었다.

"안녕하십니까, 푸아로 씨?"

푸아로는 정중하게 응답했다. 플레처 경사는 무척 흥분한 듯했다.

"다시 철저하게 조사해 보라는 경정님의 지시를 받고 왔다가 돌아가는 길입니다. 아시다시피 우리가 사소한 부분을 놓쳤을 수도 있으니까요. 그거야 아무도 모르는 일 아닙니까? 피살자의 책상은 이미 점검해 보았습니다. 경정님이 비밀 서랍이 있을지도 모른다고 하시더라고요. 탐정 소설을 너무 많이 읽으신 게 틀림없어요. 아무튼 비밀 서랍 같은 건 없었습니다. 책들까지 모두 살펴봤고요. 아시겠지만 때때로 사람들은 읽던 책 사이에 편지 같은 걸 끼워놓기도 하니까요."

푸아로가 고개를 끄덕이고 정중하게 물었다.

"그래서 뭔가 찾아낸 게 있습니까?"

"편지 같은 건 없었습니다. 대신 흥미로운 걸 찾아냈어요. 적어도 제 눈에는 흥미롭게 보이더군요. 바로 이겁니다."

플레처 경사가 신문지로 싼 꾸러미를 풀었다. 몹시 낡아 너덜거리는 책 한 권이었다.

"책꽂이에 꽂혀 있던 겁니다. 수년 전에 출간된 낡은 책이죠. 그런데 여기 좀 보십시오."

경사는 책을 펼쳐 면지 부분을 보여 주었다. 거기에는 연필로 '에블린 호프'라고 씌어 있었다.

"흥미롭지 않습니까? 기억나시는지 모르겠지만 이 이름은……."

"에바 케인이 영국을 떠나면서 바꾼 이름이지. 저도 기억하고 있습니다."

"맥긴티 부인이 이곳 브로디니에서 그 사진 중 하나를 발견한 곳이 바로 업워드 부인의 집이 아니었나 싶습니다. 그렇다면 문제가 더욱 복잡해지는 거 아닙니까?"

"그렇겠군요. 장담하건대 이걸 스펜스 경정에게 보여 주면, 그는 분명 자기 머리털을 쥐어뜯으려고 할 겁니다. 아주 뿌리까지 뽑으려 들겠죠."

"그렇게까지 되지는 않았으면 좋겠습니다."

푸아로는 대꾸하지 않고 언덕을 내려갔다. 플레처를 만남으로써 그때까지 생각해 온 것들이 모두 헛수고가 되었다. 상황은 점점 더 미궁 속으로 빠져들고 있었다.

우체국에 들어서자 뜨개질 옷본을 살펴보고 있는 모드 윌리엄스의 모습이 눈에 들어왔다. 푸아로는 그녀에게 말을 거는 대신 곧장 우표 판매대로 갔다. 모드가 물건 값을 치르자, 스위티맨 부인은 푸아로가 있는 쪽으로 건너왔다. 푸아로가 우표 몇 장을 사는 동안 모드는 우체국 밖으로 나갔다.

스위티맨 부인은 몹시 바쁜 듯 여느 때처럼 말을 많이 하지 않았다. 덕분에 푸아로는 상당히 빨리 모드를 뒤쫓아갔다. 그는 어느 정도 모드 윌리엄스의 뒤를 따라가다가 그녀 옆에 나란히 섰다.

우체국 창문을 내다보던 스위티맨 부인이 못마땅하게 중얼거렸다.
"역시 외국인들이란! 아니, 사내놈들은 죄 똑같다니까. 자기 손녀뻘 되는 아가씨한테 뭐 하는 수작이야!"

II

"에 비앙(글쎄), 제게 하실 말씀이라도 있습니까?"
"중요한 일인지는 잘 모르겠어요. 누군가 창문을 통해 웨더비 부인의 방으로 들어오려고 했어요."
"그게 언제입니까?"
"오늘 아침이에요. 그 여자는 외출 중이었고, 딸은 개를 데리고 산책을 나갔을 때였죠. 오래된 냉동 생선 같은 집주인은 늘 그렇듯 서재에 틀어박혀 있었고요. 저는 원칙대로라면 부엌에 있어야 했어요. 서재처럼 부엌도 그 여자 침실 반대편에 있거든요. 하지만 기회가 너무 좋다 싶어서……. 무슨 얘긴지 아시죠?"

푸아로가 고개를 끄덕였다.

"그래서 재빨리 2층으로 올라가 '잔소리쟁이' 마나님의 침실로 들어갔어요. 그런데 창가에 사다리가 걸쳐져 있고, 어떤 남자가 창문 걸쇠를 벗기려고 더듬거리고 있는 거예요. 살인 사건이 일어난 뒤로 그녀는 항상 모든 창문을 잠그고 걸쇠까지 걸어 놓거든요. 그러다 보니 신선한 공기가 전혀 들어올 수가 없죠. 아무튼 그 남자는 나를 보자마자 허둥지둥 사다리를 타고 내려가더니 그대로 줄행랑을 쳤어요. 사다리는 정원사의 것이었어요. 아침 일찍 담쟁이덩굴을 다듬으려고 왔다가 새참을 먹으러 잠시 자리를 비웠던 거예요."

"그 남자가 누구였습니까? 어떻게 생겼죠?"

"저도 그저 얼핏 봤어요. 창가로 달려갔을 때 그 사람은 이미 사다리를 타고 내려간 뒤여서 보이지 않았어요. 게다가 처음 그 사람을 봤을 때도 해를 등지고 있어서 얼굴을 제대로 볼 수 없었고요."

"남자인 건 확실합니까?"

모드는 잠시 생각에 잠겼다.

"옷차림은 분명 남자였어요. 낡은 펠트 모자를 쓰고 있었으니까요. 물론 여자였을 수도 있겠지만……."

"거참 흥미로운 일이군요. 대단히 흥미로워요……. 그 밖에 다른 건 없었습니까?"

"아직까지는 없어요. 하지만 그 늙은 여편네 방에는 잡동사니가 어찌나 많은지. 정신이 좀 이상한 게 틀림없어요. 오늘 아침만 해도 소리도 없이 들어와서는 나더러 여기저기 기웃거린다고 얼마나 호통을 쳐 댔는지 몰라요. 나라면 다음에는 그 여편네를 죽일 거예요. 그 여자야말로 화를 자초하는 부류죠. 정말 재수 없는 인간이라니까요."

그때 푸아로가 나지막하게 중얼거렸다.

"에블린 호프······."

"그 이름이 어쨌는데요?"

그녀가 푸아로 주변을 돌았다.

"이 이름을 알고 있군요?"

"그야 뭐······. 그래요, 알고 있어요. 에바 뭔가 하는 여자가 호주로 떠날 때 바꾼 이름이잖아요. 신문에서 봤어요.《선데이 코밋》에서요."

"《선데이 코밋》에는 여러 가지 이야기가 나와 있었지만, 그런 말은 없었습니다. 경찰이 업워드 부인의 집에 있던 책에서 찾아낸 이름이에요. 면지에 적혀 있었죠."

그때 갑자기 모드가 소리쳤다.

"아! 그럼 그게 그 여자였구나! 그녀는 거기서 죽은 게 아니었고······. 마이클의 말이 옳았어."

"마이클이라고요?"

푸아로의 물음에 모드가 뜬금없이 말했다.

"이렇게 꾸물댈 시간이 없어요. 점심 식사를 준비해야 하거든요. 오븐에 음식을 넣어 두었는데, 잘못하다가는 다 타 버리겠어요."

그녀는 허둥지둥 달아나 버렸다. 푸아로는 그 자리에 서서 그녀의 뒷모습을 바라보았다.

한편 우체국 창가에서는 스위티맨 부인이 유리창에 코를 박은 채 줄곧 두 사람을 지켜보고 있었다. 그녀는 늙은 외국인이 어떤 제안을 했길래 아가씨가 달아나 버렸는지 몹시 궁금했다.

III

롱 메도즈로 돌아온 푸아로는 구두를 벗고 침실용 슬리퍼를 신었다. 세련되지는 않았지만 확실히 편하기는 했다.

푸아로는 안락의자에 앉아 다시 한 번 생각해 보았다. 이제는 생각할 것이 무척 많았다.

아주 사소한 것들이지만 미처 챙기지 못한 것이 몇 가지 있었다.

재료는 이미 앞에 놓여 있었다. 이제 그것들을 꿰어 맞추기만 하면 되었다.

그때 모린이 유리잔을 들고 나타나 뭐라고 말하는 소리가 꿈결처럼 들려왔다. 무언가를 물어보는 듯했다. 올리버 부인이 소극장에 서 있었던 일을 이야기해 주었는데……. 세실? 마이클? 그녀는 분명 마이클이라고 말했다. 에바 케인은 크레이그의 집 보모 겸 가정교사였고…….

에블린 호프…….

그렇다! 에블린 호프!

23장

I

이브 카펜터가 서머헤이스의 집에 나타났다. 대부분 사람들이 그렇듯이 그녀 역시 편한 대로 현관문이든 창문이든 아무 문이나 열고 집 안으로 들어왔다.

이브 카펜터는 에르퀼 푸아로를 찾아와 다짜고짜 용건부터 말했다.

"당신은 탐정이시죠? 게다가 아주 훌륭한 탐정이라고 하더군요. 좋아요, 제가 당분간 당신을 이용하겠어요."

"이용이라니요? 몽 디외(맙소사)! 저는 택시가 아니랍니다."

"당신은 사립 탐정이라면서요. 사립 탐정은 돈을 받고 일하는 사람 아닌가요?"

"관례상으로는 그렇습니다."

"바로 그거예요. 돈을 드릴 테니 일을 해달라고요. 후하게 쳐 드릴 게요."

 "무슨 일 때문이죠? 왜 저를 필요로 하시는 겁니까?"

 이브 카펜터가 약간 신경질적으로 말했다.

 "경찰로부터 저를 지켜 달라고요. 그 사람들은 정말 미쳤나 봐요. 제가 업워드 부인을 죽였다고 생각하는 것 같더라고요. 그래서인지 여기저기 냄새를 맡고 돌아다니지를 않나, 저한테 온갖 질문을 퍼붓지를 않나……. 저한테서 뭔가를 캐내려는 것 같았어요. 저는 그런 게 너무 싫어요. 정신적으로 피곤하다고요."

 푸아로는 이브 카펜터의 얼굴을 찬찬히 뜯어보았다. 그녀의 말은 일견 사실인 듯했다. 이브의 얼굴은 수 주일 전 처음 보았을 때보다 몇 년은 더 늙어 보였다. 눈 밑의 다크 서클을 보니 잠을 제대로 못 잔 게 분명했다. 입에서 턱으로 연결되는 부분에 주름이 있었고, 담뱃불을 붙이는 손이 심하게 떨렸다.

 "당신이 이런 상황을 좀 끝내 주셔야 해요. 꼭이요."

 "마담, 제가 뭘 할 수 있겠습니까?"

 "어떻게든 그들이 제게 가까이 오지 못하게 하면 되잖아요. 뻔뻔스러운 인간! 제 남편이 진정한 남자라면, 이 모든 걸 해결해 줄 텐데……. 진짜 사내라면 그들이 저를 괴롭히지 못하게 막아 줘야 하는 것 아닌가요?"

 "그런데 남편 분은 아무것도 안 하시나 보죠?"

 이브가 볼멘소리로 대답했다.

"아예 말도 안 꺼냈어요. 남편은 그저 가능한 한 경찰에 협조하라면서 잘난 척할 게 뻔하니까요. 그 사람한테는 문제될 게 아무것도 없겠죠. 그날 밤에도 지겨운 정치 집회에 나가 있었으니까요."
"그럼 당신은 어디에 있었습니까?"
"저는 그냥 집에 있었어요. 라디오를 들으면서요."
"그것을 증명할 수 있다면……."
"제가 그걸 어떻게 증명하겠어요? 크로프트 부부에게 돈을 쥐어 주고 그날 왔다 갔다 하면서 나를 봤다고 말해 달라고 부탁했더니, 그 빌어먹을 인간들이 딱 거절하더라고요."
"어리석은 행동을 하셨군요."
"왜 그러면 안 되는지 이해할 수 없네요. 그렇게 하면 상황이 정리될 줄 알았어요."
"오히려 하인들은 부인을 의심할지도 모릅니다."
"그게…… 사실 제가 크로프트에게 뒷돈을 쥐어 준 건……."
"뭣 때문이었죠?"
"특별한 이유는 없었어요."
"부인, 부인께서는 제게 도움을 청하러 오셨습니다."
"그다지 중요한 일도 아니란 말이에요. 사실 크로프트가 그 여자에게서 전갈을 받았어요."
"업워드 부인한테서 말입니까?"
"네, 저더러 그날 밤 자기 집에 오라는 거였어요."
"그런데 가지 않았다는 거죠?"

"제가 거길 왜 가야 하죠? 짜증 나는 노인네를 왜 만나야 하냐고요. 제가 그 집에 가서 그 노인네의 손을 붙잡고 말동무가 되어 줘야 할 이유라도 있나요? 그러고 싶은 마음은 조금도 없었어요."

"언제 전갈을 받았습니까?"

"외출했을 때였어요. 정확히 언제인지는 모르겠어요. 오후 5시에서 6시 사이일 거예요. 크로프트가 대신 받아 전해 줬어요."

"그럼 부인께서 하인에게 돈을 쥐여 준 건 전갈을 못 받은 걸로 해달라는 뜻이었겠군요. 왜 그러셨죠?"

"어리석은 소리 마세요. 그 일에 얽히고 싶지 않았을 뿐이에요."

"그래서 그에게 돈을 주면서 부인의 알리바이를 꾸며 달라고 부탁한 거군요. 그렇게 했을 때 크로프트와 그 아내가 어떤 생각을 할 거라고 생각하셨습니까?"

"그들이 어떤 생각을 하는지가 왜 중요하죠?"

"배심원단은 중요하게 생각할 겁니다."

푸아로가 근엄하게 말했다. 이브 카펜터가 그의 얼굴을 뚫어지게 바라보았다.

"농담이시죠?"

"농담이 아닙니다."

"그들이 하찮은 하인들의 말을 들을 거라는 말씀이세요? 제 말을 안 듣고요?"

푸아로는 이브 카펜터를 다시 바라보았다.

이 얼마나 어리석은 사람인가. 그녀는 자신에게 도움이 될지도 모르는 사람들을 오히려 적으로 만들고 있었다. 이것은 그야말로 바보 같고 근시안적인 처사였다.

이브 카펜터의 눈은 짙푸른 색이며 매우 아름답고 커다랬다.

"그런데 부인, 안경은 안 쓰십니까? 안경이 필요하신 것 같은데요."

"네? 아, 가끔 써요. 어릴 때는 항상 썼고요."

"그때는 치아 교정기도 끼고 계셨죠?"

카펜터 부인은 눈을 동그랗게 뜨고 푸아로를 바라보았다.

"그래요, 그랬어요. 그런데 그걸 왜 물으시죠?"

"미운 오리 새끼가 백조가 된 거네요?"

"어릴 때는 확실히 못생겼었죠."

"부인의 어머니도 그렇게 생각하셨나요?"

이브 카펜터가 날카롭게 대꾸했다.

"어머니는 기억조차 나지 않아요. 그런데 우리가 대체 왜 이런 얘기를 하고 있는 거죠? 제 제안을 받아들이실 건가요?"

"죄송하지만 그럴 수 없습니다."

"왜죠?"

"이번 사건과 관련해 저는 제임스 벤틀리를 위해 일하고 있기 때문입니다."

"제임스 벤틀리? 아, 그 파출부를 죽인 빙충이 말이군요? 그가 업워드 부인 사건과 무슨 연관이 있죠?"

"아마 연관이 없을 겁니다."

"그렇다면 역시 돈 때문이군요? 얼마면 되는데요?"

"그게 부인의 치명적인 단점입니다. 부인께서는 무슨 일이든 항상 돈과 연결해서 생각합니다. 돈이 많으니까 돈이면 뭐든 다 해결할 수 있다고 생각하죠."

"저라고 항상 돈이 많았던 건 아니에요."

"그러시겠죠. 저도 그렇게 생각했습니다."

푸아로가 정중하게 고개를 끄덕였다.

"그 점이 많은 것을 설명해 주는군요. 몇 가지에 대한 구실이 되니까……"

II

이브 카펜터는 들어왔던 길로 다시 나갔다. 전에도 푸아로가 보았듯이 이번에도 그녀는 햇빛 아래서 방향을 몰라 우물쭈물했다.

푸아로는 그녀의 뒷모습을 바라보며 나지막이 중얼거렸다.

"에블린 호프……"

이로써 업워드 부인이 디어드리 헨더슨과 에블린 카펜터 두 사람에게 전화를 걸었다는 사실이 밝혀졌다. 어쩌면 또 다른 누군가에게도 전화를 걸었는지도 모른다. 어쩌면…….

이윽고 모린이 요란한 소리를 내며 나타났다.

"이번에는 가위가 없어졌어요. 점심 식사가 늦어져서 죄송해요. 집에 가위가 세 개 있는데 하나가 안 보이네요."

모린은 책상으로 달려가 푸아로가 익히 알고 있는 과정을 또다시 반복했다. 이번에는 꽤 쉽게 원하는 물건을 찾아냈다. 모린은 기쁨의 환호를 올리며 허둥지둥 밖으로 나갔다.

푸아로는 거의 자동적으로 책상 앞으로 가서 흩어진 물건들을 서랍에 주워 담았다. 봉랍, 편지지, 반짇고리, 사진들…….

사진들…….

그는 사진을 들어 뚫어지게 들여다보았다.

그때 복도 쪽에서 급하게 달려오는 소리가 들렸다.

푸아로는 노령임에도 몸놀림이 재빠른 편이었다. 그는 들고 있던 사진을 소파에 올려놓고 쿠션으로 덮은 뒤 그 위에 털썩 주저앉았다. 모린이 다시 나타난 건 푸아로가 막 쿠션 위에 앉았을 때였다.

"빌어먹을 시금치 소쿠리를 또 어디에 뒀더라……."

"여기 있습니다, 마담."

푸아로가 자신이 앉은 소파 옆에 놓인 소쿠리를 가리켰다.

모린이 소쿠리를 집어 들며 중얼거렸다.

"아, 여기에 뒀었구나. 오늘은 이상하게 모든 일이 늦어지네요……."

모린 서머헤이스는 정자세로 꼿꼿이 앉아 있는 에르퀼 푸아로를 의아한 눈으로 바라보았다.

"하필이면 왜 거기 앉아 계세요? 게다가 쿠션까지……. 거기는 이 방에서 가장 불편한 자리라고요. 스프링이 완전히 주저앉았거든요."

"알고 있습니다, 마담. 저는 그저…… 벽에 걸린 그림을 감상하고 있었습니다."

모린은 망원경을 들고 있는 해군 장교의 모습이 담긴 유화를 올려다보았다.

"아, 저거요? 좋은 그림이죠. 아마 우리 집에서 유일하게 괜찮은 물건일 거예요. 게인즈버러(1727~1788. 영국 출신의 풍경화가 겸 초상화가로 영국 왕립미술협회 창립자이다 ― 옮긴이)의 작품이 아닐까 싶긴 한데, 정확하게는 모르겠어요."

모린이 한숨을 내쉬었다.

"어쨌든 진품이더라도 존은 저 그림을 결코 팔지 않을 거예요. 고조부, 아니 그 한참 윗대 할아버지를 그린 거라는데, 배가 난파되는 바람에 돌아가셨대나 어쨌대나……. 아무튼 굉장히 훌륭한 업적을 쌓으신 분이래요. 존은 저 그림을 무척 자랑스럽게 여기고 있어요."

"그렇군요. 남편분에게도 자랑스럽게 여기실 만한 것이 있겠지요."

푸아로가 온화하게 말했다.

III

푸아로가 렌델의 집에 도착한 것은 오후 3시였다.

앞서 그는 토끼 고기 스튜와 시금치, 설익은 감자, 그리고 독특한 맛의 푸딩으로 점심 식사를 했다. 이번에는 푸딩이 타지는 않았지만, 모린의 표현대로 '물이 많은' 편이었다. 밍밍한 커피까지 반 잔 마시고 나니 기분이 썩 좋지 않았다.

문을 열어 준 것은 늙은 가정부 스콧 부인이었다. 푸아로는 그녀에게 렌델 부인을 만나러 왔다고 말했다.

응접실에서 라디오를 듣고 있던 렌델 부인은 푸아로를 보고 무척 놀라는 기색이었다.

그녀의 인상은 처음 만났을 때와 똑같았다. 경계하는 눈빛이었고, 푸아로를, 아니 그가 꺼낼 말을 몹시 두려워하는 표정이었다.

쉴라 렌델의 얼굴은 지난번 만났을 때보다 더 창백했고, 더 그늘져 있었다. 몸도 그때보다 더 야윈 것 같았다.

"여쭤 볼 게 있어서 왔습니다, 마담."

"여쭤 볼 거요? 아, 네, 그러시죠."

"업워드 부인이 살해되던 날 밤, 부인께 전화를 걸었습니까?"

쉴라 렌델은 푸아로를 바라보다가 천천히 고개를 끄덕였다.

"그게 몇 시였죠?"

"스콧 부인이 저 대신 전화를 받았어요. 6시쯤이었던 것 같고요."

"어떤 내용이었나요? 그날 저녁에 자신의 집으로 오라는 내용이었습니까?"

"네. 올리버 부인과 로빈은 킬체스터에 가기로 했고, 재닛도 마침 비번이라 업워드 부인 혼자 집을 지켜야 한다더라고요. 그래서 나더러 놀러 와서 말벗이 되어 줄 수 있겠냐는 거였어요."

"특별히 몇 시쯤 오라는 말도 했나요?"

"네, 9시나 그 이후에 오라고 했어요."

"그래서 그 집에 가셨습니까?"

"그럴 생각이었어요. 정말 그러려고 했죠. 그런데 이유는 모르겠지만 그날 밤 저녁 식사를 마치자마자 의자에 앉은 채로 그만 잠이 들고 말았어요. 눈을 떠 보니 10시가 넘었더라고요. 너무 늦었다 싶어 결국 가지 않았어요."

"경찰에게는 업워드 부인한테 전화를 받았다는 사실을 알리지 않으셨죠?"

렌델 부인이 눈을 휘둥그레 떴다. 순진한 어린아이 같은 눈빛이었다.

"말했어야 하는 건가요? 저는 어차피 안 갔기 때문에 대수롭지 않게 생각했거든요. 죄책감이 조금 들기도 했고요. 제가 갔더라면 지금쯤 살아 계실지도 모르잖아요."

그녀가 숨을 죽였다.

"오, 그런 일이 없었더라면 얼마나 좋았을까요."

"그러게 말입니다."

푸아로가 잠시 말이 없다 말했다.

"무엇을 두려워하고 계신 겁니까, 부인?"

렌델 부인은 순간 움찔하며 숨을 멈췄다.

"두려워하다니요? 아무렇지도 않은데요."

"아니, 부인은 무언가를 두려워하고 있습니다."

"말도 안 돼요. 제가 두려워할 일이 뭐가 있겠어요?"

푸아로가 잠시 생각하더니 다시 말했다.

"저는 부인이 저를 두려워하고 있을지도 모른다고 생각했습니다."

렌델 부인은 아무 말도 하지 않았다. 하지만 두 눈은 놀란 토끼처럼 휘둥그레졌다. 그녀는 천천히, 그리고 반항적으로 고개를 저었다.

24장

I

"이대로 가다간 정신 병원에 들어가겠어요."
스펜스가 볼멘소리로 투덜대자 푸아로가 위로하듯 말했다.
"뭐 그 정도로 심각할 것까지야 있겠습니까."
"그건 푸아로 씨 생각이고요. 새로운 정보가 한 가지씩 들어올 때마다 점점 더 미궁 속으로 빠져들고 있지 않습니까? 업워드 부인이 사건 당일 저녁에 세 여자에게 전화를 걸어 자기 집에 오라고 부탁했다는 건데……. 왜 세 명이죠? 그녀도 그들 중 누가 릴리 갬볼인지 몰랐던 게 아닐까요? 아니면 이번 사건이 릴리 갬볼과는 아무 상관이 없을 수도 있지 않을까요? 에블린 호프라는 이름이 적힌 그 책을 생각해 보면, 업워드 부인과 에바 케인이 동일 인물이라고 추측해 볼 수도 있지 않습니까?"

"제임스 벤틀리가 맥긴티 부인에게 사진에 관해 들었을 때 떠올린 인물도 업워드 부인입니다."

"하지만 벤틀리도 확실한 건 아니라고 하지 않았습니까?"

"물론입니다. 제임스 벤틀리에게 확신이라는 말은 전혀 어울리지 않습니다. 그는 그 어떤 것도 확신하지 못하니까요. 벤틀리는 맥긴티 부인의 말을 제대로 듣지 않았습니다. 그렇더라도 맥긴티 부인이 업워드 부인을 지칭하고 있다는 인상을 받았다면 그것이 사실일 가능성도 있습니다. 인상이란 정확할 때가 많으니까요."

"호주에서 입수한 최신 정보……. 참, 에바 케인은 영국을 떠나 미국이 아닌 호주로 갔다더군요. 아무튼 그 정보에 따르면 문제의 '호프 부인'은 20년 전에 거기서 사망한 것 같습니다."

"그 얘기는 이미 들어 알고 있습니다."

"당신은 늘 모든 것을 다 알고 계시죠. 안 그렇습니까, 푸아로 씨?"

푸아로는 비꼬는 듯한 스펜스의 말에 개의치 않고 말했다.

"그럼 둘 중 한 명인 '호프 부인'은 호주에서 죽었다고 하고, 나머지 한 명은 어떻습니까?"

"업워드 부인은 영국 북부 지방에서 공장을 운영하던 재력가의 아내였습니다. 남편과 리즈 근처에서 살았고, 아들이 하나 있었어요. 그런데 그 아들이 태어난 지 얼마 안 되어 남편이 세상을 떠났습니다. 아들도 결핵을 앓았는데, 남편이 죽고 난 뒤에는 아들과 함께 주로 외국에서 살았답니다."

"그 대하소설이 시작된 건 언제부터입니까?"

"소설이 시작된 건 에바 케인이 영국을 떠난 지 4년째 되던 해입니다. 업워드 씨는 아내를 외국 어딘가에서 만나 결혼한 뒤 고국으로 데리고 왔다더군요."

"그럼 실제로 업워드 부인이 에바 케인일 가능성도 있겠군요. 그녀의 결혼 전 이름이 뭐였습니까?"

"하그레이브스라고 알고 있습니다. 하지만 이름이 뭐 중요하겠습니까?"

"무슨 말씀을. 에바 케인 또는 에블린 호프가 호주에서 죽었을 수도 있지만, 죽은 것처럼 꾸미고 하그레이브스라는 이름으로 다시 태어났을 수도 있습니다. 그러고는 부자 사내를 만나 결혼했을 수도 있고 말입니다."

"모두 아주 오래전 일이라서요. 하지만 그게 사실이라면, 그러니까 그녀가 자신의 옛날 사진을 간직하고 있었고, 맥긴티 부인이 우연히 그것을 봤다면, 업워드 부인이 맥긴티 부인을 죽였다는 단 한 가지 결론이 나오지 않습니까?"

"그럴 수도 있죠. 맥긴티 부인이 살해된 날 밤 로빈 업워드는 방송국에 있었습니다. 렌델 부인은 그날 업워드 부인 집에 갔지만, 불러도 대답이 없자 그냥 돌아왔다고 진술했죠. 또한 스위티맨 부인의 말에 따르면, 업워드 부인은 마음만 먹으면 걸을 수도 있다고 그 집 가정부 재닛 그룸이 말했다더군요."

"그럴 듯하긴 합니다만 업워드 부인 본인도 살해되었다는 사실이

"여전히 걸리지 않습니까? 사진을 알아본 뒤에 말입니다. 설마 두 사람의 죽음이 서로 연관된 게 아니라고 말씀하시려는 건 아니죠?"
"아니, 그렇지 않소. 두 사건은 연관된 게 분명합니다."
"저는 이쯤에서 포기하렵니다."
"에블린 호프. 해결의 열쇠는 바로 에블린 호프에게 있습니다."
"에블린 카펜터 말씀이십니까? 푸아로 씨 생각이 그거였습니까? 릴리 갬볼이 아니라 에바 케인의 딸이다. 그렇지만 그녀가 자기 친어머니를 죽였을 리는 없지 않습니까?"
"물론 이번 사건의 범인은 존속살해범이 아닙니다."
"푸아로 씨는 정말 사람을 짜증 나게 하시는군요. 다음번에는 에바 케인과 릴리 갬볼, 재니스 코틀런드, 베라 블레이크 모두 브로디니에 살고 있다고 하시지 그러십니까? 그 네 명 모두 용의자라고요."
"용의자는 넷 이상입니다. 에바 케인이 크레이그의 집 보모 겸 가정 교사였다는 것을 기억하세요."
"그게 이번 일과 무슨 상관이 있다는 겁니까?"
"보모 겸 가정 교사가 있는 집이라면 당연히 아이들도 있겠죠. 적어도 한 명 이상은. 크레이그의 자식들에 대해 아는 게 있습니까?"
"딸 하나, 아들 하나가 있었는데, 사건이 일어난 뒤 친척들이 데려갔답니다."
"그렇다면 용의선상에 넣어야 할 사람이 두 명 더 생겼군요. 그들 둘은 앞서 내가 말한 세 번째 이유, 즉 복수심 때문에 사진을 간직하고 있었을 수도 있습니다."

"별로 와 닿지는 않는군요."

푸아로가 한숨을 내쉬었다.

"모두 고려해 보아야 합니다. 저는 제가 진실을 알고 있다고 생각합니다. 다만 저를 지독하게 괴롭히는 문제가 하나 있습니다."

"푸아로 씨를 괴롭히는 게 있다니 듣던 중 반가운 소리군요."

"스펜스 경정님. 한 가지만 확인해 주십시오. 에바 케인은 크레이그가 사형되기 전에 이 나라를 떠난 게 맞습니까?"

"맞습니다."

"그리고 당시 그 여자는 출산을 앞두고 있었고?"

"그것도 맞습니다."

"봉 디외(맙소사)! 제가 너무 어리석었군요! 모든 게 이토록 단순한데 말이야. 안 그렇습니까?"

푸아로가 이 말을 하고 나서 하마터면 세 번째 살인 사건이 일어날 뻔했다. 킬체스터 경찰서 내에서 에르퀼 푸아로가 스펜스 경정의 손에 살해될 뻔했던 것이다.

II

에르퀼 푸아로가 말했다.

"아리아드네 올리버 부인과 개인적인 일로 통화하고 싶습니다."

올리버 부인과 개인적인 일로 통화를 하기란 결코 쉽지 않았다. 그녀는 작업 중에 방해받는 것을 싫어했기 때문이다. 그러나 푸아로는 모든 상황을 무시하고 마침내 소설가의 목소리를 들었다.

올리버 부인이 냉랭한 목소리로 말했다.

"무슨 일이시죠? 꼭 지금 전화하셔야만 했나요? 방금 포목점 살인 사건과 관련해 너무 멋진 아이디어가 떠올랐는데, 푸아로 씨 때문에 다 망쳤어요. 왜 있잖아요, 콤비네이션(아래위가 붙은 속옷―옮긴이)이나 우습게 생긴 긴소매 속옷 같은 걸 파는 구식 포목점 말이에요."

"저는 잘 모르겠습니다만……. 아무튼 지금부터 제가 말씀드릴 것이 훨씬 더 중요한 문제입니다."

"그럴 리가요. 저한테도 그렇게 중요할까요? 순간적으로 머릿속에 떠오른 아이디어를 대강이라도 메모해 놓지 않으면 금세 다 까먹고 만단 말이에요."

푸아로는 그녀가 말하는 창작의 고통 따위는 안중에도 없었다. 그가 던진 중요한 질문에 올리버 부인은 모호하게 대답했다.

"그래요. 그 작은 레퍼토리 극장 말이죠? 극장 이름은 잘 모르겠고……. 단원 중 한 사람의 이름이 세실 뭐라고 했어요. 저와 얘기를 나눈 사람은 마이클이었고요."

"좋습니다! 그게 바로 제가 알고 싶었던 겁니다."

"세실과 마이클이 뭐 어쨌는데요?"

"됐습니다. 이제 콤비네이션과 긴소매 속옷 문제로 돌아가시죠, 마담."

"저는 당신이 왜 렌델 씨를 체포하지 않는지 이해할 수 없어요.

제가 런던 경시청장이라면 당장 그를 잡아들이겠어요."

"그러시겠지요. 아무튼 포목점 살인 사건을 잘 풀어 나가시길 바랍니다."

"이제는 아이디어가 모두 날아가 버렸어요. 당신이 다 망쳐 놨다고요."

푸아로는 신사답게 정중히 사과했다.

그는 수화기를 내려놓고 스펜스를 보며 미소 지었다.

"이제 마이클이라는 세례명을 가진 젊은 배우를 만나러 갑시다. 아니, 저 혼자라도 괜찮을 것 같군요. 그는 컬른퀘이 레퍼토리 극장에서 단역으로 출연하고 있다고 합니다. 그가 제가 찾는 마이클이기를 바라야죠."

"도대체 왜……."

스펜스의 분노가 끓어 넘치기 일보 직전인 듯했으나 푸아로는 그 상황을 교묘하게 피해 갔다.

"경정님, '스크레 드 폴리시넬'이 무슨 뜻인지 아십니까?"

"지금 프랑스어 수업을 하시는 겁니까?"

스펜스가 버럭 화를 내며 쏘아붙였다.

"스크레 드 폴리시넬이란 누구나 알 수 있는 비밀을 말해요. 그렇기 때문에 그 공공연한 비밀을 모르는 사람은 그것에 대해 들을 수 없는 겁니다. 모든 사람들이 당신도 그것을 알고 있을 거라고 생각하기 때문에 아무도 그 얘기를 해 주지 않는 거죠."

"저로서는 당신 같은 사람을 어떻게 대해야 할지 알 수 없군요."

25장

 배심원 심리가 끝났다. 알 수 없는 누군가가 저지른 살인 사건 때문에 다시 소집된 배심원단이었다.
 심리가 끝난 뒤 참석했던 사람들이 에르퀼 푸아로의 초청으로 롱메도즈에 모였다.
 푸아로가 부지런히 움직인 끝에 길다란 응접실이 제법 정리가 잘 된 것처럼 보였다. 의자들은 반원 모양으로 깔끔하게 배열했고, 모린의 개들도 어렵사리 밖으로 내보냈다. 그날의 강사를 자임한 에르퀼 푸아로가 방 끄트머리에 자리를 잡았다. 그는 약간 의식적으로 목청을 가다듬은 뒤 변론을 시작했다.
 "메슈 에 메담(신사 숙녀 여러분)······."
 푸아로가 잠시 뜸을 들였다. 그의 다음 말은 누구도 예상치 못한 것이었고, 그런 만큼 터무니없는 소리처럼 들렸다.

"맥긴티 부인이 죽었다. 어떻게 죽었지?
나처럼 무릎을 꿇은 채.
맥긴티 부인이 죽었다. 어떻게 죽었지?
나처럼 손을 뻗은 채
맥긴티 부인이 죽었다. 어떻게 죽었지?
이렇게…….''
사람들의 표정을 살피며 푸아로가 말을 이었다.
"아니, 저는 미치지 않았습니다. 어린아이들 놀이에서 하는 유치한 장단을 반복적으로 읊었다고 해서 제가 치매에 걸린 건 아니라는 뜻입니다. 여러분 중에 어릴 때 이 놀이를 해보신 분이 있을지도 모르겠군요. 업워드 부인처럼 말입니다. 실제로 그녀는 제게 이와 비슷한 말을 했습니다. 조금 차이는 있지만 말입니다. '맥긴티 부인이 살해되었다. 어쩌다가? 나처럼 위험을 무릅쓰다가?' 이렇게 말했죠. 그리고 실제로 그녀는 그 말처럼 되었습니다. 위험을 무릅쓰다가 맥긴티 부인처럼 살해된 겁니다…….
우리가 사건을 해결하기 위해서는 처음으로 돌아가 생각해 보아야 합니다. 맥긴티 부인 사건으로요. 남의 집에서 무릎을 꿇고 청소를 하던 맥긴티 부인이 살해되었고, 그로 인해 제임스 벤틀리라는 청년이 체포되어 재판을 받고 사형 선고를 받았습니다. 그런데 이 사건을 담당했던 스펜스 경정이 어떤 이유에서인지 벤틀리의 유죄 여부에 의심을 품게 된 겁니다. 결정적인 증거가 있었는데도 말이죠. 제 생각도 그와 같았습니다. 그래서 '맥긴티 부인이 어떻게 해서 죽었는지, 왜 죽었는지' 해답을 찾기 위해 이곳에 온 겁니다.

여러분 앞에서 그동안 있었던 길고 복잡한 사연을 모두 말씀드리지는 않겠습니다. 그저 잉크병처럼 사소한 물건 하나가 중요한 단서를 제공했다는 점만 말씀드리죠. 맥긴티 부인이 살해되기 전 일요일에 그녀가 읽은 《선데이 코밋》에 네 장의 사진이 실렸습니다. 어떤 사진인지는 여러분도 알고 계실 겁니다. 저는 한 가지만 말씀드리겠습니다. 맥긴티 부인은 그 사진 중 하나가 그녀가 일했던 어느 집에서 본 사진과 같다는 것을 알고 있었습니다.

그녀는 이 사실을 제임스 벤틀리에게 말했습니다. 그러나 당시 벤틀리는 그 이야기가 얼마나 중요한지 전혀 깨닫지 못했고, 그 후로도 그랬습니다. 실제로 그는 맥긴티 부인의 말을 흘려들었다더군요. 그러면서도 맥긴티 부인이 그 사진을 발견한 집이 업워드 부인의 집일 거라는 느낌을 받았다고 합니다. 그리고 '알고 보면 잘난 것도 없는 여자'라는 맥긴티 부인의 말에서 업워드 부인을 떠올렸답니다. 제임스 벤틀리의 말을 전적으로 믿을 수는 없습니다만, 맥긴티 부인이 자부심에 관해 표현했다는 것만은 분명한 사실이었습니다. 그리고 여러분도 아시겠지만 업워드 부인이 자부심 강하고 오만한 여성이었다는 것은 분명한 사실이지요.

여러분 모두 아시다시피…… 일부는 그 자리에 계셨고, 나머지 분들은 나중에 전해 들으셨겠죠. 업워드 부인의 집에서 저는 네 장의 사진을 펼쳐 놓았습니다. 그때 업워드 부인의 표정에서 무언가 알고 있는 듯 놀라는 기색이 역력했고, 저는 그것을 놓치지 않고 그녀에게 다그쳐 물었습니다. 그녀도 시인할 수밖에 없었죠. 업워드 부인은 '어딘가에서 이들 중 하나를 본 것 같긴 하지만, 그게 어디였는지는 기억나지 않는다.'고 말했습니다. 제가 어떤 사진이냐고 묻자, 그녀는 어린 릴리 갬볼의 사진을 가리켰죠. 하지만 그 말은 사실이 아니었습니다. 업워드 부인은 어떤 이유에서인지 자기가 알고 있는 것을 혼자만 간직하려고 했습니다. 그녀는 저를 혼란에 빠트리려고 일부러 엉뚱한 사진을 지목했던 거죠.

하지만 그 자리에 있던 한 사람은 그녀에게 속지 않았습니다. 바로 살인자였죠. 그는 업워드 부인이 알아본 사진이 어떤 것인지 알고 있었습니다. 이리저리 말을 돌리지 않고 이 자리에서 밝히겠습니다. 문제의 그 사진은 에바 케인의 사진이었습니다. 에바 케인은 그 유명한 크레이그 살인 사건의 공모자일 수도, 희생자일 수도, 어쩌면 주범일 수도 있는 여자죠.

그리고 다음 날 저녁 업워드 부인이 살해되었습니다. 그녀는 맥긴티 부인과 똑같은 이유로 죽임을 당했습니다. 맥긴티 부인은 다가올 위험을 모르는 채로 남의 과거를 기웃거렸고, 업워드 부인을 위험을 각오하고 남의 과거를 파헤쳤지만 결과는 똑같았습니다.

그런데 업워드 부인이 죽기 전, 그녀에게 전화를 받은 여자가 셋 있었습니다. 카펜터 부인, 렌델 부인, 그리고 헨더슨 양입니다. 세 통의 전화는 모두 업워드 부인의 전갈이었습니다. 그날 저녁에 자기 집에 놀러 오라는 내용이었죠. 그날 밤은 업워드 부인 집 가정부가 비번이었고, 아들인 로빈과 올리버 부인은 컬른퀘이에 연극을 보러 가기로 되어 있었습니다. 따라서 업워드 부인은 이 세 여성과 각각 얘기를 나눠 보고 싶었던 것 같습니다.

그럼 왜 세 여성일까요? 업워드 부인은 자신이 에바 케인의 사진을 어디서 보았는지 알고 있었을까요? 아니면 보기는 했지만 그곳이 어디였는지 기억 못 하고 있었을까요? 이 세 여성에게는 공통점이 있었을까요? 아닙니다. 연령대 외에는 아무런 공통점이 없었습니다. 그들의 나이는 모두 서른 살 전후였습니다.

아마 여러분도 《선데이 코밋》을 읽어 보셨을지 모르겠군요. 신문에는 수년이 지난 뒤 에바 케인의 딸이 어떻게 살고 있을지 아주 감상적으로 묘사되어 있었습니다. 업워드 부인이 집으로 부른 세 여성은 모두 그 딸과 비슷한 또래였습니다.

이로써 유명한 살인마 크레이그와 그의 정부 에바 케인 사이에서 태어난 젊은 여성이 현재 브로디니에 살고 있을지도 모른다는 추측을 할 수 있습니다. 더불어 그 여자는 그 사실이 알려지는 것을 막기 위해서라면 무슨 짓이든 했을 거라는, 다시 말해 두 차례 살인을 감행했을 거라고 추측할 수 있죠. 실제로 업워드 부인이 죽었을 때, 테이블에는 커피 잔이 두 개 놓여 있었는데, 그중 방문객이 사용한 잔에는 희미하게 립스틱 자국이 남아 있었습니다.

이제 전갈을 받은 세 여성에 대해 생각해 볼까요? 카펜터 부인은 전갈을 받았지만 그날 밤 래버넘스에 가지 않았다고 진술했습니다. 렌델 부인은 가려고 했지만 의자에 앉아 그만 잠이 들었다고 했고요. 그런가 하면 헨더슨 양은 실제로 래버넘스에 갔습니다. 그러나 집 안이 온통 캄캄했고 불러도 대답이 없어 그냥 돌아왔다고 합니다.

이것은 그 세 여성이 직접 말한 것입니다. 하지만 이와 상반되는 증거가 있습니다. 하나는 커피 잔에서 발견된 립스틱 자국이고, 또 하나는 그 시각 래버넘스 밖에 있던 에드나라는 아가씨가 금발의 여자가 집 안으로 들어가는 것을 목격한 사실입니다. 또 한 가지, 향수 냄새가 있습니다. 그것은 이국적이고 상당히 고급스러운 향수였는데, 세 사람 중에 그런 고가의 향수를 사용할 만한 여성은 카펜터 부인뿐이죠."

사람들이 웅성거리기 시작했고, 이브 카펜터가 고함을 쳤다.

"거짓말이에요. 사악하고 잔인한 거짓말이라고요. 저는 아니에요. 그 집에 가지 않았다고요. 그 근처에도 안 갔단 말이에요. 여보, 이런 터무니없는 거짓말을 듣고만 있을 건가요?"

가이 카펜터 역시 화가 끓어올라 얼굴이 하얗게 질려 있었다.

"푸아로 씨! 경고합니다만 명예 훼손은 엄연한 처벌 대상이고, 여기 있는 모든 사람들이 목격자가 될 겁니다."

"당신 아내가 어떤 향수를 사용하는지, 또 어떤 립스틱을 사용하는지 말했을 뿐인데 명예 훼손이라니요?"

이브 카펜터가 울부짖었다.

"말도 안 돼요. 정말 말 같지도 않은 소리예요. 누구나 제 향수를 가져가 뿌릴 수 있잖아요."

그러자 푸아로가 뜻밖에 그녀를 보고 활짝 웃었다.

"메 위(그래요), 바로 그겁니다. 누구나 할 수 있는 일이죠. 너무나 뻔하고 별 힘들 것도 없는 일이니까요. 한마디로 어설프고 유치한 작전이었던 겁니다. 제 눈에는 너무나 어설픈 작전이어서 결국 의도한 대로 되지 않았습니다. 설상가상으로 그 작전은 제게 다른 아이디어까지 안겨 주었습니다. 네, 저는 아이디어를 얻었습니다.

향수 냄새와 커피 잔에 묻은 립스틱 자국. 컵에 묻은 립스틱 자국을 지우기는 상당히 쉽습니다. 장담하건대 모든 흔적을 아주 쉽게 지워 없앨 수 있죠. 아니면 아예 컵을 치워 버리거나 씻어 놓아도 됩니다. 못 할 것도 없죠. 집 안에는 아무도 없었으니까요. 하지만 범인은 그렇게 하지 않았습니다. 저는 그 이유를 자문해 보았습니다. 그러고 나서 해답을 얻었습니다. 바로 범인이 여성이라는 것을 강조하기 위해 고의로 그랬다는 것입니다. 저는 세 여성이 받은 전화에 대해서도 생각해 보았습니다. 그들은 모두 전갈을 받은 것이지, 업워드 부인과 직접 통화하지는 않았더군요. 그렇다면 전화를 건 사람은 업워드 부인이 아닐 수도 있는 겁니다. 이번 범죄에 여성을 끌어들이고 싶어 했던 누군가가 전화를 건 것이죠. 저는 다시 자문해 보았습니다. 왜 하필 여성일까? 대답은 한 가지밖에 없었습니다. 업워드 부인을 살해한 것은 여자가 아니라 남자라는 겁니다."

푸아로는 청중들을 둘러보았다. 쥐 죽은 듯 고요했다. 반응을 보인 것은 단 두 사람이었다.

이브 카펜터가 한숨을 내쉬더니 말했다.

"이제야 좀 말이 되는 소리를 하시는군요."

올리버 부인 또한 열정적으로 고개를 끄덕이며 말했다.

"일리 있는 말이에요."

푸아로가 뿌듯한 심정으로 계속해서 말했다.

"그리하여 저는 이런 결론에 도달했습니다. 업워드 부인과 맥긴티 부인을 죽인 것은 남자라고 말입니다. 어떤 남자냐고요? 살인을 저지른 이유는 두 경우 모두 같았습니다. 사진과 관련이 있다는 것이죠. 그럼 그 사진은 누구의 것이었을까요? 그것이 첫 번째 의문이었습니다. 그리고 그는 왜 그 사진을 간직하고 있었을까요?

이 문제는 그다지 어렵지 않았습니다. 범인은 처음에는 감상적인 이유에서 사진을 간직했습니다. 일단 맥긴티 부인이 사라지고 나니 굳이 사진을 없앨 필요도 없었죠. 그러나 두 번째 살인을 한 뒤에는 상황이 달라졌습니다. 이번에는 사진이 살인과 관련 있다는 것이 명백했으니까요. 이제 사진을 계속 간직한다는 것은 위험한 짓이었습니다. 그러므로 여러분도 동의하시겠지만, 범인은 사진을 없애야만 했습니다."

푸아로는 좌중을 둘러보았다. 몇몇 사람들이 고개를 끄덕였다.

"그런데 그 사진이 없어지지 않았더란 말입니다. 네, 사진은 멀쩡히 보전되어 있었습니다. 그걸 어떻게 아냐고요? 제가 그 사진을 찾아냈으니까요. 며칠 전에 제가 그 사진을 발견했습니다. 바로 이 집에서요. 여러분이 보시는 벽 쪽의 저 책상 서랍 속에 그 사진이 들어 있었습니다. 바로 이겁니다."

푸아로는 빛바랜 사진 한 장을 들어 보였다. 사진 속에는 머리에 장미를 꽂고 억지웃음을 짓고 있는 여자가 있었다.

"네, 에바 케인입니다. 그리고 이 사진 뒷면에는 연필로 두 개의 단어가 씌어 있습니다. 제가 읽어 드릴까요? '나의 어머니!'"

푸아로는 근엄하고 마치 비난하는 듯한 눈길로 모린 서머헤이스를 쳐다보았다. 그녀는 얼굴을 덮은 머리칼을 뒤로 넘기고는 놀라서 휘둥그레진 눈으로 푸아로를 빤히 바라보았다.

"무슨 말씀이신지 모르겠네요. 저는 결코······."

"물론 이해가 안 되시겠죠, 서머헤이스 부인. 두 번째 살인을 저지른 뒤에도 이 사진을 간직한 데는 단 두 가지 이유만이 있을 수 있습니다. 첫 번째는 순수한 감상이죠. 모린, 당신은 죄책감이 전혀 없기 때문에 사진을 간직할 수 있었던 겁니다. 당신은 언젠가 카펜터 부인의 집에서 우리에게 자신이 입양아였다고 스스로 말했죠. 저는 당신이 생모의 이름을 알고 있는지도 의심스럽습니다. 하지만 누군가 다른 사람은 알고 있었습니다. 그는 가문에 대한 자부심이 대단하고, 그런 만큼 조상 대대로 살아온 집에 대해 집착하는 사람이죠. 유난히 자신의 조상과 혈통을 자랑스럽게 여기는 그 사람이라면, 모린 서머헤이스가 살인마 크레이그와 에바 케인 사이에서 태어난 딸이라는 사실이 온 세상과 자기 자녀들에게 알려지는 것을 보느니 차라리 죽는 게 낫다고 생각할 것입니다. 그 사람이라면 차라리 죽음을 택하겠죠. 하지만 그가 죽는다고 해서 우리에게 도움이 될 건 아무것도 없습니다. 그러니 대신 바로 이 자리에 죽을 준비가 되어 있는 남자가 있다고 말씀드리겠습니다."

그때 존 서머헤이스가 자리에서 벌떡 일어났다. 그의 목소리는 다정하다 싶을 만큼 침착했다.
"오늘 푸아로 씨께서는 터무니없는 말씀을 유난히 많이 하시는군요. 우리 앞에서 자신이 추론한 것들을 마구잡이로 떠들어 대는 게 즐거우십니까? 추론은 어디까지나 추론일 뿐입니다. 제 아내에 대해 이러쿵저러쿵 말하는 것도……."
순간 그는 갑자기 격한 파도처럼 분노를 터트렸다.
"이 빌어먹을 더러운 돼지 새끼……!"
존 서머헤이스가 무서운 기세로 방을 가로질러 달려들었다. 푸아로가 재빨리 뒤로 물러났고, 스펜스가 허둥지둥 서머헤이스와 푸아로 사이를 가로막았다.
"자 자, 서머헤이스 소령님, 진정하세요. 진정하시라고요."
서머헤이스는 이성을 되찾고 어깨를 으쓱하며 말했다.
"죄송합니다. 하지만 너무 터무니없지 않습니까? 막말로 누구나 우리 집 서랍 속에 사진을 넣어 둘 수 있지 않습니까."
"바로 그겁니다. 흥미로운 점은 이 사진에 지문이 하나도 묻어 있지 않다는 겁니다."
푸아로가 잠시 말을 멈추고 가볍게 고개를 끄덕였다.
"하지만 원래는 지문이 묻어 있어야 정상이죠. 서머헤이스 부인이 이 사진을 간직했다면 순수한 마음에서 그랬을 겁니다. 그러므로 그녀의 지문이 사진에 남아 있어야겠죠."
그때 모린이 소리쳤다.
"당신은 제정신이 아니에요. 저는 평생 그 사진을 한 번도 본 적이 없어요. 그날 업워드 부인 집에서 본 게 전부라고요."

"부인의 말이 사실이라는 것을 제가 알고 있으니 부인으로서는 천만다행일 겁니다. 이 사진은 제가 발견하기 불과 몇 분 전에 저 서랍 속에 넣어진 것입니다. 그날 오전에 두 번이나 서랍 속에 있던 물건들이 바닥에 쏟아졌고, 두 번 다 제가 주워 담았습니다. 그런데 처음에는 이 사진이 없었는데, 두 번째 보니 있더란 말이죠. 즉 중간에 누군가가 서랍 속에 사진을 넣어 둔 겁니다. 그리고 저는 그 사람이 누구인지 알고 있습니다."

푸아로의 목소리가 달라졌다. 그는 더 이상 이상한 콧수염을 기르고 머리카락을 물들인, 작은 체구의 우스꽝스러운 사내가 아니라, 사냥감을 바짝 뒤쫓는 유능한 사냥꾼이었다.

"범행을 저지른 것은 남자였습니다. 범행 동기는 지극히 단순합니다. 바로 돈이었죠. 업워드 부인의 집에서 책 한 권이 발견되었습니다. 그 책의 면지에는 '에블린 호프'라고 적혀 있었습니다. 호프는 에바 케인이 영국을 떠나면서 바꾼 성입니다. 그녀의 진짜 이름이 에블린이었다면, 태어난 자기 자식에게 에블린이라는 이름을 물려줬을 가능성이 큽니다. 그런데 에블린은 여자 이름일 뿐 아니라 남자 이름이기도 합니다. 그동안 우리는 왜 에바 케인의 자식이 딸일 거라고만 생각했을까요? 그건 아마 《선데이 코밋》에 그렇게 나왔기 때문이겠죠. 하지만 실제로 《선데이 코밋》은 그 부분을 그다지 자세히 묘사하지 않았습니다. 그저 에바 케인과의 낭만적인 인터뷰와 어울리게끔 그렇게 가정한 것이었습니다. 그런데 에바 케인은 아이를 낳기 전에 영국을 떠났습니다. 그러므로 그 아이가 딸인지 아들인지는 아무도 알 수 없었죠.

바로 이 부분에서 저도 잠시 헷갈렸습니다. 언론의 낭만적인 오류에 속아 넘어간 거죠. 에블린 호프, 즉 에바 케인의 아들은 영국으로 건너왔습니다. 그에게는 재능이 있었고, 덕분에 그의 출신 배경을 전혀 모르는 한 귀부인의 관심을 살 수 있었습니다. 그는 낭만적인 이야기를 꾸며 내 그녀에게 들려주었죠. 꽤 근사한 이야기였습니다. 파리에서 결핵으로 세상을 떠난 비극적인 젊은 발레리나가 자신의 생모였다는 거였죠. 마침 귀부인은 친아들을 잃은 지 얼마 안 된 터라 상당히 외로웠습니다. 그리하여 재능 있는 젊은 희곡 작가는 그녀의 양자가 된 겁니다. 하지만 당신의 진짜 이름은 에블린 호프이지 않습니까, 로빈 업워드 씨?"

로빈 업워드가 날카롭게 소리쳤다.

"물론 아닙니다. 도대체 무슨 말씀을 하시는 겁니까?"

"언제까지 부인할 수 있다고 생각하십니까? 당신의 이름이 에블린 호프라는 것을 아는 사람들이 있습니다. 책에 적힌 에블린 호프라는 이름은 바로 당신의 필체입니다. 이 사진 뒷면에 적힌 '나의 어머니'와 같은 필체죠. 맥긴티 부인은 당신의 방을 청소하다가 이 사진과 뒷면에 적힌 글을 보게 되었습니다. 그 후 《선데이 코밋》에 난 기사를 읽고 나서 당신에게 그 사실을 말했겠죠. 맥긴티 부인은 그것이 젊은 시절 업워드 부인의 사진이라고 생각했던 겁니다. 당신이 입양한 아들이라는 사실을 맥긴티 부인은 전혀 몰랐으니까.

하지만 당신은 맥긴티 부인이 비밀을 안 이상 업워드 부인의 귀에 흘러 들어가는 건 시간문제라는 것을 알아차렸습니다. 그러면 모든 게 끝난다는 것도. 업워드 부인은 혈통에 거의 광적으로 집착하는 사람이었으니, 자신이 입양한 아들이 그 유명한 살인자의 아들이라는 사실을 알면 결코 그냥 넘어가지 않을 테죠. 당신이 말한 거짓말에 대해서도 말입니다. 그래서 당신은 무슨 수를 써서라도 맥긴티 부인의 입을 막아야 했습니다. 아마 그녀에게 입을 다무는 조건으로 작은 선물을 주겠다고 약속했겠죠. 그리고 다음 날 저녁 방송국으로 가는 길에 그녀를 찾아갔고, 거기서 그녀를 죽인 겁니다. 이렇게······."

푸아로가 돌연 선반 위에 있던 설탕 망치를 집어 들고는 마치 로빈의 머리를 부술 것처럼 힘차게 휘둘렀다.

그 동작이 얼마나 위협적이었던지 몇몇 사람들의 입에서 비명이 터져 나왔다.

로빈 업워드도 비명을 질렀다. 공포에 질려 찢어질 듯한 비명이었다.

"그만! 제발 그만하세요······. 그건 사고였어요. 정말이라고요. 그녀를 죽일 생각은 전혀 없었어요. 그저 잠시 이성을 잃은 것뿐이라고요. 정말이에요."

"당신은 설탕 망치에 묻은 피를 지우고 이 방에 도로 가져다 놓았습니다. 그것을 처음 발견한 이 방에 말입니다. 하지만 최신 과학 기술 덕분에 혈흔이 발견되었고, 보이지 않는 지문까지 찾아낼 수 있었죠."

"죽일 생각은 전혀 없었다고 말씀드렸잖습니까? 모든 게 실수였다고요……. 어쨌든 제 잘못은 아닙니다. 제 책임이 아니에요. 저는 다만 그런 피를 타고 태어났을 뿐이에요. 제 잘못이 아닌 걸 가지고 저를 처형할 순 없을 겁니다."

스펜스가 나지막이 말했다.

"과연 그럴까? 어떻게 되나 어디 한번 두고 보자고!"

뒤이어 그가 엄중한 경찰관의 목소리로 소리쳤다.

"업워드 씨, 잘 들으시오. 지금부터 당신이 말하는 모든 내용은……."

26장

 "푸아로 씨, 당신이 어떻게 로빈 업워드를 의심하게 되었는지 모르겠습니다."

 푸아로는 흡족한 표정으로 그를 물끄러미 쳐다보고 있는 사람들을 바라보았다.

 그는 언제나 설명하는 것을 즐겼다.

 "사실 그 친구를 훨씬 더 일찍 의심했어야 했습니다. 그날 카펜터 씨 집에서 열린 칵테일 파티에서 서머헤이스 부인이 했던 말이 중요한 단서가 되었습니다. 아주 단순하면서도 중요한 단서였죠. 그녀는 로빈 업워드에게 이렇게 말했습니다. '저는 입양이라는 게 싫어요. 당신은 어떤가요?' 여기서 '당신은 어떤가요'라는 두 단어가 의미하는 것은 딱 한 가지밖에 없습니다. 업워드 부인이 로빈의 친어머니가 아니라는 것이죠. 업워드 부인은 로빈이 자기 친아들이 아니라는 사실을 다른 사람들이 알까 봐 병적으로 전전긍긍했습니다. 아마 재능 있는 청년이 늙은 여자 옆에 빌붙어 산다는, 일부 상스러운 사람들의 이야기를 종종 들었기 때문일 겁니다. 덕분에 그 사실을 아는 사람은 거의 없었습니다. 그녀가 처음 로빈을 만났던 작은 극단의 몇 사람만 알고 있을 뿐이었죠. 어차피 업워드 부인은 오랫동안 외국에서 생활했기 때문에 이 나라에 친한 지인들이 별로 없었습니다. 그래도 혹시 몰라서 고향인 요크셔에서 멀리 떨어진 이곳에 정착하기로 했죠. 심지어 그녀는 옛 친구들이 로빈을 어릴 때 죽은 그녀의 친아들로 착각해도 굳이 사실을 밝히지 않았습니다. 하지만 처음부터 저는 래버넘스에 사는 가족이 무언가 자연스럽지 않다는 인상을 받았습니다. 업워드 부인을 대하는 로빈의 태도는 응석받이 아들 같지도, 그렇다고 효자 아들 같지도 않았지요. 그의 태도는 마치 후견인을 대하는 피후견인 같았습니다. '어머님'이라는 호칭 또한 연극 투였고요. 업워드 부인 역시 로빈을 무척 좋아하긴 했지만, 무의식적으로 그를 자신이 거금을 주고 사들인 귀한 물건처럼 대하고 있었습니다. 그리하여 로빈 업워드는 '어머님의 금전적 후원'에 힘입어 작가로서 쉽게 입지를 굳힐 수 있었습니다. 그런데 장밋빛으로만 보이던 세상에 맥긴티 부인이라는 위험인물이 등장한 겁니다. 그가 서랍 속에 넣어 둔 사진, 뒷면에 '나의 어머니'라고 적힌 사진을 그녀가 발견한 거죠. 로빈은 자신의 생모가 결핵으로 죽은 재능 있는 젊은 발레리나였다고 업워드 부인에게 말해 두었는데 말입니다. 물론 맥긴티 부인은 그 사진이 업워드 부인의 젊은 시절 사진이라고 생각했습니다. 당연히 그녀를 로빈의 친어머니라고 믿었으니까. 저는 맥긴티 부인이 협박 편지를 보낼 생각은 하지 못했을 거라고 생각합니다. 하지만 '작고 근사한 선물' 정도는 기대했겠지. 업워드 부인같이 '자부심 강한' 여성에 대해 결코 유쾌하지 않은 소문이 나돌지 않도록 비밀을 지켜 주는 조건으로 말입니다.

하지만 로빈 업워드는 모험을 하지 않았습니다. 그는 서머헤이스 부인이 우스갯소리로 완벽한 살인 도구라고 말했던 설탕 망치를 훔쳐다 다음 날 저녁 방송국으로 가는 길에 맥긴티 부인 집에 들렀습니다. 맥긴티 부인은 아무런 의심 없이 그를 응접실로 안내했고, 바로 그곳에서 살해당했죠. 로빈은 그녀가 돈을 숨겨 둔 장소를 알고 있었습니다. 브로디니 주민들은 거의 다 알고 있는 사실이었죠. 그래서 그는 강도 사건으로 위장하고 돈을 집 밖에 숨겼습니다. 그로 인해 엉뚱한 벤틀리가 의심을 받아 체포되었고, 똑똑한 로빈 업워드에게는 이제 모든 위험이 사라진 셈이 됐죠.

하지만 그때 갑자기 제가 나타나 네 장의 사진을 공개했고, 업워드 부인은 그중 에바 케인의 사진이 로빈의 발레리나 어머니 사진과 같다는 것을 알아차렸습니다. 그녀는 상황을 정리할 시간이 필요했습니다. 살인 사건과 관련된 문제였으니까요. '설마 로빈이 그런 짓을……? 아니, 그럴 리 없어.' 업워드 부인은 결코 믿고 싶지 않았겠죠.

그녀가 결국 어떻게 하려고 했는지 우리로서는 알 길이 없습니다. 하지만 로빈은 이번에도 모험을 하지 않았습니다. 그는 완벽한 미장센(연출)을 계획했던 겁니다. 재닛이 비번인 날 밤에 극장에 가기로 하고, 세 여성에게 전화를 건 다음, 이브 카펜터의 핸드백에서 훔친 립스틱을 찻잔에 묻혀 놓고, 심지어 누가 봐도 그녀의 것이라고 확신할 만한 향수를 구입했습니다. 그리고 올리버 부인이 차 안에서 기다리는 동안, 로빈은 두 번이나 집에 들어갔다 나왔습니다. 살인은 단 몇 초 만에 자행된 겁니다. 그 다음에는 민첩하게 '소품'을 배치하는 일만 남았죠. 업워드 부인이 죽음으로써 그는 유언에 따라 어마어마한 유산을 물려받게 되었습니다. 범인이 여자라는 것이 분명한 상황에서 그를 의심할 만한 사람은 아무도 없었습니다. 대신 그날 밤 래버넘스에 초대받은 세 여성 가운데 한 명이 유력한 용의자로 지목되었죠.

하지만 여느 범죄자들과 마찬가지로 로빈 역시 지나친 자신감으로 인해 한 가지를 놓치고 말았습니다. 자신의 진짜 이름이 적힌 책을 집 안에 그대로 두었을 뿐 아니라, 어떤 이유에서인지 그 위험한 사진을 그대로 간직하고 있었던 겁니다. 그 사진을 없앴다면 훨씬 더 안전했을 텐데 말입니다. 하지만 로빈은 적당한 시기에 누군가 다른 사람에게 죄를 덮어 씌우는 데 그 사진을 이용할 수 있다고 생각했습니다.

그때 머릿속에 떠오른 사람이 아마 서머헤이스 부인이었겠죠. 그래서 그는 자기 집을 떠나 롱 메도즈로 거처를 옮겼던 겁니다. 어쨌거나 서머헤이스 부인은 범행에 쓰인 설탕 망치의 주인이었습니다. 게다가 입양아였기 때문에 만약의 경우 자신이 에바 케인의 딸이 아니라는 점을 증명하기 힘들 겁니다. 로빈은 이런 계산까지 했던 거죠.

그런데 디어드리 헨더슨이 사건 현장에 갔었다는 사실을 인정하자 로빈은 계획을 바꿔 사진을 그녀의 집에 갖다 놓기로 마음먹었습니다. 실제로 그는 정원사가 창문에 걸쳐 두었던 사다리를 타고 방 안으로 침입하려 했습니다. 그렇지만 웨더비 부인이 불안한 마음에 항상 모든 창문을 잠가 두었기 때문에, 로빈은 결국 자신의 목적을 달성할 수 없었죠. 그 후 곧장 이곳으로 돌아와 사진을 서랍 속에 넣어 둔 겁니다. 하지만 안타깝게도 그것은 제가 불과 몇 분 전에 살펴보았던 바로 그 서랍이었습니다.

당연히 저는 그 사진을 누군가 일부러 갖다 놓았다는 사실을 알아차렸습니다. 그 사람이 누군지도……. 그는 바로 제 머리 위에서 부지런히 타자기를 두들기고 있는 바로 그 사람이었습니다. 래버넘스에 있던 책의 면지에 에블린 호프라는 이름이 적혀 있다는 것은, 곧 그 이름의 주인공이 업워드 부인이거나 로빈 업워드 둘 중 하나라는 뜻이기 때문이지요. 그 전까지 에블린이라는 이름 때문에 저는 잠시 혼란에 빠져 있었습니다. 저는 그 이름을 카펜터 부인과만 연관 지어 생각한 거요. 그녀의 이름이 이브였으니까요.

하지만 그때 올리버 부인이 컬른퀘이의 레퍼토리 극장에서 만난 사람들 이야기를 들려준 기억이 났습니다. 나는 그녀와 얘기를 나눈 젊은 배우에게 내 추론을 확인하고 싶었습니다. 로빈이 업워드 부인의 친아들이 아니라는 추론 말입니다. 그 배우의 말투에서 그가 무언가 진실을 알고 있다는 것을 눈치 챘기 때문이었습니다. 자기 애인이 출신 배경을 속였다는 것을 알자마자 과감히 애인을 버렸다는 이야기에서 암시를 얻은 겁니다.

솔직히 말해 모든 사실을 좀 더 일찍 깨달았어야 했는데 그러질 못했습니다. 제 추리를 방해하는 중요한 착오가 있었기 때문입니다. 저는 기차역에서 누군가가 일부러 저를 철로로 밀쳤다고 생각했습니다. 그리고 그 사람이 바로 맥긴티 부인을 죽인 범인이라고 믿었죠. 그런데 결과적으로 브로디니 마을 주민 가운데 그 시각에 킬체스터 역에 나타날 가능성이 없는 유일한 사람이 바로 로빈 업워드였습니다."

갑자기 존 서머헤이스가 킬킬거렸다.

"아마 당신을 밀친 건 장바구니를 든 할머니가 아니었을까 싶습니다. 노인들은 원래 사람을 잘 밀치고 다니거든요."

푸아로가 말을 이었다.

"사실 로빈 업워드는 자만심이 지나치게 강했던 나머지 저를 전혀 두려워하지 않았습니다. 그것이 살인범들의 전형적인 특성인데, 운 좋게도 그 역시 마찬가지였습니다. 이번 사건은 유난히 증거가 부족했는데 그나마 다행이지 뭡니까."

올리버 부인이 수선스럽게 말했다.

"제가 차 안에 있는 동안 로빈이 자기 어머니를 죽였는데, 저는 전혀 눈치를 못 채고 있었다니 그게 말이 되나요? 살인을 저지를 만한 시간이 없었을 텐데요."

"아니, 시간은 충분했습니다. 시간에 대해 사람들은 대개 바보스러울 만큼 잘못 생각하고 있죠. 연극에서 무대 장치가 얼마나 짧은 시간에 바뀌는지 생각해 보세요. 이번 사건에서 중요한 것은 대부분 소품이었습니다."

"훌륭한 연극이었던 셈이군요."

올리버 부인이 무의식적으로 중얼거렸다.

"그렇습니다. 유례없는 훌륭한 연극적 살인 사건이었죠. 모든 것을 철저하게 꾸민 연극 말입니다."

"그리고 저는 차 안에 앉아 있으면서 전혀 눈치를 못 챘고요."

푸아로가 조심스럽게 말했다.

"안타깝지만 여자의 직감이 잠시 쉬고 있었던 게 아닌가 싶습니다……."

27장

"브리더 앤드 스커틀로 돌아가지는 않을 거예요. 그렇지 않아도 지겨웠거든요."

모드 윌리엄스가 말했다.

"그래도 그곳에 다니면서 목적을 이루지 않았습니까?"

"그게 무슨 말씀이세요, 푸아로 씨?"

"이 넓은 세상에서 굳이 이곳에 온 이유가 뭡니까?"

"참 어지간히 잘난 체하는 분이시군요."

"저도 생각하는 게 있어서 그럽니다."

"그 훌륭하신 생각이 도대체 뭐죠?"

푸아로는 진지한 눈빛으로 모드의 머리카락을 살펴보았다.

"그동안 저도 입을 다물고 있었습니다. 하지만 이제는 말해야겠군요. 그날 밤 업워드 부인의 집에 들어갔던 여자, 즉 에드나가 본

금발의 여자로 의심받은 사람은 카펜터 부인이었습니다. 그러나 그녀는 기겁을 하며 그 사실을 부인했어요. 로빈 업워드가 이번 사건의 범인으로 드러난 마당에, 카펜터 부인이 실제로 그곳에 갔었는지는 헨더슨 양의 경우만큼이나 중요하지 않아요. 그렇더라도 저는 그녀가 그곳에 갔었다고 생각지 않습니다. 윌리엄스 양, 저는 에드나가 목격한 여자가 바로 당신이라고 생각합니다."

"왜 그렇게 생각하시죠?"

그녀가 격앙된 목소리로 물었다. 푸아로는 대답 대신 또 다른 질문을 했다.

"당신은 왜 그렇게 브로디니에 관심이 많은 겁니까? 그곳에 갔을 때 왜 로빈 업워드의 사인을 받았죠? 당신은 원래 유명인의 사인을 모으는 사람이 아닌데도 말입니다. 업워드 가족에 대해 뭘 알고 있었던 겁니까? 무엇보다 왜 이 시골 마을에 온 거죠? 또 에바 케인이 호주에서 사망했다는 사실과 그녀가 영국을 떠날 때 바꾼 이름을 어떻게 알고 있는 거죠?"

"정말 추리 능력이 대단하시군요. 하지만 저는 숨기는 게 하나도 없어요. 정말이에요."

모드 윌리엄스는 자신의 핸드백을 열어 낡은 지갑을 꺼냈다. 지갑 속에서 그녀가 꺼낸 것은 오랜 세월로 인해 가장자리가 너덜너덜해진 작은 신문 기사였다. 기사에는 푸아로에게도 익숙한, 억지웃음을 짓고 있는 에바 케인의 사진이 있었다.

에바 케인의 사진 위로 '이 여자가 내 어머니를 죽였다'는 글이 적혀 있었다.

푸아로가 기사를 모드 앞으로 다시 밀며 말했다.

"역시 내 생각이 맞군요. 당신의 진짜 성은 크레이그죠?"

모드가 고개를 끄덕였다.

"그 후 저를 키워 준 건 친척들이었어요. 매우 점잖은 분들이었죠. 하지만 사건 당시 저는 그 일을 쉽게 잊어버릴 만큼 어린 나이가 아니었어요. 특히 그 여자에 대해 똑똑히 기억하고 있었죠. 겉보기와 달리 그녀는 천하에 몹쓸 여자였어요. 아이들의 눈에는 다 보이거든요. 아버지는 몹시 나약한 분이었기 때문에 남의 죄를 뒤집어 쓰신 거예요. 저는 항상 진짜 범인이 바로 그 여자라고 믿어 왔어요. 아, 물론 아버지가 사건을 방조했다는 건 저도 알아요. 하지만 주범과 방조범은 완전히 다른 거 아닌가요? 그래서 저는 항상 그 여자가 어떻게 살고 있는지 알고 싶었어요. 그리고 어른이 되었을 때 사립탐정을 고용해 추적해 봤죠. 호주에서 찾았는데 이미 죽었다고 하더군요. 그리고 에블린 호프라는 아들을 하나 두었다고요.

사실 그걸로 모든 게 끝났다고 생각했어요. 그런데 우연히 연극배우와 사귀는 친구를 알게 된 거예요. 그 청년이 호주에서 온 에블린 호프라는 사람이 있는데, 지금은 로빈 업워드로 개명했고 희곡작가라는 이야기를 했어요. 저는 곧 흥미가 생겼죠. 어느 날 밤 로빈 업워드가 내 앞에 나타났는데 자기 어머니라는 여자와 함께 있는 거예요. 그래서 저는 생각했죠. 에바 케인은 죽지 않았다고. 대신 많은 돈을 가지고 여왕 행세를 하며 살고 있다고요.

그래서 저는 이곳에 직장을 구했어요. 호기심 때문이었죠. 어쩌면 그 이상의 감정이었을 수도 있고요. 좋아요, 인정하죠. 저는 어떻게든 그 여자에게 복수하고 싶었어요. 당신이 제임스 벤틀리 사건을 들고 나타났을 때, 저는 즉각 맥긴티 부인을 죽인 것이 업워드 부인이라는 결론을 내렸어요. 에바 케인이 다시 행동에 나선 거라고요. 그러다 저는 로빈 업워드와 올리버 부인이 컬른퀘이 레퍼토리 극장에 연극을 보러 올 거라는 소식을 마이클 웨스트에게 듣게 되었어요. 그래서 저는 브로디니에 가서 그 여자를 만나야겠다고 결심했어요. 만나서 어떻게 해야겠다는 생각은……. 사실 저도 무슨 생각을 갖고 있었는지 모르겠어요. 좋아요, 이왕 이렇게 된 거 다 말씀드리죠. 그때 저는 전쟁 중에 손에 넣게 된 작은 권총을 갖고 갔어요. 그 여자에게 겁을 주려고 그랬냐고요? 아니면 그 이상? 솔직히 저도 잘 모르겠어요…….

어쨌든 저는 그 집에 갔어요. 집 안에서는 아무 소리도 들리지 않았죠. 문은 열려 있었고요. 전 집 안으로 들어갔어요. 그녀를 발견했을 때 어땠는지는 말 안 해도 아시겠죠? 그녀는 휠체어에 앉은 채 죽어 있었어요. 얼굴은 보랏빛으로 변한 데다 무섭게 부어올라 있었죠. 순간 제가 그동안 생각했던 모든 것이 어리석은 신파극처럼 느껴졌어요. 막상 그 상황에 닥치면 누구를 죽일 만한 용기가 저에게는 없다는 것을 깨달았죠. 하지만 제가 그 집에서 무엇을 했는지 설명하면 제 입장이 곤란해지겠다 싶더라고요. 그날 밤은 몹시 추웠기 때문에 저는 장갑을 끼고 있었고, 따라서 제 지문은 전혀 남지 않았다는 걸 알고 있었어요. 하지만 누군가 저를 봤으리라고는 꿈에도 생각하지 못했던 거예요. 이게 다예요."

모드 윌리엄스가 잠시 말을 멈췄다가 불쑥 물었다.

"이제 저를 어떻게 하실 건가요?"

에르퀼 푸아로가 부드러운 목소리로 대답했다.

"아니, 그저 앞으로 당신이 행복하게 살기를 바랄 뿐입니다. 그게 다예요."

에필로그

에르퀼 푸아로와 스펜스는 '비에이유 그랑메르'에서 자축연을 벌였다.

커피가 나올 때쯤, 스펜스는 의자 뒤로 몸을 기대며 포만감에 젖어 긴 한숨을 내쉬었다. 그러고는 흡족한 표정으로 말했다.

"여기 음식 정말 괜찮은데요. 약간 프랑스식이라서 좀 그렇기는 하지만, 이렇게 맛있는 스테이크와 감자튀김을 또 어디서 맛보겠습니까?"

"당신이 저를 찾아온 날 저녁에도 여기서 식사를 했습니다."

푸아로가 회상에 잠겨 말했다.

"아, 그날 이후 정말 많은 물이 다리 아래로 흘러갔죠. 저는 그 사건을 당신께 의뢰할 수밖에 없었습니다, 푸아로 씨. 역시 당신은 훌륭하게 해결해 주셨고요."

나무껍질처럼 단단한 스펜스의 얼굴에 엷은 미소가 번졌다.

"우리가 실제로 확보한 증거가 얼마 되지 않는다는 사실을 그 젊은이가 몰랐다는 게 얼마나 다행인지 모릅니다. 유능한 변호사만 고용했다면 그 정도는 너끈히 해결했을 텐데요. 하지만 너무 당황한 나머지 자기 죄를 고스란히 털어놓고 말았죠. 비밀을 누설하고 스스로 벌을 받은 꼴이 되었으니 우리로서는 운이 좋았습니다."

푸아로가 나무라듯이 말했다.

"꼭 운이 좋았다고만은 할 수 없습니다. 이번 사건이 쉽게 풀린 이유는 카드놀이에서 서투른 상대를 이용하듯이, 제가 그를 이용했기 때문입니다. 그는 제가 서머헤이스 부인에게 몹시 불리한 증거를 갖고 있다고 생각했습니다. 그러다 그렇지 않다는 것이 밝혀지자, 그에 대한 반발심으로 이성을 잃고 만 겁니다. 게다가 그는 겁쟁이였습니다. 제가 설탕 망치를 휘두르자 자신을 치려고 한다고 생각했죠. 극도의 두려움은 언제나 진실을 토해 내게 마련입니다."

스펜스가 짓궂은 미소를 지었다.

"하지만 당신이 서머헤이스 소령에게 얻어맞지 않은 건 정말 운이 좋았던 것 아닌가요? 그는 불뚝한 성질이 있는 데다 동작도 민첩하더군요. 제가 때맞춰 가로막았기에 망정이지 정말 큰일 날 뻔했습니다. 그런데 서머헤이스 소령과는 화해하셨나요?"

"아, 물론이오. 우리는 아주 좋은 친구가 되었습니다. 서머헤이스 부인에게 요리책을 선물하고, 직접 오믈렛 만드는 법까지 가르쳐 줬답니다. 그 집에서 지내는 동안 얼마나 고통스러웠는지!"

푸아로가 괴로운 듯 눈을 질끈 감았다.

스펜스는 푸아로의 고뇌에 찬 기억에는 조금도 관심이 없었다.

"전체적으로 굉장히 복잡한 사건이었습니다. 모든 사람들은 저마다 숨기고 싶은 것이 있게 마련이라는 옛말이 전혀 틀리지 않다는 것을 여실히 보여 주는 사건이었죠. 카펜터 부인은 하마터면 살인범으로 체포될 뻔하지 않았습니까? 만약 여자가 범행을 저지른다면 대개 어떤 이유에서일까요?"

"글쎄……."

푸아로도 호기심 어린 표정을 지었다.

"보통 불미스러운 과거와 관련된 이유에서일 겁니다. 이브 카펜터는 전직이 댄서였어요. 당연히 늘 남자들에게 둘러싸여 살았겠죠. 처음 브로디니에 와서 정착했을 당시 그녀는 전쟁 과부가 아니었습니다. 시쳇말로 누군가의 '내연의 처'에 지나지 않았죠. 당연히 가이 카펜터 같은 유명 인사가 그런 과거를 가진 여자에게 넘어갈 리 없었습니다. 그래서 그녀는 거짓으로 자신의 과거를 완벽하게 꾸몄죠. 그러던 터에 우리가 사람들의 출신 배경을 조사하고 다녔으니, 그녀는 자신의 과거가 들통날까 봐 전전긍긍할 수밖에 없었던 겁니다."

스펜스가 커피를 한 모금 마시고는 낮은 소리로 키득거렸다.

"이제 웨더비 씨 가족에 대해 얘기해 볼까요? 몹시 불행한 집안이더군요. 증오와 원한으로 얽힌……. 디어드리 헨더슨이 왜 그렇게 매사에 서툴고 의욕이 없어 보였는지 아십니까? 그 이면에 뭐가 있을까요? 특별한 것도 없습니다. 그냥 돈 문제였어요. 단순히 돈 말입니다."

"정말 단순하군."

"그 아가씨는 많은 돈을 가지고 있습니다. 굉장히 많은 돈이죠. 고모가 물려준 것이었어요. 그래서 그녀의 어머니는 혹시라도 딸이 결혼이라도 할까 봐 꽉 붙들고 놓아주지 않았던 겁니다. 의붓아버지가 그녀를 미워했던 건, 그녀가 모든 돈줄을 쥐고 있었기 때문이에요. 그는 그동안 사업을 벌이는 족족 실패했다더군요. 아주 비열한 인간이죠. 웨더비 부인은 설탕 속에 녹아 들어간 독약 같은 여자고요."

푸아로가 상당히 흡족한 표정으로 고개를 끄덕였다.

"저도 동감하는 바입니다. 그 아가씨에게 재산이 있어서 다행입니다. 그렇게 되면 제임스 벤틀리와 짝을 맺어 주기가 훨씬 쉬울 테니 말입니다."

푸아로의 말에 스펜스의 눈이 휘둥그레졌다.

"제임스 벤틀리와 결혼을 시킨다고요? 디어드리 헨더슨을 말입니까? 누구한테 들은 얘기입니까?"

"제가 한 말입니다. 요즘 저는 그 일을 성사시키기 위해 애쓰고 있습니다. 우리 문제가 해결됐으니 부쩍 시간이 남아돌아서 말입니다. 지금부터는 두 사람의 결혼 문제에 매달릴 겁니다. 아직은 당사자들도 모르는 일이긴 하지만······. 그렇지만 둘이 서로 좋아하는 것만은 분명합니다. 그냥 내버려 두면 아무것도 되는 일이 없겠지만, 에르퀼 푸아로가 나서면 달라지죠. 두고 보세요. 두 사람이 반드시 결혼할 테니."

스펜스가 이를 드러내고 싱긋 웃었다.

"다른 사람 일에 참견하기를 좋아하시는 편이군요? 안 그렇습니까?"

"몽 셰르(친구), 당신은 그런 말을 할 입장이 아니지 않습니까?"

푸아로가 나무라듯 말했다.

"하긴 그렇군요. 하지만 제임스 벤틀리가 너무 한심한 친구라 걱정이군요."

"한심한 친구인 건 맞습니다. 지금 이 순간에도 그는 자신이 교수형을 당하지 않을 거라는 사실에 몹시 언짢아하고 있으니까."

"당신 앞에서 무릎을 꿇고 감사의 눈물을 흘려도 시원찮을 판에……."

"저보다는 당신한테 고마워해야겠죠. 하지만 그는 그런 생각을 전혀 하지 않습니다."

"정말 별난 친구군요."

"그렇소. 하지만 최소한 두 여자가 그에게 관심을 보였으니, 그야말로 세상은 요지경이죠."

"저는 당신이 모드 윌리엄스를 벤틀리의 짝으로 생각하고 있는 줄 알았습니다."

"선택은 본인이 하는 겁니다. 금단의 열매를 주는 건 본인이죠. 하지만 제 생각에는 그가 디어드리 헨더슨을 선택할 것 같습니다. 모드 윌리엄스는 지나치리만큼 에너지가 넘치는 여자라서, 그녀와 함께 있으면 그는 점점 더 깊이 자기 동굴 속으로 들어가고 말 겁니다."

"왜 그 여자들이 벤틀리 같은 청년을 좋아하는지 이해할 수 없군요."

"원래 세상일은 다 수수께끼 같은 거랍니다."

"그런데 푸아로 씨도 미리 작전을 짜셔야 할 겁니다. 우선 벤틀리를 출발선으로 끌어내고, 그 다음에 아가씨를 그 독약 같은 어머니의 손아귀에서 해방시켜야죠. 아마 그 노파가 당신을 물고 할퀴려 달려들걸요."

"성공은 대군 편에 있습니다."

"커다란 콧수염 편에 있는 건 아니고요?"

스펜스가 호탕하게 웃었다. 푸아로도 흡족한 표정으로 자신의 콧수염을 쓰다듬었다. 그러고는 브랜디를 마시겠냐고 물었다.

"좋습니다, 푸아로 씨."

푸아로가 술을 주문했다.

"아 참, 당신에게 알려 드릴 것이 하나 더 있습니다. 렌델 부부 기억하시죠?"

"물론입니다."

"그에 대해 조사하던 중 좀 이상한 사실이 밝혀졌습니다. 리즈에서 그의 첫 부인이 사망했을 때, 현지 경찰은 렌델 씨에 관해 적은 익명의 편지를 받았답니다. 그가 아내를 독살했다는 내용이었다더군요. 물론 사람들은 그런 이야기들을 심심찮게 하곤 하죠. 그녀에게는 명망 있는 주치의가 있었는데, 주치의는 그녀의 사인에 의문점이 없다고 판단했답니다. 또 부부가 서로를 위해 생명보험을 든 것을 제외하고는 특별히 고려해 볼 만한 문제도 없었고요. 그거야 흔한 일 아닙니까? 별 문제 없어 보이는데…… 어떻게 생각하십니까?"

푸아로는 렌델 부인의 겁먹은 표정을 떠올렸다. 그녀는 익명의 편지에 대해 말하면서 그런 것들은 절대 안 믿는다고 힘주어 말했다. 또한 그녀는 맥긴티 부인에 대한 조사가 다른 사건을 파헤치기 위한 구실일 뿐이라고 단언했다.

"익명의 편지를 받은 건 경찰뿐만이 아니었다는 생각이 듭니다만……."

푸아로가 조심스럽게 말했다.

"그럼 렌델 부인도 그 편지를 받았단 말씀이십니까?"

"그런 것 같습니다. 제가 처음 브로디니에 왔을 때, 그녀는 제가 자기 남편을 뒷조사하러 온 거라고 생각하고 있더군요. 맥긴티 부인 사건은 구실일 뿐이라고요. 렌델 씨 역시 그렇게 생각했던 것 같고……. 아, 그럼 설명이 됩니다. 그날 밤 나를 철로 위로 밀치려 했던 사람이 바로 렌델 씨였습니다."

"그가 지금 아내에게도 그런 짓을 할 거라고 보십니까?"

"제가 보기에 그녀는 남편의 이득을 위해 자기 생명을 걸 만큼 어리석지 않습니다. 하지만 우리가 자신을 주시하고 있다는 것을 알면, 렌델 씨도 좀 더 신중하게 행동하겠죠."

푸아로가 냉담하게 말했다.

"경찰도 무언가를 할 겁니다. 친절한 의사 선생을 계속 주시하면서 경찰이 지켜보고 있다는 것을 확실하게 보여 줄 생각입니다."

푸아로가 브랜디 잔을 높이 들며 외쳤다.

"올리버 부인을 위하여!"

"갑자기 왜 그분이 생각나신 겁니까?"

"여자의 직감 때문입니다."

한동안 침묵이 흐른 뒤 스펜스가 천천히 말했다.

"다음 주에 로빈 업워드가 재판을 받으러 나올 겁니다. 푸아로 씨, 그런데 저는 어쩔 수 없이 의구심이……."

그 순간 푸아로가 버럭 화를 내며 말을 끊었다.

"몽 디외(맙소사)! 지금 로빈 업워드의 유죄를 의심하고 있단 말입니까? 제발 처음부터 다시 시작하고 싶다는 말은 하지 마십시오."

스펜스가 환하게 웃으며 말했다.

"그럴 리가요. 아닙니다. 그자는 살인범이 분명해요. 교만한 태도로 보아 무슨 짓이든 저지를 놈입니다."

〈끝〉

옮긴이 | 정회성

인하대에서 영문학을, 일본 도쿄대학원에서 비교문학을 공부하고 성균관대와 명지대 등에서 학생들을 가르쳤다. 지금은 번역과 창작을 하고 있다. 그동안 『보이』, 『공주와 고블린』, 『1984』, 『꿈의 메신저』, 『줄무늬 파자마를 입은 소년』 등의 책을 번역했고, 『신나는 영어일기』, 『영문법 나만 따라와』, 『친구』, 『내 친구 이크발』 등의 책을 썼다.

애거서 크리스티 전집
맥긴티 부인의 죽음

3판 1쇄 찍음 2022년 6월 20일
3판 1쇄 펴냄 2022년 6월 27일

지은이 | 애거서 크리스티
옮긴이 | 정회성
발행인 | 박근섭
편집인 | 김준혁
책임편집 | 정미리
펴낸곳 | 황금가지

출판등록 | 2009. 10. 8 (제2009-000273호)
주소 | 135-887 서울 강남구 신사동 506 강남출판문화센터 5층
전화 | 영업부 515-2000 편집부 3446-8774 팩시밀리 515-2007
홈페이지 | www.goldenbough.co.kr

도서 파본 등의 이유로 반송이 필요할 경우에는 구매처에서 교환하시고
출판사 교환이 필요할 경우에는 아래 주소로 반송 사유를 적어 도서와 함께 보내주세요.
06027 서울 강남구 도산대로 1길 62 강남출판문화센터 6층 민음인 마케팅부

ⓒ ㈜민음인, 2022. Printed in Seoul, Korea
ISBN 978-89-8273-756-5 04840
ISBN 978-89-8273-700-8 04840(set)

㈜민음인은 민음사 출판 그룹의 자회사입니다.
황금가지는 ㈜민음인의 픽션 전문 출간 브랜드입니다.